海外汉学丛书

李白研究：抒情の構造

松浦友久

〔日〕松浦友久 著

刘维治 译

李白诗歌抒情艺术研究

上海古籍出版社

图书在版编目(CIP)数据

李白诗歌抒情艺术研究/(日)松浦友久著;刘维
治译.--上海:上海古籍出版社,2022.3
  (海外汉学丛书)
  ISBN 978 - 7 - 5732 - 0249 - 9

Ⅰ.①李… Ⅱ.①松… ②刘… Ⅲ.①李白(701 -
762)-唐诗-诗歌研究 Ⅳ.①I207.22

中国版本图书馆 CIP 数据核字(2022)第 029833 号

海外汉学丛书

李白诗歌抒情艺术研究

[日]松浦友久 著

刘维治 译

上海古籍出版社　出版发行

(上海市闵行区号景路 159 弄 1 - 5 号 A 座 5F　邮政编码 201101)
  (1) 网址：www.guji.com.cn
  (2) E-mail：guji1@guji.com.cn
  (3) 易文网网址：www.ewen.co
启东市人民印刷有限公司印刷
开本 635×965　1/16　印张 15.5　插页 2　字数 215,000
2022 年 3 月第 2 版　2022 年 3 月第 1 次印刷
印数：1—2,100
ISBN 978 - 7 - 5732 - 0249 - 9

Ⅰ·3621　定价：68.00 元
如发生质量问题,请与承印公司联系

出版说明

上海古籍出版社一直关注海外中国传统文化研究，早在上世纪 80 年代初期，就出版了《海外红学论集》、《金瓶梅西方论文集》等著作，并与科学出版社合作出版英国著名学者李约瑟先生主编的巨著《中国科学技术史》。80 年代后期，在著名学者王元化先生和海外著名汉学家的支持下，上海古籍出版社推出了《海外汉学丛书》的出版计划，以集中展示海外汉学研究的成果。自 1989 年推出首批 4 种著作后，十年间这套丛书共推出 20 余种海外汉学名著，深受海内外学术界的好评。

《海外汉学丛书》包括来自美国、日本、法国、英国、加拿大和俄罗斯等各国著名汉学家的研究著述，涉及中国哲学、历史、文学、宗教、民俗、经济、科技等诸多方面。提倡实事求是的治学方法和富于创见的研究精神，是其宗旨，也是这套丛书入选的标准。因此，丛书入选著作中既有不少已有定评的堪称经典之作，又有一些当时新出的汉学研究力作。前者如日本学者小尾郊一的《中国文学中所表现的自然与自然观》、法国学者谢和耐的《中国和基督教》，后者以美国学者斯蒂芬·欧文（宇文所安）的《追忆：中国古典文学中的往事再现》为代表，这些著作虽然研究的角度和方法各有不同，但都对研究对象作了深入细微的考察和分析，体现出材料翔实和观点新颖的特点，为海内外学术界和知识界所借鉴。同时，译者也多为专业研究者，对原著多有心得之论，因此译本受到了海内外汉学界和读者的欢迎。

近十几年来，在中国研究的各个领域，中外学者的交流、对话日趋频繁而密切，中国学者对海外汉学成果的借鉴也日益及时而深入，海外汉学既是中国高校的独立研究专业，又成为中国学人育成过程中不可或缺的取资对象。新生代的海外汉学家也从专为本国读者写作，自觉地扩展到以华语阅读界为更广大的受众，其著作与中文学界相关著作开始出现话题互生共进的关系，预示了更广阔的学术谱系建立的可能。本世纪以来，虽然由于出版计划调整，《海外汉学丛书》一直未有新品推出，但上海古籍出版社仍然持续出版了一批高质量的海外汉学专题译丛，或从海外知名出版社直接引进汉学丛书如《剑桥中华文史丛刊》，积累了更为丰富的出版经验及资源。鉴于《海外汉学丛书》在海内外学术界曾产生过积极影响，上海古籍出版社听取学术界的意见，决定重新启动这套丛书，在推出新译的海外汉学名著的同时，也将部分已出版的重要海外汉学著作纳入这套丛书，集中品牌，以飨读者。

上海古籍出版社

2013 年 3 月

中文版序

　　此书原版日文版《李白研究——抒情の构造》一书，作为笔者关于李白研究的成果之一，由东京三省堂出版。三省堂，正如其名所示，典出《论语》"吾日三省吾身"，是明治时代以来有悠久传统的出版社。研究中国具有代表性诗人李白的专著，能够由这样一个同中国有很深机缘的出版社来出版，对笔者的研究生涯来说，真是一件难以忘怀的喜事。

　　而今，这种同中国的机缘又得以进一步深化，增加了新篇章的日文版《李白研究》的中译本《李白诗歌抒情艺术研究》，由中国古典典籍权威出版社——上海古籍出版社出版。译者，是辽宁大学中文系刘维治先生。我同刘先生的学术交往之缘，乃是由我同他的导师李汉超先生互赠有关中国古典诗歌研究专著开始的。

　　正如日文版《前言》所叙，本书主要是从作品论的角度，即通过"内部征证"，来探讨李白诗歌的特色。关于其具体方法，在第一章《诗歌抒情结构特征》中已有较详论述。这里，不得不说，本书的着眼点和方法论，与中国早期学者以传记考证为中心的传统的李白研究有很大的不同。但对李白这样一位在世界文学史中也占有一席之地的优秀诗人，正应该拥有各种各样研究者，容许各种各样研究方法并存才是。

　　我衷心希望中国广大读者能对本书，以及我的其他专著的中译本《中国诗歌原理》(辽宁教育出版社)、《唐诗语汇意象论》(中华书局)、《李白——诗歌及其内在心象》(陕西人民出版社)等，坦率提出宝贵意见。此外，本书出版，还得到北京大学葛晓音先生、上海古籍出版社赵昌平先生等大力帮助，谨在此表示深深感谢。

松浦友久

1995 年 3 月 1 日于早稻田大学中国文学研究室

目　录

前　言

从文学史中可以看到，李白研究具有悠久的历史传统。以殷璠《河岳英灵集》评语为首，继而李阳冰《草堂集序》、魏颢《李翰林集序》、李华《故翰林学士李君墓志》、刘全白《唐故翰林学士李君碣记》等，都是与李白同时代生活的人对李白及其作品的直接评论。另外，时代稍后的白乐天《与元九书》，以及白的朋友、收信一方的元稹所作《唐故工部员外郎杜君墓系铭并序》等，对李白和杜甫作了意味深长的比较论述，成为后世所谓李、杜比较论的最早资料。自此而后近一千二百年中，诗人李白及其作品，拥有越来越多的读者和研究者，这些读者和研究者以同李白一样使用中国语作母语的人为主，同时也包括近邻诸国和远离中国非汉语言文化圈的人。其中，有既是《分类补注李太白诗》编者也是原注者宋人杨齐贤，有其补注者元代萧士赟，有《李诗通》编注者明人胡震亨，有以《李太白文集》集注者而闻名的清代王琦等等，他们的成就表明李白诗歌注释史的绵远悠长。另外，还有不少成于近人之手的各种译注和研究专著，由于以切实的读解与出色的考证为基础，因而成为理解李白的难得之作。

但是，在拥有漫长传统的李白研究史中，再广而言之，在唐诗研究、中国古典诗歌研究的历史中，同日本文学史和其他各国文学史研究相比较，我认为还有某种方法上的偏颇。这就是尽管在探索诗语和诗句用例典故出处研究与作家生卒年考证的生平传记研究方面，做得远比其他国家文学史更为详尽，但对作品本身何以这样出色，几乎没有进行系统的作品内在肌理的评论。

毫无疑问，中国古典诗的读者和研究者并不是对作品的这一方面不关心、无感觉。正如本书各章所引的为数很多的先行资料所表明的那样，以零碎的、片段的形式作出印象批评的发言简直可以说非常之多。虽然诸家之言在直观感觉方面都各有所得，但从用语到理论都还称不上是系统化、体系化的文艺批评。正因为如此，所以今后在具有漫长传统的中国文学史研究中，这还应是重点探索领域。

由这一认识，以及基于这一认识的统一方法论出发，本书对李白生平事迹等传记方面的阐述与说明限于最必要程度，而对其作品，首先确定关于作品本体的批评标准，着重进行作品内在运作机制的批评。再具体说，本书的结构中心是：论述作品"素材"与"主题"问题的题材论和论述作品"形态"与"风格"问题的样式论。当然，不用说，诸多文学作品和文学研究的各种各样问题，绝非仅以题材问题与样式问题就可以涵盖的。但若从文学之所以存在的终极理由来说，就是作品"表现什么"和"如何表现"问题。因此，应该承认与"表现什么"直接相关的"素材——主题"问题，与"如何表现"直接相关的"形态——风格"问题，即使在考察李白及其作品中，它也仍然是一个极为重要的观察点。

本书各章大都可独立成篇，同时又在全书统一布局中构成相互关连的整体。绪论部分论述了关于研究观点、方法的设想与确立，本论部分主要从"题材及其心象构造"角度来论述李白诗歌的素材与主题问题，从"样式及其艺术表现功能"角度来论述李白诗歌诗型与风格问题。各有其立论中心课题，两个方面的基本观点既相互影响而又互相关连。如果由于这一系列探索，李白形象在某一方面得以进一步明了的话，那么本书所构想的批评方法的客观有效性或许会由李白形象的明了程度得以证明。

第一章　绪论·诗歌抒情结构特征

一、关于诗定义先行诸说

在研读中国古典诗过程中，我曾作如下思考：不局限于中国文学史而是作为普遍看法，"诗"到底是什么？如果下定义，怎样说才更确切？这一个既古老又新鲜的问题，由于人们对事物处理方式、思考方法和感觉方式——即所谓认识方式不同，在诸多问题上，就可能有新的开拓。

仅就这一古老而又新鲜的课题而言，作为一个问题存在，已有自希腊以来，或自殷、周以来的漫长历史。由于论及于此的作品时代、地域、语言不同，在论述过程中，当然会在论及对象的范围和立论用语方面呈现出形形色色的差异。尽管如此，它们却有共通之处，即对诗究竟是什么具有强烈的执着关切之心。

近代的诗人和评论家，尤其不断反复地尝试为"诗"下定义。其说如下：

"诗"究竟是什么？

> 诗实际是依据主观态度所认识宇宙一切的一个存在。（荻原朔太郎《诗的原理》）①

> 人的现实存在本身是微不足道的，诗即以这种固有伟大的微不足道为动机。诗即是获取以这种微不足道现实为某种乐趣（不可思议感）意识的一种方法。（西胁顺三郎《超现实主义诗论》）②

> 我的意见，诗歌作品与科学著作相反，并不以探求真理之乐为其直接目的。另外，也与浪漫主义者不以明确为乐而以不明确为乐

---

① 1928 年初版。这里所引系 1943 年由小学馆出版的《荻原朔太郎全集》第三卷 103 页。

② 1929 年初版。这里所引系思潮社 1968 年出版的《西胁顺三郎诗论集》第 9 页。

相对立，能达到这一目标就是诗。(E·A 保罗《给 B 的信》)①

诗实际是人们实际活动经验、完全未经思考的众多经验的凝缩，并从凝缩中产生出来的新东西。(T·S 埃里奥托《传统与个人才能》)②

简而言之，诗的定义即是不同程度的一些经验，这一经验乃是关于各种各样特性的形形色色表现，而任何一个特性都未曾超越标准经验。(I·A 里恰思《文艺批评原理》)③

其中还有"诗即热情"④、"诗是表现想象力和种种热情的词语"⑤、"诗是一种精力"⑥ 等说，进而甚至认为"论诗与论神一样危险，诗论都是教条"⑦，处于一种讳莫如深状态。

二、先行诸说质疑

许多诗人和评论家尝试为诗下定义，都有其各自特性。另外，在其各自主张范围内，都具有一定说服力。但它们作为定义而言，从切合定义这一词语角度说，还有两个共通问题需提出质疑。一是以上诸家所规定诗的内含，也同样适用诗以外的其他艺术和作品。另一点是定义数量几乎是可以无限增加。关于第一点之误，从逻辑学中所谓特称判断 particular judgment（A 必定是 B，B 不一定是 A）和全称判断 universal judgment（A 必定是 B，B 必定是 A）关系很容易说明。上面诸说诗是

---

① 1931 年初版。这里所引系国文社 1972 年出版前川祐一、工藤昭雄合译《诗的原理》第 21 页。
② 1919 年发表于杂志。这里所引系国文社 1967 年出版星野彻、中冈洋合译《T·S 埃里奥托诗论集》第 38 页。
③ 1924 年初版。这里所引系垂水书房 1962 年出版岩崎宗治译《文艺批评原理》（下卷）第 317 页。
④ 东洋馆 1957 年出版里伊·巴陶著、西山哲三郎译《诗究竟是什么?》第 3 页。
⑤ 瓦伊里阿姆·巴斯里陶著、西山哲三郎译《关于诗》(注 6《诗究竟是什么》所收，第 93 页)。
⑥ 每日新闻社，1954 年出版，高村光太郎编《日本的诗歌》第 15 页。
⑦ 同第 1 页注②。

"根据主观态度去认识宇宙存在的一切"（荻原）也好，或者"是取得对微不足道现实一种乐趣意识方法"（西胁）也好，"众多经验的凝缩"（埃里奥托）也好，都同样具有这一特点：不只是诗可以适用。进而言之，诗以外艺术事物恐怕在某种程度上也同样可能如此，仅从这点看，诸家关于诗定义之说只是不完全特称判断。因此，要解决这一点，需根据只适用于诗、不适用诗以外这一特点规定，而且在此规定之上，不能是不一定是诗才适用的，必须是仅仅是诗的特有性格特点——这正是全称判断的严密定义所必需的。

关于第二个问题，即定义数量无限增加这点症结所在，若从"诗的价值"和"实际上的诗"（即"诗的价值"和"诗本身存在"）二者并非一回事来说明更合适，或再进而换一种说法：作为"主观的诗"和"客观的诗"（对诗主观评价和诗的客观存在）不同，也许更确当。上述诸家定义都是依据个人主观所作的"诗价值所在"说明，并非独立于个人主观和价值观之外的客观事实上的诗定义。因此，定义数量的存在也就取决于个人主观价值的数量了。所谓以"诗＝价值所在"而导致"诗的定义取决于主观看法之数"的情况，不过只表现了诗的本质极为重要的一个方面罢了。

但更为重要的是另外一面，由于诗这一概念实际是作为一个整体，无论如何，其定义必须超越每个具体的诗人和批评家所认为"事实的诗"一面，而具有符合"客观存在诗"的性格规定。因为一，对 A 来说不认为是诗，而 B 却认为是十足的诗现象在现实中屡见不鲜（认定基准与判断相反）。二，在原非诗的小说、随笔、记叙文等文体中，出色的诗的表现事例并不少见（主观意图同客观效果有差异）。所以，"诗与非诗"的认定，仅从主观和价值观方面来限定还是不充分的。

现今日本国内多数人将"诗"与"散文"作为一组对立概念来论述 ①，正确说应该是：诗正是同诗以外的小说、随笔、传记等"非诗"类

---

① 关于这点，荻原朔太郎已指出，见第 1 页注①所标书第 334—335 页。

型构成一组相对立概念，"散文"则必须以"韵文"作为相对立概念来讨论。所谓具有散文律、自由律的散文体诗在当今已决非珍稀之作；另外，虽系"韵文"，但不一定是或决非是诗的作品在历史、地理典籍中大量存在（如中国古典"铭"、"赞"，或当今日本流行的据五七调、七五调音律制定的标语、口号等）。换言之，韵文←→散文的概念，基本上是仅限于作品形态方面的具体概念，与此相对，诗←→非诗的概念则是内容和形态两方面的综合概念，二者分类基准明显有别。

由此可见，以记述客观事实关系为宗旨的辞典记述，应是理解诗本质的有意义的参考资料：

（诗是）人们以美妙形式所描述的自然风景趣味、人生曲折波澜以及其他事物所引起的感兴、想象、经验等的词章。词章的平仄、韵脚乃至句法、格律都适宜吟诵。（《辞林》1907 年初版）①

以美妙形式叙述的关于对风景、人物等一切事物感兴、想象的词藻，有押韵、韵律、句法等格律要求，也有散文的；又以叙事诗、抒情诗、剧诗划分。（《辞苑》1935 年初版）②

用具有一定节奏的形式叙述风景、人事等一切事物所引起的感兴和想象的东西，有押韵、韵律、字数等格律要求和散文化两种，另外，还可以用叙事诗、抒情诗、剧诗等区分。（《广辞苑》1955 年初版）③

这几个辞条是有关这一问题的近——现代最能为大家所认可的解说，是迄今为止对有关诗义诸论最为稳妥恰当的整理。因而记述内容和类型表述方面很鲜明，具有易被读者容纳接受的客观性，尤其是表述过程中用全称判断，为其记叙客观性提供保证。但若以定义特点——用较少词语

---

① 金译庄三郎编，三省堂出版。
② 新村出编，博文馆出版。
③ 新村出编，岩波书店出版。

作最恰当表述这一目标来衡量的话，这些记叙，尤其在以简要形式直接揭示对象本质方面尚未能尽如人意。

这里值得注目的是与此相关的从第三立场规定的诗是"歌"、"心灵之歌"这一说法。这是在批判上面所记述"作为价值的诗"中所体现的主观性、恣意性，以及在辞典记述中体现的类型性和繁杂性等基础上，进行反思，尤其是在经过现代理论工作者不断自觉地从性格特征上规定诗的本质之后①，因此有可能以全称判断、简明直截形式来表述。但这一表述若作为诗的定义，或作为诗的特点规定，最重要的一个问题是：所更换的词语并没有把握所论述对象的内涵结构。诗确实是歌，是心灵之歌，不，简直可以充分地说"诗就是可以歌的"，"就是心灵之歌"。在日本和语语系中与中国汉语语系中，同这一说法相当的词语是"和歌"、"日本歌"、"当今和歌"，不存在"和歌"以外词语。过去和现在都不存在（因而，假如仅以日本和语语系语汇表现"诗"这一内涵的话，也必须说歌、和歌、心灵之歌）。既然如此，那么"诗"是"歌"这一说法，作为一种表述为何尚能成立呢？最终原因乃是日本语难以摆脱下面这样的特殊情况，即具有各自独立文化背景的和语系、汉语系、欧语系以其不同性质语汇在"诗"定义方面显示了其各自神韵。如"poetry"（诗）用Song（歌唱），"诗"（shi）用"歌"或"唱"或"歌唱"等来表述，在英语和中国语中，就难以作为"诗"的定义而被认可。而在日本同质语汇中，若更换其他说法，又难以求得表现效果。

三、抒情与韵律

这样看来，迄今为止所进行的关于诗的特征种种规定，都各具一定道理和说服力，同时也各有明显疑难之点。这几个疑难之点，首先以客观定义角度加以充分概括的话，即"诗到底是什么"？而"抒情与韵

---

① 参照中村光夫《小说入门》（新潮文库版）第137页等。

律"①，再稍慎重些，"以抒情性和韵律性为其基本语言表现"这一说法，我想可能较切合诗定义的本质。

其中，以抒情性为基本条件这点，乍看，也许同所谓叙事性和剧诗或叙景诗、讽喻诗、教训诗、说理诗、形而上诗等相矛盾，难以涵盖②，但无论叙事表现还是戏剧构成，由于其仍为诗，其基础部分就包含不可欠缺的抒情要素。单纯的叙述事实和记录会话，并非叙事诗和剧诗，姑且不论；正如我在别处所说过③，所谓抒情诗与写景诗、叙事诗等，不同之处在于它以抒情表现为其第一要义。换言之，这只有直接抒情表现和间接抒情表现不同。从某种意义上说，即为抒情而抒情和为抒情而写景二者不同。

---

① 这里所说"韵律"，并非像格律和平仄那样狭义概念，而是包含押韵和字数等所有格律在内的广义概念。

② 一般说，诗的分类标准是相当暧昧。即就传统的诗学三种分类法——抒情诗 lyri、叙事诗 epic、剧诗 diamatic poetry 而言，前二者主要以内容来区分，后者则主要依据表现形式来区分。由于这一分类标准的不统一，实际上，叙事诗也好、剧诗也好，大多都含强烈的抒情因素。F·白劳恩的叙事诗、剧诗、讽刺诗（寓意诗）三分法（服部英次郎、多田英次合译《学问的进步》卷 2-4-3，河出书房，1966 年出版）和 E·基由塔依卡的诗包括抒情诗的部分、叙事诗的部分、剧诗的部分的分类规定（高桥英夫译《诗学的基本概念·绪言》，法政大学出版局，1969 年），都可看作是为克服这种暧昧分法的有益尝试。另外，这种传统的三分法的普遍化，远比通常所想要晚，有人指出在十八世纪末，才在德国首次进行这种组合（前引基由塔依卡书）。而现今流行《美学辞典》一类，虽有记载说这种三分法思考形式在亚里斯多德《诗学》第三章就出现（竹内敏雄编《美学事典》385 页，弘文堂出版，1961 年），但读《诗学》有关这一部分时，仍有极多问题，很难以此为其出典（参考今道友信译《诗学》第三章注①《亚里斯多德全集》卷十七第 132 页，岩波书店，1972 年）。

从这个意义上说，与这种三分法相关，简直可以认为诗，基本上都是抒情诗，甚至可以用如下分类来区分：①以抒情的要素为主；②其中加上叙事的要素；③其中加上剧诗的手法。这一分法也并不是没有道理。与此相关，B·库劳齐埃也论述过与此相似的思考形式。库劳齐埃曾说过"艺术总是抒情的……是感情的叙事诗又是感情的戏剧，即是感受性的，非理论的直观表现"（据《作家及其影响》第六章所引。加讷晃、金子博合译，纪伊国屋书店，1963 年）。库劳齐埃的说法出处未详，请指教。

除此而外，诗的分类还有多种。如果采用从内容方面这一简单集中分类标准并将其一以贯之的话，即确认诗的内容基本上都是抒情的，那么下述分法还是较为妥当：①以抒情的要素为表现中心的诗（所谓抒情诗）；②以叙景的要素为其表现中心的诗（所谓叙景诗、风景诗、山水诗等）；③以叙事的要素为其表现中心的诗（所谓叙事诗、故事诗等）；④以说理的要素为其表现中心的诗（所谓说理诗、形而上诗、宗教诗、教训诗、讽刺诗等）。

③ 《中国诗选·唐诗》23 页，社会思想社，现代教养文库，1972 年出版。

另一方面，以韵律性为其基本条件这点也同样如此 ①。可能批评这种说法同自由诗和散文诗——众所周知的非定型诗相矛盾。但是，在采用"自由律"和"内在律"用语之前，在非定型诗中已包含或必须包含作为非定型诗的韵律，至少关心诗的人都了解并承认这点。若再进而言之，对自由律、内在律追求，实际上即是对诗歌韵律更微妙、更复杂或更清新、更富创造性的努力追求，可以看作是重视韵律性的一种变态。这就意味着定型和非定型差别，也就是韵律性显在与潜在或称外在与内在方面的差别。照前例所说，不外乎是直接韵律性和间接韵律性不同而已。

抒情与韵律是诗的基本点，这一看法，从人们通常认识对象类型角度看，也并不悖理。除持极端看法外，当今几乎一致认为，在认识事物过程中，感性东西总是先行的。确实，据生物学方面考察，就人们认识事物行为历史说，很难否认作为感觉反应的喜怒哀乐意识形态要先于思想和价值观这一事实。诗的抒情要素，确实首先是在感性方面——即在这较初发的、基础、根源方面体现其功能和作用。关于现代诗的抒情必然性和重要性（含有各自特殊意义），迄今论说不止 ②，其实未必只是现代诗才有的问题，应该说是与诗本质紧密相关有普遍意义的问题。

而就韵律这点看同样如此。诗的韵律构成要素多种多样。大致有三种：（1）五七调、七五调、自由律、四言诗、五言诗、杂言诗、四行诗、八行诗、十四行诗、非改行诗等，音律数同"诗句字数"和"句数"、"行数"相关；（2）押韵律同头韵、脚韵、句中韵、非押韵等押韵位置和押韵有无相关；（3）音调律同语音性质、调子、高低、长短、强弱等相关。这其中（1）是最基础的、根本的。音韵律数，简要概括其本义的

① 重视强调诗的韵律，别凯鲁下面的话很典型："诗以韵文来写乃是最为本质、最为重要条件，而这韵文的样式的成立进而则以韵律为其重要条件，并从感觉方面区分加以强制的音和词才有可能"〔竹内敏雄译，《美学》（第一卷中）378 页，岩波书店，1960 年出版〕。但如果这里所说有"韵律"的"韵文"，即所谓定型诗或有只以此为标准的话，那么就其只取"韵律"狭义之义这点看，就与本章后面的论旨，有明显不同之处。

② 基雅茨库·玛丽达著、仓田清译《诗究竟是什么及其地位》134 页（南窗社，1970 年出版），布克·布里托宾著、飞鹰节译《近代诗的构造》185 页（人文书院，1970 年出版）等。

话，即对 rhythm（节奏）而引起韵律效果的总称 ①。甚至可以说，不含有任何 rhythm（节奏）的诗是不存在的 ②。

与此相关，对节奏人们早有感觉，如脉搏、呼吸、步调、劳动，或昼与夜、睡眠与觉醒、四季的交替，进而言之，潮汐的涨落、月亮的盈虚、天体的运行等。对人们来说，这些节奏从根本上暗暗显示着各种各样生命现象和自然现象的存在 ③。每个具体现象的因果关系，其有其无，其强其弱，必需慎重予以认定；有鉴于在包含人自身的自然界里，事实上普遍存在 rhythm（节奏），那么以 rhythm（节奏）为基础的诗歌韵律，是同语言现象中极其精深部分紧密相关就难以否定了。

被先行性（感性）支配的抒情同被根源性（节奏）所支配的韵律，二者之间的关系是紧密相关、相辅相成的。对人们来说，节奏对抒情的基础感性起着最直接支配作用。激烈节奏传达了激烈的感情，相当缓慢的节奏传达了相当的舒缓感，由此而引起人们的共鸣。这已通过日常生活体验而广为人知。例如置身于剧本急迫节奏中，要尝试持续沉静思考，

---

① rhythm（节奏）这一词语，作为任何一种具有更新性的生命现象的总称（如包括植物从种子发芽到又一次成为种子的类似状态的再生现象等），尤其是作为人为的反复运动拍子的对偶语句，更需用此语来称述（参照卢道娃依比·库拉科司著、杉浦实译《节奏的本质》第六章，米士滋书店，1971 年）。这里，最普通用法，即任何具有周期性、反复性的运动现象，都是可看作是节奏的基本形态。总之，不必采取像库拉科司那样"意识的、人为的反复运动 = 拍子"和"无意识的、自然的反复运动 = 节奏"二者对比的二分法，有意识的、无意识的也好，人为的、自然的也好，任何具有周期性、反复性的运动现象，都可看作是节奏的一环，所谓"拍子"，将它看作是节奏中"人为的特意配置而成有规则反复运动"的特定用语较妥。

② 先行诸家之说几乎一致指明：节奏，乃是所谓"音乐三要素"——律动、旋律和声中最根本的东西（参照野村良雄《修订音乐美学》第二章，音乐之友社，1971 年）。同样，就"韵律的三要素"的音数律、押韵律、音调律而言，只有具有节奏性中核的音数律（字数、句数、行数）才是最根本的东西。而接着才是押韵律（头韵、脚韵、句中韵）、音调律（高低、强弱、长短）这些更多加进了人为技巧的性格特征。因此，仅从日本语与朝鲜语的韵文史中，在上述节奏根源性（音数律的根源性）这点也没有什么不同而都共通这点看，就有必要修正只有"押韵"才是人类诗歌中共通现象这一观点（王力《汉语诗律学》11 页，上海教育出版社）。

③ 参照 S·K 兰卡著大久保直和于他三名合译《感情与形式 I》第八章（太阳社，1970 年）。C·桑茨库司著、福田昌作译《音乐的源泉》第二章第十节（音乐之友社，1970 年），W·鸠乃依卡著、本田锦一郎和北市阳一合译《语言·神话·文学》第四章（文理株式会社，1973 年），G·陶木森著、小笠原丰树译《诗与马克思主义》"节奏与劳动"章（兰葛书店，1972 年），并参照本页注①所引 L·库拉科司著书第二章，本页注②所引野村良雄著书第二章等。

对人的正常感受性来说，恐怕是一种最艰难的努力。与此相关，据有关调查报告称：人们在长时间聆听有规律音响时，人的情绪活动、感情的类型与音响规律完全相对应 ①。另外，那种强化的波动幅度大的感情也使那节奏本身增添了强化感。由此可见，诗的抒情性同韵律性，二者之间是紧密结合、相辅相成 ②。

总之，抒情和韵律，可以看作是诗的客观特征，由于其明显符合全称判断这一点，将其作为诗的定义也是妥当的。也就是说，诗必须是以抒情性和韵律性为基础，同时以抒情性和韵律性为基础的语言表现必定是诗，确立了必定是"诗"或只能是"诗"的原则关系。

这一点，诗以外艺术分野也同样可以如此说，我们在小说和绘画、雕刻、建筑中常常感到"诗"、"诗的东西"，最终也多由于小说和绘画中体现同样的抒情和韵律（尤其是节奏）动人心弦所致。

不用说，实际上各个具体作品中所包含的抒情性同韵律性的种类、品格、浓淡、完美度千差万别。如仅以抒情种类说，有古代抒情与现代抒情（时代之别），李白抒情与杜甫抒情（作者之别），还有日本的、希腊的、印度的、中国的、西欧的……抒情（地域之别），或者还可以分作俳句的、短歌的、sonnet（十四行诗）、律诗的、绝句的等（诗型之别），抒情的、写景的、叙事的（类型之别），乃至它们的复合体等各种各样的一定倾向，显示了抒情表现数量之多，不必一一说尽。而作为抒情表现的品格、浓淡、完美度，又有形形色色各自细微或明显的差异，可以说同样与韵律有关，其表现也同样诸相纷呈，无限无数。

但若从根本观点上说，最终任何抒情、任何韵律都只是在如何表现方面显示了差异。因而，关于诗的抒情与韵律多样性或曲折复杂的千差万别，都显示了抒情、韵律这一东西无处不在、无时不需。乍看，现代

---

① 市川龟久弥《来自悲惨结局的创造》第三章（小学馆，1972 年）。
② 一旦认定诗的基本性格、特征是抒情与韵律，而且认定抒情与韵律是人们认识对象时最为本源的东西，那么就可以对各国文学史中何以出现"诗歌先行性"这一人所周知的现象，作出较确切的说明。

诗作、诗论否定诗的抒情性和韵律性，其实不过是刻意追求抒情与韵律所造成的变形之果 ①。这乃是抒情与韵律对诗至关重要的一个有力旁证。

四、作为确认自我的诗

以上所述诸点都是诗的客观性格，可以说，抒情同韵律乃是诗的基本语言表现这一看法，得到证实、确认。但对人们说来，形形色色事物与其说只以其客观方面存在，莫如说大体它是作为一个含有主观方面的综合体更普遍。人们出色描绘事物诸相的诗作也不能不说乃是认知客观方面的一个存在。其作为定义，应是包含二者在内的综合东西。但仅就其主观方面而言，也并非如开头列举诸家定义所说那样，只就主观方面下定义。

这里需考虑二者的相互关系。对人的认识而言，主观同客观是相互依存、相互影响。二者中，难见上下、优劣等差别。其中可以达成共识的是，二者认识过程中有时间先后之异。再从根本原则上明确的话，客观事实关系存在是前提，而主观、主体方面则相反，并非前提，这是明

---

① 这样事例极多，现今高中教材中所选的名著，以及同时代的著名诗人的发言，证明了这一点。这里仅举一例。村野四郎《新体诗与现代诗——关于诗的音乐性问题》(《国语展望》第32号，尚学图书，1972年10月）文中，举伊东静雄的无韵诗为例来反驳诗歌的抒情与韵律性（音乐性），但对本书来说，此例意义正是极为抒情、极为有韵律之作。

　　自由自在，格外自由自在，
　　草丛中孩子看见了一只拼命挣扎小鸟，
　　孩子逮住了它，
　　尽管小鸟受伤濒临死亡，
　　却狠狠咬了孩子手指。
　　孩子不再轻轻爱抚，
　　用力将小鸟抛去，
　　小鸟奇迹般飞向天空，
　　翻转着跳上道旁就近枝头。
　　自由自在，那么自由自在，
　　——孩子很快就看到：
　　小鸟像砂粒似掉在地上，
　　在那儿小鸟舒服地仰面躺着。
（伊东静雄《夏花》，子文书店，1940年初版。这里依据桑原武夫、富士正晴合编《伊东静雄诗集》，新潮文库版）。

确无误的事实 ①。因此，这里所说从主观方面下定义，也须以不同已叙述的客观方面相矛盾形式为其特征。

一般来说，作为人的主观产物的诗，较之其他，首先就是一种感动——再确切说是围绕创作和欣赏所产生的那种感动的体验 ②。它并非仅用所谓美的感动这一言词所能表现的，而是一种内发的具有生命力的感动，这种感动的实际状态可以说是极难以语言来表达的。但若论及事实上存在的诗的感动那种实在感的确切性，那么，下面所说的感动的机械论也许可以作为一假说而成立。

作者和读者或某一人具有怎样的诗感动，取决于其人内在感受性，而这与时间、地点有关，由于先天的（资质的）及后天的（环境的）诸条件制约结果，如感动的原质、原型、原象或即所说的内在的波动情况，都形成具有不同程度的层次。不用说，对其自身，仅就下意识感情起伏乃至冲动感情而言是出于自觉的。但这同时也是一种更为强烈、类似生命欲望的东西在寻找如何自我表现、自我确认的机会。人们自己在进行诗歌——广而言之，也包括其他艺术——创作阅读时所感受到的那种如饥似渴的感情，其最基本方面，恐怕就是这种自我表现、自我确认情念基因所致。从这一意义上说，诗确实是一种 Energie（德语：精力）。

但这种情念和愿望的存在，对他而言并非自觉作为原样"诗"的体验。那被称作"诗"的感动体验，应根据什么来判定呢？应根据是否作到全身心投入——在创作中力图将自己表现于作品中、在阅读同时发现自己，是否在表现自我之中看到并探寻到与自己内在感动原质、原象

---

① 所谓"心不在焉，视而不见，听而不闻，食而不知其味"（《礼记·大学》）等表述现象，是在认识过程中主观与客观相互影响情况下，强调主观的东西对客观的东西有巨大影响的典型文例。但应注意的是：即使具有这一意图的记述，实际上，仍以视而不见之物、听而不闻之音，不知其味的食物的实在性，为其联想上的明确前提。

② 这里所说"体验"，相当于欧文系语汇中的 experience，Erlebnis 等，其意义虽然同"经验"，都是一种很好的现象表述。但从日本语和中国语中的这一汉字的语感和用法来说，强调具体性、个别性的亲自感受的"体验"，要比抽象性、一般性较高的"经验"是更为适合于这种情况的确切用语。尤其在中国语的体验中，如同在体谅、体味、体恤等相关连语汇所表明那样，"体"字含有具体的生理的感觉，从诗歌原本要捕捉具体的、个人主观的、主体的感动这一角度说，体验一语是能很好表明这一实际状态的用语。

同一的东西来判定，更确切说，就是是否发现、探寻到这种实感。只有当下意识感情波动、内发冲动成为有意识的自我表现、自我确认情念时，才有可能具有"共感"、"共鸣"这一词语所说的真正意义，即具有与生命成为一体感的共同感动、共鸣回音的体验机会①。而每个感动的强弱、大小，在具体体验上有各种各样差异，基本情况是：它与作为认识主体的人的那种感受性类型，与作为认识对象的作品表现类型二者所具有的内在呼应强弱、大小有关。这种在自己以外的东西中确认一个自我的意义，正是自我的存在感觉的扩充，一种内发的确认自我的体验的实感。这一点，恐怕与人们的那种作为个体的本质——所包含的与生俱来的孤独感乃至失落感紧密相关。那种称作"诗人（Poet）哀愁"的诗人实感②，在这点上，确实展现了诗的感动本质。

由此可见，关于诗的定义问题，如按照下面这样依据认识的客观与主观两方面来认定，大体上是妥当的。诗，基本是抒情性同韵律性的语言表现，该表现与主体的自我确认和感动相一致。换言之，通过这抒情与韵律的语言表现来确认自我之时，也就是我们感受到"诗"确实存在之时。

---

① 这一所谓"艺术体验"的原质、原型、原象的存在（享受、鉴赏阶段），在"对此类型再现的期待"与"由再现而产生充足感"的现象中，表现得尤为清楚。如某位老歌舞伎迷对近年新人模仿先辈上演传统歌舞无论如何也不满意，实际这未必是由于先辈演技较当代更出色，而更多是由于先辈演技所塑造人物形象作为一个有价值的类型，在当时当地已在老人脑海中扎下了根，当此人物形象由号称先辈几代传人的新手重新构成之际，就会在那一类型内外产生极大的不满与不和谐。即由于"同自己脑中原有形象不一致"，以致"未被自己认可"而产生的不满和不和谐感。

　　这点，用反复欣赏古典落语（滑稽故事，日本曲艺之一种，类似中国单口相声——译者）、古典音乐，或者流行的歌谣乐曲中现象来说明，更清楚易懂。如由著名滑稽故事专家而演说的古典滑稽故事，尽管内容、表现形式都反复多次，尽人皆知，为什么还使人感到那么有趣？那是由于再现了对尽人皆知内容和形式的原样期待，而这一再现又达到他人难以替代的完美程度。

　　这点，还可以从音乐和绘画由最初品鉴到逐渐被赏鉴者所理解、所爱好的现象中，寻出其因果关系。即只在作者感受性中存在而在赏鉴者中几乎不存在的原质、原型、原象（它们在具体作品中被对象化），由于鉴赏者在同此作品的反复接触过程中，也就逐渐在鉴赏者自身中得以形成。这就在后天环境中逐渐形成并具备共鸣、共感的基础条件。但一般说来，艺术作品的这种很强的感性要素，对赏鉴者的感性方面先天的生理条件有更大、更高的要求。缺乏对这一特定对象感应姿质条件的鉴赏者，大都最终对该类型、该作者、该作品难以理解和难以体验。即所谓"雕刻盲"、"罗马教皇盲"、"红楼梦盲"现象。

② 西胁顺三郎《我的诗论》（《诗学》所收，筑摩书房，1968年初版）。

五、诗歌抒情表现的结构特征

若给诗的综合性格以大致规定，那么以其客观性格类型为前提，就可能论及另一问题，即作为诗的基本要素之一韵律性有韵律结构，而另一基本要素抒情性又具有怎样特征，便可以假说了。自然，对属作品形态方面的韵律与属内容方面的抒情从同一角度来讨论并不妥当。同韵律结构有较为明显特点相反，抒情结构恐怕就是较为潜在的。从作者、读者角度看，通常或许大都未必自觉意识到。但有无自觉，未必与抒情结构本身存在有无相同。关于诗的抒情表现诸方面，从个别的和系统的方面看，有作者的、题材的、样式的或时代的，重要的是依据他们之间的相互关系，来确认该作品的抒情类型的结构特征。

探讨诗的抒情结构，若运用一个譬喻，也许同下述情形有某种程度相似：如各种各样的语言——尤为以前语言学所关心的——说者和听者方面都未意识到语言的法则性和构造性，初看，好像是依据随意的个别语言现象表现诸方面，抽象归纳而成固有的文法结构。

现就本书主用语"题材"、"样式"概念明确规定如下：

题材：是包含从素材（部分的、个别的东西）到主题（整体统一的东西），"该作品表现对象全部"的综合概念（统一概念）。这一点，欧美系文艺学（广义美学）中，素材（material）同主题（subject, theme）只是作为个别概念（分析概念），并没有包含二者的综合概念。但，与其说现实的文艺作品（广义艺术作品）中难以将二者明显区分开，莫如说至少正是在那种难以区分的微妙用法之中，寄寓着作品的生命。对于这一点，持通常追根问底态度来探究，不能不说是毫无道理的。既然人们的文艺活动、艺术活动是依据较为普通意义的立场来进行的，那么作为综合概念的"题材"与作为个别概念的"素材"、"主题"，因其用语有各自应用范围，具体情况就应该有所分别。

样式（表现样式）：是包含从形式（形态）到作风（诗风、文体、样体），"关于作品所有表现手法——（所有一切表现形式、展示形式）"
的整体的综合概念。与"题材"情况相同，欧美系文艺学和美学中，称
作形式（form, forme）与作风（style, stil），只是作为个别概念而设定，
也没有包含二者在内的综合概念，但实际作品中 Form（形式）与 style
（作风）界限并不分明的情形很多。至少应说，与这二者相关的微妙的表
现之中，也正是作品生命之所在。对此，若持通常追根问底态度，仍不
能不说是难以站住脚的。

尤其就中国古典诗来看，这一点更为明显。像"五言、七言绝句"
和"七言律诗"这样具体的个别诗型，在诗歌形态归属问题上，有"近
体"、"古体"以及"古风"、"古调"、"乐府"、"歌行"、"徒诗"等概念
来区分，而它又明显地属于以 style（作风）要素为中心的归属。这里，
不能仅归结为作品形式问题。就作为近体诗的七言绝句而言，像称乐府
题《凉州词》（王翰）和《清平调词》（李白）等作品，既不只是形态论探
讨的对象，也不只是作风论所探讨的对象。

从这个意义上说，在此仍有必要将作为综合概念的"样式"，同作为
个别概念的"形式"（形态）、"作风"（诗风、文体、样体）用语各自所
适用的具体情况明显区分开来。因而本书中，例如五言律诗，若仅言其
form（形态）就以"称作五律形式"表现之，若涉及含有这一诗型所有
的表现上特色[①]（Style, Stil）时，就以"五言样式"表现之。

[①] 历来所谓创作风格论，都将作者（如歌德风格）时代（如哥特风格）、地域（如意大利风格）、类型（如散文风格）等看作是创作风格论中的概念，而对 form（形式、形态）却不承认其为创作风格论中的概念。其原因有二：一是由于作为艺术论的整体美术，尤其是雕刻等领域，很容易造成 form（形式、形态）就等于创作风格的结果；二是由于文艺，尤其是古典诗的领域，严格意义的定型诗并非各种并存。而在中国古典诗领域却出现了五言绝句、七言律诗等十种以上定型诗并存的局面（参照辽宁教育出版社《中国诗歌原理》，第 236 页《中国诗歌形态一览表》）。各诗型所具有的某种独特的表现特色，既借助于形态的规范，而又经历史的积淀逐渐得以形成。另外，定型诗型并存之数虽不为多，但也非绝无仅有。和歌中有长歌、短歌之别，进而又各有五七调、七五调之别，再加上有特色的旋头歌、佛足石歌等，在欧美语言圈内有特色的十四行诗、民谣、循环句法诗、三重奏、奇数等有特色的定型诗，或以其为标准的有特色的诸诗型；进而言之，又有体现 iambus（诗的长短格调）五韵诗及四韵诗等各具特色的韵律形式（参照竹内敏雄编《美学辞典》，弘文堂，355—371、383—389页）。若考虑到上述与"型态及其表现特色"有关的一系列现象，我认为至少在韵文史的某领域中，也应将 form（形式、形态）认属为 Style（作风，即创作风格）的概念之中。

另外，历来的《哲学辞典》《美学辞典》类书中，多将 style（作风）一语译作"样式"。作为汉字、汉语中"样式"一词语，在语义、语感方面，有极强的形态、法则含意，将作品具体表现出来的抽象的倾向性和感觉的印象这一相当重要部分，用 style 的译语（再确切说只作为 style 的译语）来概括，不用说是极不自然、不确切的（如说李白具有豪放飘逸样式，杜甫具有沉郁顿挫样式）。作为 style 的译语，曾经用过的"作风"（诗风、文体、样体）一语还是比较妥帖的。而且上述"样式"一语自身本体，就其语义表现范围所及来说，乃是已包括 form（形式）同 style stil（作风）二者在内的综合概念①，原因：（1）由于这词语本身的语义、语感；（2）可用作补充历来文艺学欠缺部分②。

具体说，搞清每一题材和每一诗型性格特征方面的明显区别，乃是探讨抒情结构特征的有效方法。在此首先明确下列几方面观点：（1）各个题材以哪种基本要素（属性）而确立，尤其是作为诗的 image（应译作"现行心象"或"心象作用"，才与汉语语义和语感大致相当——著者）具有怎样的特征（题材及其心象构造）③；（2）各种各样诗型具有哪些基本表现倾向特色（诗型及其表现功能）④，然后再进而探讨；（3）哪种诗型对哪种题材具有适应性（题材同诗型）；（4）哪类作者喜好哪种题材，另外，这一题材中什么要素（属性）成为选择对象（作者与题材）；（5）哪一种类型作者采用哪一种诗型易于成功（作者与诗型）等，涉及有关作品表现实际状态的几个基本而又具体问题也都应一一论证确定。

---

① 来自欧美语言圈的留学生诸氏以及专攻文学者的意见认为："样式"，可译作 Style form、formyle（式样、类型）；"题材"，可译作 Subject、matter（主题、事情、问题）。

② 与此相关引人注目的一点是，在关于绘画、雕刻、建筑等所谓造形美术的领域，Style（作风）＝样式的译语几乎没有不和谐感，但实际 Style（作风）＝样式并非确切适当的翻译，相反，这些领域作品，由于事实上 form（形式、形态）＝Style（作风）的状态（至少由于此倾向非常强烈），虽然将 Style 译作"样式"，而实际上是将 Style＋form 译作"样式"的结果。

　　从"样式"这一词在汉语中的字义、语义、语感含有极强的"形式"这一要素来看，因此"样式"不只是 Style 的译语，而是"form＋Style"综合概念才更为确切——这是本书立场出发点。

③ 参照本书第五章《李白的思考形态》。

④ 参照本书第八章《李白诗歌心象及其样式》、木书第九章《李白乐府诗论考》。

六、题材论与样式论

基于上述考察方法进一步推论，已叙述的关于"题材"与"样式"的概念，再确切说，也是以此为中心的关于题材论同样式论在概念方面的思考，在此尚须再加评论。

题材论思考形式基础也即在（1）中所列举的"题材及其心象构造"观点，从原理角度来说，诗的"题材"，即诗人感受性趋向、关心对象。他们歌唱什么，他们的诗所关心的是什么？而这些最终又怎样才能获得最佳显现①？但同时，某一事物或现象成为作品题材，就是说那一事物现象被题材化，也并不是恣意的、无原则的。作为创作者诗人本身是否自觉到这点，以及自觉强弱程度是大不相同的。这里，就必须考虑那一题材之所以成为题材的几个主要属性——尤其是作为诗的意象这一属性，还有各个属性之所以成为属性的认定基准这一内在东西。就此而言，某一事象被题材化，基本意味着诗人将其对这事象认定基准贯穿在诗歌创作这一自我认识行为的过程中。

进而言之，值得探讨的是这几个方面属性，在以其最基本东西（基本属性）为中心，同时较个别东西（个别属性）依附于它，从而形成什么样的结构。

这里所说"基本属性"，只限于那一事象题材化，乃是超越具体作者、时代、地域、诗型、创作背景而作为认识对象方面不可欠缺的基本属性。另外，"个别的属性"由于个别情况的差异，其各自属性也有各色各样起伏升降变化。例如"夕阳"这一题材所表现的情况：即"那一刻

---

① 这题材论的方法，就是对以讽刺、讽喻等手法表达委婉思想的作品来说也同样有效。比喻也好，直叙也好，直接表现也好，间接表现也好，从无数的事象中选某特定事象作为题材，被选者本身与该题材"作为题材的形式"之间，必定具有某种关连，或称有瓜葛。仅此，由于对该题材所包含的要素、属性、构造进行系统探讨，就可以使连作者自身也未必明确的思考上的倾向和特色得到一定程度的明了。

淡薄的光即将消失的瞬间",就是这种题材心象最基本的属性。可以说在所有涉及这一题材的作者及其作品都可见到这一要素,换言之,凡吟咏"夕阳"者而不直接或间接包含这一要素,实际是极难做到的。

与此相对,关于"夕阳"所具有的华丽、静寂或者间歇、不安、不吉等要素,根据不同作者、不同作品,也就出现了时隐时现的不同具体情况。这差异与每个作者、每个作品具体情况至关密切。因此,大致看来,需注意不能只局限于哪种类型作者喜好吟咏怎样题材这一点;还要看那一作者对那一题材所有诸种属性中哪一点感兴趣而选择它,进而看他是否发现了某种新属性,从而以此来探索诗人思考与感觉的特色。可以说这是颇为有效之法。

另外一方面,作为考察样式论基础的东西是(2)中所举的"诗型同其表现功能"观点,若从题材论角度来说,"诗型"可以说是作品抒情表现与韵律表现的连接点,在诗人心象构成方面起着极其重要的骨干作用。

通常所见的短歌、长歌、今样(日本平安中期到镰仓时代流行的歌谣。——译者注)、连歌、俳句、都都逸(日本俗曲的一种,形式是七、七、七、五调、计26字——译者注)或五言绝句、七言律诗、杂言古诗等具体诗型,其诗型所特有的一定感觉和表现力都是为人们所公认的。另外,所谓无韵诗歌和散文诗那种东西,也不能说是由于其为无韵、其为散文才产生出一定表现力。进而言之,外观上完全属同一诗型的,如短歌五七调、七五调,或词(填词)中七言句的四三节奏同三四节奏等例,其表现力和表现感觉,仍具有明显的差异。由语言形态特色所产生的表现性差异,给人的感觉确实十分明显。

诗型这种内在表现上的特色,从基本上说,同先前所述韵律根源性,特别是节奏根源性问题紧密相关。尤其是其中包含有那一诗型在文学史形成过程中就体现的雅俗、软硬、华实等各种各样氛围和色彩。另外,作者心象构成形式同"诗型"内在表现功能形式的关系是微妙而又紧密相关,这也是难以否定的事实。可以说,在某位诗人同某种诗型的亲疏、适应与否关系中，就包含了文艺创作内部至关重要的要素 ①。

最后就作为本书直接对象中国古典诗歌而言，从这一点来概括观察也是必要的。这里，首先中国古典诗歌具有羁旅、离别、闺怨、边塞、怀古、哀伤等所谓依据分门（类别）排列的题材，另外其编辑历史也很长，而且这也是可能具有丰富的诗的心象的世界。它作为文学史上一种传统手法，对接邻的汉字文化圈诸国，也给予很强的影响。中国古诗中近体同古体、绝句同排律、杂言同齐言、乐府系同徒诗系等，在样式方面具有鲜明对比性差异，同时又显示出独自的轮廓和色调②。可以说它们不外乎是中国人的诗的思考和诗的感动的具体体现，是中国语言、尤其是中世纪 ③ 中国语言特色 ④ 的体现，体现了对于那种独特语言结构和韵味的把握。

---

① 作为从这方面先行发言之一例，可举 G·卢卡奇的批评"艺术就是借助于形式的一种暗示"（川村二郎译《新的孤独及其抒情诗》《内容与形式》，白水社，《卢卡契著作集》），"批评家就是注视藏于形式变幻之中的命运并深深体验和玩味的间接无意识藏于形式之中的灵魂秘密真相的人"（同上）。

② 参照第 6 页注③所引书 24—27 页。

③ 关于中国史的时代区分，诸说各有各的论据，不尽一致。现在，在有关中国语学的文献中，虽然相当于所谓 Anciet Chinese（古代中国）的魏晋～隋唐时期的中国语，被称作中古汉语，但若从文学史，尤其是从诗歌史立场来看，就素材、主题、联想、诗型等共通性意义说，这时代引索性称中世文学史、中世诗歌史更为妥当。在本书，将魏晋六朝诗看作中世前期诗，将隋唐诗看作中世后期诗，因而还将同时代的语言看作是中世中国语（中古汉语）。

④ （以唐诗为中心的）中国中世古典诗的样式的成立与中世中国语（所谓中古汉语）的诸性格的种种关系中，尤其应为注意的有以下二点：

A. 为古代中国语言历来的性格，由于具有一字一音节的明确的 rhythm（节奏性），特别容易追求到根据字数、句数的配置而产生的音韵数律效果（对偶表现的极度发达也同样基根于此）。

B. 如 601 年编纂《切韵》表明：由于中世就有平、上、去、入所区分的四声体系，其声调的区分结构得以成立，因而就很容易追求到押韵和平仄等的音位律效果和音性律效果体系。我的看法是："入声"是中国古代上古汉语阴类、阳类、入类三种区分法残留下的要素，若从狭义的声调说，严格意义的"四声"体系还有待于宋代以后北方汉语中出现阴平、阳平、上、去后方始成立。见《关于声调史变化二三问题》（上），《中国文学研究》第一期，早稻田大学中国文学会编；（下），《文学研究科纪要》第二十一期，早稻田大学文学院文学研究科编。

中世纪的声调意识的大趋势是将"入声"认作与平、上、去声音特色为同格，并以此作为诗歌的创作基准而拼凑组合，因而（a）韵尾种类；（b）声调种类的两种不同的分类基准，也就在同一诗型中作为区分意识而并存。其结果，正如典型押入声韵的古代诗所表明，中世纪古典诗的韵律性的基调不只是声调的高低，就连声音的长短、缓急和音色的软硬等也都有意为之，更为复杂。

　　这样看来，在各国各时代的诗歌创作实例中，以唐诗为中心的中国古典诗，可以说是最适应这种方法论的领域。本章开头所说的进行中国古典诗的研读探讨，也正是从这个意义上说的。

第二章　李白诗歌中的谢朓形象
——白露垂珠滴秋月

一、引言

　　李白最敬慕南齐诗人谢朓，诸多古人都指出这点 ①，但这种敬慕之情产生的缘由，迄今尚未见恰当的说明。本文就李白现有作品中关于谢朓形象作综合探索，以探讨谢朓对李白究竟具有怎样意义，这实际也即探讨李白的基本嗜好和价值观，在探索中，将李白与杜甫及其有关诗歌作比较研究，也是颇有益处的。

二、李白言及谢朓的诗例

　　现今李白作品，即使考虑到原文多少有出入这点，尚有一千余首之多 ②。这一数字仅为李白原有作品数量中相当少的部分，从李阳冰《草堂集序》（宝应元年，762 年）所说"当时著述，十丧其九，今所存者，皆得之他人焉"和韩愈所说"流落人间者，泰山一毫毛"（《调张籍》）看，李白对其诗作存留是相当粗心的。而且现有作品中还存在后人窜改、伪

---

① 范传正《唐左拾遗翰林学士李公新墓碑并序》："晚岁，渡牛渚矶，至姑熟，悦谢家青山，有终焉之志。"《新唐书》列传第一二七"白晚好黄老，度牛渚矶至姑孰，悦谢家青山，欲终焉，及卒葬东麓。"又，《唐才子传》"初悦谢家青山，今墓在焉。"王士禛《论诗绝句》其三："青莲才笔九州横，六代淫哇总废声。白纻青山魂魄在，一生低首谢宣城。"近年海内外很多论文都涉及这点。但对此，有两种不同意见：①李白吟咏谢朓诗，多不过是晚年偶至宣城漫游所为。②李白对谢朓的称颂，未必比一般唐人多，不必作特例考察，这两种意见都欠妥。关于第①点，应该看到，李白游宣城固然与有许多故友在此相关，而更为重要确凿的事实是由于对谢朓有强烈的共鸣感。关于第②点，姑且不论像杜甫那样诗人有许多称颂古人之作，单就李白而言，在他为数极少的称颂古人之作中，谢朓是作为一个例外而被称颂，这点本身就有重大意义，引人深思。

② 除原文不同外，由于混入他人之作及伪托等情况，原文确切数量难以规定。据花房英树《李白诗歌索引》，其作品总数为 1120 篇，其中诗歌 1049 首。

作问题①。依据这样材料来研究李白，不能不承担研究原则上的风险。但在古典文学研究中，这是经常碰到难以避开的问题，即受到研究对象所处时代及资料的限制。假如李白诗现仅有 10 首，又是出色之作，那么我们仍可以写李白论。换言之，不管怎样，李白毕竟还有一千余首诗作存留至今，使古典文学中李白研究至少还可以在这一千余首诗范围内展开。

在这一千余首诗中言及谢朓姓名（包括诗题用"谢朓"、"谢朓诗"、"谢朓楼"），有 12 例之多。其中有 2 例用"谢玄晖"、"玄晖"，有 5 例用"谢公"、"谢公作"、"谢公宅"敬称。将"小谢"同"谢灵运"对比的有一例。其中也有一首之中重复出现情况。在同谢朓有直接关系的 15 首诗中，用"谢公"这一敬称称呼谢灵运的有 9 例，称呼谢安的有 4 例，称谢朓的有 2 例。李白以"谢公"敬称历史人物谢灵运、谢安，并将谢朓置于其列，可见李白对谢朓敬意之深。以"谢公"称谢灵运、谢安是六朝以来传统用法，而称谢朓为"谢公"，是李白在文学领域首开先例。这很能说明问题，值得注意。总之，李白不怕与传统用法相混，特意以"谢公"称呼谢朓，充分体现了他对诗人谢朓的敬慕之情。当然，这也应看到在诗歌创作的韵文语汇选择中受平仄、押韵形式制约这一点，如"临风怀谢公"需押"公"字而不是"朓"字，但这仍需先以谢朓可称"谢公"为前提。不言而喻，在现存作品中就有 15 首涉及谢朓诗例本身，若不以现存作品这一前提来考察，而从文学内在性格、特征角度来说的，只不过是一个方面而已。而问题焦点在于，这些为数不多的诗例在李白诗歌整体创作中体现了怎样的倾向特色，而要解决这一问题就必须首先探讨李白诗与其他诗人之作有何不同。

三、李白诗歌的感觉基调

李白诗歌义学特色是多方面的，总的看，突出特点是情感波动幅度

---

① 近年詹锳专著《李白诗论丛》(《李诗辨伪》章) 中，与古人看法完全不同，将《长干行》以下 16 首诗均看作是李白所作。

大。古人以各种形式指出了李白诗歌这一特色。如"其为文章，率皆纵逸"（殷璠《河岳英灵集》）、"故其言多似天仙之辞"（李阳冰《草堂集序》）、"壮浪纵恣，摆去拘束"（元稹《唐故工部员外郎杜君墓系铭》）①、"天才豪逸，语多卒然而成者"（严羽《沧浪诗话》）②、"无首无尾，不主故常，非墨工椠人所可拟议"（陈师道《后山诗话》）③。还有日本的武部利男《李白》中所说"充满率直、明朗、强力、联想"④，"充满幻想"（吉川幸次郎《李白·跋》）⑤，大野实之助《李太白研究》中说"贯穿《诗经》比兴讽谏精神"⑥，在中国则通常有"热爱祖国和人民"⑦、"浪漫主义精神和色彩"⑧的评语。这种种初看好似相矛盾的明显不同的评语，实际正是从各自不同侧面说明李白诗表现出多方面的艺术特色。至少，有关各方面不能相互否定。但我们今天对李白的作品，仅仅只对李白作品，总感觉有一种特殊韵味蕴含其中。这种感觉而又总是若即若离，难以把握。这所谓特殊韵味蕴含其中的感觉，即李白作品中借助于普通常见词语所表现出来的为李白诗所独有的强烈光辉照耀之感。笔者以为造成这种感觉的主要原因是李白对"明亮光辉事物强烈憧憬和追求"。说追求和憧憬光辉明亮事物，且不说李白主观如何，就一般普遍意义上说，也许会有相当多读者难以认同，但从下面事实看，应该说还是相当客观的。第一，李白诗歌语汇的语义本身光明度很高，而且又赋予它以多方面表现功用。第二，对同一素材处理，与其他诗人，特别与杜甫相比，具有明显不同。

---

① 元稹《唐故工部员外郎杜君墓系铭并序》："时山东人李白，亦以奇闻取称，时人谓之李、杜。予观其壮浪纵恣，摆去拘束，模写物象及乐府歌诗，诚亦差肩于子美矣。"（《元氏长庆集》卷五十六）

② 宋严羽《沧浪诗话诗评》二十五："观太白诗者，要识真太白处。太白天才豪逸，语多卒然而成者。学者于每篇中，要识其安身立命处可也。"又《诗评》二十二中："子美不能为太白之飘逸，太白不能为子美之沉郁。"

③ 宋陈师道《后山诗话》："余评李白诗，如黄帝张乐于洞庭之野，无首无尾，不主故常，非墨工椠人所可拟议。吾友黄介读《李杜优劣论》曰：'论文正不当如此。'余以为知言。"参照黄庭坚《题李白诗草后》。

④ 武部利男《李白》（上）（岩波书店）。

⑤ 武部利男《李白》（下）（吉川幸次郎跋文）。

⑥ 大野实之助《李太白研究》（早稻田大学出版社）。

⑦ 姚国华《李白诗歌的思想内容》（《李白研究》，作家出版社）。

⑧ 范民声《李白作品中积极浪漫主义精神》（同上）。

从有关资料可知，在李白诗歌用语中，"清、明、辉、白、碧、绿"等本身具有鲜明光辉感语汇，出现频率占极大比重。特别"白"与"清"构成的"白日"、"白云"和"清风"、"清光"等语汇很多，不用说这也是其他诗人通用的语汇，不足为奇，而"白玉"、"白璧"、"白水"、"白鹭"和"清辉"、"清猿"、"清秋"一类语汇，则尤为李白所喜好，常以5、15乃至超过20、30首的频率出现。当然，诗人选用某一词汇，是受其心情影响，极其微妙的，但某一词语如此频繁地使用，就不能不说与作者思想情感倾向紧密相关了。可是，某一词语经过一至千万次反复运用而成为人们潜意识上喜爱之语，在文学史上一般是在近世（指宋代——译者）以后，因而若从中国中世诗人李白身上发现这种有意识使用某一词语的话，往往觉得反倒有碍于全面正确评价李白。但至少可以说，频繁出现的语汇反映了李白诗歌用语的主要倾向。"清辉"、"白璧"、"碧云"、"渌水"，既在文学史留下相当多的诗语先例，同时，作为李白所 favourite（喜爱）的语汇，在其作品中成为表现其追求光明意念的载体。这种用法还有一个倾向特点，就是：在一句或几句构成的诗句中，要比其作为一个词语单独存在更具有显著效果。"秋露白如玉，团团下庭绿"（《古风》其二十三）、"山明月露白"（《游太山》其六）、"白玉壶冰水，壶中见底清"（《赠清漳明府侄聿》）、"白水弄素月"（《忆崔郎中宗之……感旧》）、"解道澄江净如练"（《金陵城西楼月下吟》）、"日觉冰壶清"（《赠范金乡》其二）、"《绿水》清虚心"（《月夜听卢子顺弹琴》）、"浦边清水明素足"（《和卢侍御通塘曲》）等，就是明证。透明的露水引人想起白玉、秋月的形象，而"水"又同"素月"、"碧玉"、"白练"相关联。而"冰壶"、"渌水"、"素足"词语，前或后又加有"清"这一响亮字眼，使其表象具有共通的清明之感。再看"渌水明秋日，南湖采白蘋"（《渌水曲》）、"渌水净素月，月明白鹭飞"（《秋浦歌》其十三）、"水净霞明两重绮"（《江上赠窦长史》）、"水色渌且明，令人思镜湖"（《登单父陶少府半月台》）、"明湖涨秋月"（《夜泛洞庭寻裴侍御清酌》）等诗句，都共用"明"字，描绘了由于水面映照而月光格外明亮的景致。这也是李白一生所特别喜好的境界。与这一嗜好相关，李白所喜好色彩，如"渌水"、"白璧"、"碧云"、"紫烟"等，若言其归属系寒色系统语汇①。这里应注意的是，即使属暖色系统，他所特别喜好的也是有高亮度、光辉照耀感的词语，如"红"、"朱"、"丹"、"赤"等，虽然它们同"青"、"绿"、"白"、"碧"、"青"语意系列相反，相比之下，为数相当少，但也同样爱用。如"黄"虽是暖色系列，但却例外用得较频繁，其用例大都为"黄金"一词，约有50例，是其他用语的三倍，而他又特别好用传统称颂某物的典型样式"玉～"、"金～"组合成"玉杯"、"金樽"②，正是在这个意义上，"兰陵美酒郁金香，玉碗盛来琥珀光"句中，装满闪烁琥珀之光酒液的玉碗更加辉煌耀眼，同郁金香美酒相得益彰。同时，作为李白诗中主要素材的"酒"、"明光"，也正是体现作者深厚感情的所在。

　　正如许多例证所表明，李白诗歌语汇本身就有很高的光明度，无疑这是造成读李白诗产生特殊韵味感觉的直接原因。但与其浅层地笼统说是这些词语给人以强烈憧憬光明之感，莫如进一层说，首先是由于李白对同一题材处理方式与其他诗人不同所致更为深刻。如果将其与同时代有个性特点的杜甫相比较，就能更明显地看到这点。如古典诗中最为普遍的素材"秋"，杜甫首先是"悲秋"，"万里悲秋常作客，百年多病独登台"（《登高》）。这是最为直接的典型表现。另外，同样《九日蓝田崔氏庄》诗第一句"老去悲秋强自宽"，就是言其老身悲秋，临近重阳佳节于秋日里吟咏，勉强自我宽慰，虽有"兴来今日尽君欢"，意谓恰逢九月九日，可求得瞬间欢乐，但"明年此会知谁处，醉把茱萸仔细看"，足见其尚未摆脱孤独之感。还有"为客无时了，悲秋向夕终"（《大历二年九月

---

①　据堤留吉《白乐天研究》（第十二章第二节《色彩的要素》，春秋社）指出：①白乐天对色彩使用频率依次为红——白——绿——青——黄——紫——黑。②在七色中用红占30%，白24%，绿20%，青11%，黄8.5%，紫5%，黑1.5%。③二处颜色组合（概数）红绿26%，红白19%，青白13%。绿白7%，黄白6.5%，红青6%，红紫5.7%。同李白相比，白乐天更重视一般世俗所看重色彩感觉。同李白多用青，白——黄，碧——绿同色系列相比较，白乐天的红——绿和红——白在世俗中就是较为华丽的色彩。特别是，正如同《新乐府序》所言，白乐天为众多读者着想，也许是有意识这样使用。
②　在一千余首作品中，约有200例之多。

三十日》)、"悲秋回白首，倚杖背孤城"(《独坐》)、"故国见何日，高秋心苦悲"(《薄暮》)、"摇落深知宋玉悲，怅望千秋一洒泪"(《咏怀古迹》其二)、"悲秋宋玉宅"(《奉汉中王手札》) 等吟咏"秋"的悲哀之作，为数甚多。上述情形表明古典诗语表现"悲秋"情感方式既有"悲秋"主动用法，同时也有"秋悲"使动用法。总之，"秋"作为"悲"的表现对象已被概念化了。就是在没有直接用"悲"、"愁"的，如《秋兴》8首、《秦州杂诗》20首，其内容仍像诗题作"悲秋"、"伤秋"一样。杜甫对"秋"的理解原则方向，即"悲"的格调是早已确定了①。但李白却并不如此，如果说杜甫是"悲秋"形象集中体现者，那么李白则以"清秋"为其代表。"朗然清秋月，独出映吴台"(《赠从孙义兴宰铭》)、"天开白龙潭，月映清秋水"(《自梁园至敬亭山……》)、"高松来好月，空谷宜清秋"(《寻高凤石门山中元丹丘》)，还有 "翱翔鸣素秋"(《赠崔郎中宗之》)、"五月不热疑清秋"(《梁园吟》)、"登高素秋月，下望青山郭"(《游敬亭寄崔侍御》) 等，则是明显例证。当然，"清秋"意象未必都同"悲秋"截然相反。清朗的秋月光照中，也不一定不因此产生悲伤之感。李白"客行悲清秋，永路苦不达"(《江山寄元六林宗》)，杜甫"清秋幕府井梧寒，独宿江城蜡炬残"(《宿府》)、"露下天高秋水清，空山独夜旅魂惊"(《夜》)、"清秋宋玉悲"(《垂白》) 等诗句就说明这点。但又很难否定这其中仍有微妙的差异，其原因就在于作为构成诗句要素虽然一样，但在一首诗整体中所体现的意蕴则不同。杜甫"露下天高秋水清"原同"空山独夜旅魂惊"不安之心相关连，进而必然发出"南菊再逢人臣病，北书不至雁无情"的感慨。另外，即使"清秋幕府井梧寒"，这样对"清秋"的吟咏，最终也转入"永夜角声悲自语，中天月色好谁看"那样沉重氛围。这种转入，对杜甫来说几乎是一种必然。李白则不然，"客行悲清秋，永路苦不达"，"凉风何萧萧，流水鸣活活。浦沙静如洗，海月明可掇"。清澄的秋天，凉爽的风，流水，白砂，大江映月——这才是李白

---

① 关于杜甫悲秋感情，尤其是与《楚辞·九辩》关系，可以参考浅野通有论文《杜甫诗歌悲秋感情及〈楚辞九辩〉对其影响》(《国学院杂志》第五十九卷第三号)。

关心的主体。其中关于旅人淡淡的悲伤，仅仅是构成整体乐章的一个音符，并不决定整诗的旋律。下引这首诗，所表现情感与《悲清秋赋》并非同一种类型。它极清楚显示诗人李白所嗜好的，同绝望的悲秋感截然相反，有质的差异。

《秋日鲁郡尧祠亭上宴别杜补阙范侍御》：

> 我觉秋兴逸，谁云秋兴悲？
> 山将落日去，水与晴空宜。
> 鲁酒白玉壶，送行驻金羁。
> 歇鞍憩古木，解带挂横枝。
> 歌鼓川上亭，曲度神飙吹。
> 云归碧海夕，雁没青天时。
> 相失各万里，茫然空尔思。

时间是秋天，场面是离别，其情其景则判然自明，不必引用杜甫"亲朋尽一哭，鞍马去孤城。草木岁月晚，关山霜雪清"（《送远》，《杜诗详注》卷八）、"凛凛悲秋意，非君与谁论"（《送裴五赴东川》，同上，卷十）等例句。杜甫，以及像杜甫那样有倾向性诗人，"悲秋"必定是典型的吟咏素材。实际上，过去吟咏这一素材的名作也多是以其悲秋之情而传世。宋玉《九辩》"悲哉秋之为气也，萧瑟兮草木摇落而变衰"、汉武帝《秋风辞》"欢乐极兮哀情多，少壮几时兮奈老何"，直接表现了悲秋之情；潘岳《秋兴赋》"嗟秋日之可哀兮，良无愁而不尽"和夏侯湛的《秋可哀赋》，也同样如此。这即所谓文学史的传统。但李白却打破了这一传统："我觉秋兴逸，谁云秋兴悲？"他只有对"秋"的逸放之情，而没有悲伤之感。对以《九辩》和《秋兴赋》所确立很有影响的古典悲秋传统来说，诗人李白的"逸兴"无疑是一种大胆创新之见。李白这首咏"秋"之作则自有其独特感受：夕阳的光辉洒落群山之中，水与青天相连，"白玉壶"、"驻金羁"、"碧海"、"青天"，意象鲜明，而细细体味离别万里之

遥，不禁为其空相思而茫然——这即是其悲哀之点。但这也并非传统的
"悲秋"联想。清澄、光洁、清空，表现了李白所独好的清冽的悲哀。

像上述这种差异，也体现在对在"春"、"酒"或李、杜二人都喜爱
的"月"的描绘中。总之，作为作品的几种主要题材，李、杜二者的差
异是相当明显的。例如每当吟咏自己饮酒心情时，杜甫往往首先表现
的是"浊酒"意象："潦倒新停浊酒杯"（《登高》）、"苍苔浊酒林中静"
（《绝句漫兴》九首其六），或"旧醅"、"浊醪"等沉重氛围："樽酒家贫
只旧醅"（《客至》）、"浊醪谁造汝？一酌散千愁"（《落日》），其中"一酌
散千愁"等所表现情景，同李白常用语汇"渌酒"、"清酌"所表现的根
本不同。同时，杜甫即使在"灯花何太喜？酒渌正相亲"这样欢快场
面，也很快就转入"兵戈犹在眼，儒术岂谋身。苦被微官缚，低头愧野
人"（《独酌成诗》，《杜诗详注》卷五）的悲观情绪。对李白来说，就不存
在"浊酒"这一概念。仅以李白诗中 5 首为例，几乎没有在"酒"前加
"浊"、"旧"这样字眼。一般都作"玉壶美酒清若空"（《前有樽酒生》其
二）、"玉碗盛来琥珀光"（《客中作》），表明李白所追求、所喜好的完全是
清澄光辉意象这一点。而同样以洞庭湖为素材吟咏自己寂寥之情，杜诗
"亲朋无一字，老病有孤舟。戎马关山北，凭轩涕泗流"（《登岳阳楼》），
所表现的乃是登岳阳楼眺望所产生的极度悲痛之感，与李白"明湖映天
光，彻底见秋色。……山青灭远树，水绿无寒烟。……瞻光惜颓发，阅
水悲徂年"（《秋登巴陵望洞庭》）和"日晚湘水绿……明湖涨秋月"（《夜
泛洞庭寻裴侍御清酌》）相比较，诗歌情感差异相当显著。李白的悲哀之
感在明亮光辉大自然中淡淡扩散，几乎不留什么痕迹，不过，也不同于
后来韩愈所回避的那种悲哀[1]，细细玩味，不难体察并理解奔放与纤细交
错格调中所蕴含的诗人对秋的独特感受。

正如通常所说，只要通读李白诗作，就很容易确知"月"在其诗中
所占比重之大。李白入水捉月而死的传说，与其说它表达了后人对李白

---

[1] 清水茂《韩愈》（岩波书店，古川幸次郎跋文）。

的思慕之情，莫如说是特别为李白设置了那"水中散碎月影"的景致更确切①。由此例正可以看出后人对李白嗜好所在的敏感、精确的鉴赏力。与此相关，近人曾指出"明月"和"月光"对李白来说是"一种皎洁真率象征"（王瑶《李白》），同时也指出李白，字"太白"，妹称"月圆"，孩子称"明月奴"、"玻璃"。这些，都取"月"的皎洁透明的象征意义，见解极当。但在说及"欲上青天揽明月"（《宣州谢朓楼饯别校书叔云》）和"永结无情游，相期邈云汉"（《月下独酌》）表现心理原因时，认为"正因为他厌恶了社会上的污浊和庸俗，要求纯洁清新，才对明月有那么多的赞颂"，这一看法未免有草率之嫌，李白一生同世俗礼教多有抵触，这确有引起其心理冲突一面。立论顺序应先考虑什么原因使"月"成为"皎洁真率象征"。例如，为什么杜甫对社会污浊和庸俗憎恶之情超过李白，而并没有采取像李白那样以"月"象征形式来表达。杜甫以《初月》《秦州杂诗》其二为首，咏月、月光之作相当多，但与其说杜甫意在欣赏月光的皎洁美好，莫如说是诗人借月寄托自己不安的凄凉心情②。与此不同，"月"在李白诗中几乎是被无条件肯定的，体现着诗人全身心的希冀和追求。对"污浊"、"庸俗"的厌恶并不一定产生赞颂明月结果，而对明月赞颂也并不一定需要以憎恶世俗污浊为前提，这其中另有原因。就李白而言，"月"确实是至高无上的存在。在他反抗世俗污浊之前，就称其子为"玻璃"、"明月奴"，甚至月光映照金樽绿酒了。这里应该特别强调的是，在此种种之前，李白心中就对"月"有至高无上之感了。换句话说，诗人李白先天的资质秉性，有一种对光辉明亮事物憧憬、追求的本能，"月"具有那样一种要素，因而就成了诗人由衷赞美的对象，如从语汇象征角度来说，即"月"乃是"皎洁光明"的象征。

---

① 据王琦《李太白文集》年谱所引《唐摭言》曰：李白着宫锦袍，游采石江中，傲然自得，旁若无人，因醉入水中，捉月而死。"（但现行《唐摭言》并无此记载）宋洪迈《容斋随笔》卷三《李太白》曰："世俗多言李太白在当涂采石，因醉泛舟于江，见月影俯而取之，遂溺死，故其地有捉月台。"

② 杜甫借月表达其凄凉不安感情，详见吉川幸次郎《杜甫与月》一文（《中国文学报》第十七册）。

四、李白心目中的谢朓形象

　　通过前面几个问题的探讨，对李白诗歌基本特色，至少是其重要的一个方面，有了较为客观的认识。在此要着重探讨谢朓同李白诗的基本特色——感觉基调，究竟是怎样关系。前面已说明李白现存诗中称呼谢朓有15首以及以敬称呼其名的这一情况，综合探讨李白15首诗中的谢朓形象，从另一角度说，也即通过以谢朓为对象的诗来考察李白诗歌特色，以便多方位探讨李白，从而加深对本文中所指明的李白诗歌基本特色的理解。例如在宣城怀念谢朓的《秋登宣城谢朓北楼》：

> 江城如画里，山晚望晴空。
> 两水夹明镜，双桥落彩虹。
> 人烟寒橘柚，秋色老梧桐。
> 谁念北楼上，临风怀谢公？

据黄锡珪《李太白年谱》，系天宝十三载（754）李白五十四岁时八月重游宣城所作，另詹锳《李白诗文系年》中认为是天宝十二载秋李白五十三岁时初到宣城之作，尽管时间有异，但都认为系李白后期之作。从作品修辞技巧以及蕴含的美学意识看，也应是其艺术成熟时期之作。宋严羽评此诗"入画品中，极平淡，极绚烂，岂必王摩诘"（《李太白诗集》，书陵部藏），这立即使人联想到王维诗歌的绘画描写风格。这意味着李白诗也具备诗中有画特色，但却难以因此而认为它就是李白诗整体特色。但就其描写的色彩和光线看，焦点是集中而鲜明的。傍晚，从山上高楼眺望，晴空之下，江城如画般映入眼帘。夕阳映照，两水静流，清澄如同明镜。凤凰、济川二桥如彩虹般横架其上，鲜艳夺目。且不说这前半华美描写部分，只以"人烟寒橘柚，秋色老梧桐"两句来看严沧浪"入画品中"之评，也足见宋人对唐诗中委婉曲尽传情之处深有意会。

同时，在淡紫色夕雾飘散但仍是明朗秋气中，"橘柚"有皮肤感觉——"寒"，"梧桐"有内在凋落感——"老"，仅此一点，就应该说严羽之评是颇有见地的。

"谁念北楼上，临风怀谢公"，秋风飒飒，李白在具有 250 年历史之久的南齐宣城登上北楼，仿佛同谢朓一起经历着漫长的时光流逝，俨然成了谢朓的化身。这首诗的景物描写，表现了诗人对光辉明亮美好事物的强烈追求，同时也是借景传情，景情一致，表达了对谢朓的思慕之情。

这种借景传情的暗示手法，在另外场合就转为明确的吟咏。"登高素秋月，下望青山郭"（《游敬亭寄崔侍御》）、"海月破圆影，菰蒋生绿池。……明发新林浦，空吟谢朓诗"（《新林浦阻风寄友人》）、"白若白鹭鲜，清如清喙蝉。……曾标横浮云，下抚谢朓肩。楼高碧海出，树古青萝悬"（《赠宣城宇文太守兼呈崔侍御》）、"汉水旧如练，霜江夜清澄。长川泻落月，洲渚晓寒凝。……玄晖难再得，洒洒气填膺"（《秋夜板桥浦泛月独酌怀谢朓》）、"竹里无人声，池中虚月白"（《姑熟十咏》其三《谢公宅》）、"客散青天月，山空碧水流"（《谢公亭》）等等，所吟咏谢朓形象或与谢朓有关风物，都具有一种内在的皎洁之美。这里最重要的是，李白自己对谢朓及谢朓诗那种如饥似渴的期待形象："诗传谢朓清"（《送储邕之武昌》）、"蓬莱文章建安骨，中间小谢又清发"（《宣州谢朓楼饯别校书叔云》）、"解道澄江净如练，令人长忆谢玄晖"（《金陵城西楼月下吟》）。作为写有"澄江净如练"这样具有玲珑剔透之美诗句的谢朓，首先以其"清"、"清发"，使李白难以忘怀。"解道①澄江净如练"，"解道"，正表明他对谢朓产生的共鸣。而李白"汉水旧如练，霜江夜清澄"，就是明显地有意借鉴谢朓这一句式演化而成。

从后人对谢朓评论中可知，谢朓诗风本身能引起李白发自内心的认同："朓，少有好学美名，文章清丽"（《南齐书·谢朓传》）、"梁高祖（武帝）尤重陈郡谢朓诗，常曰'三日不读谢朓诗，便觉口臭'"（《太平

---

① "解道"，系中世纪时"会咏"、"会说"之意，张相《诗词曲语辞汇释》（中华书局，1953 年出版）有详细例证。

广记》卷一九八所引《谈薮》）、"江山清谢朓"（唐张子容《赠司勋萧郎中》）、"斐然之姿逸韵宣，轻清和婉佳句赓"（《采菽堂古诗选》卷二十）、"撰造精丽，风华映人，一时之杰"（《艺苑卮言》卷三）、"谢玄晖艳而韵，如洞庭美人，芙容衣而翠羽旗，绝非世间物色"（《诗境总论》）、"玄晖之诗清新独出，又自有过人者"（清张泰来《江西诗社宗派图录》"谢蔼、谢朓"条引吕本中说）、"句多清丽，韵也悠扬"（《野鸿诗的》）、"玄晖灵心秀口，每诵名句，渊然泠然"（《古诗源》卷十二）、"玄晖多清俊……能清不能厚也"（同上）。

这里从最美的赞辞到严正的评论，其中自有种种微妙差异。但有一共通点，即都指出谢朓是极富"清丽"、"清俊"、"清新"、"轻清和婉"特色的诗人。李白写得剔透玲珑的闺怨诗《玉阶怨》，其实正是有意模拟谢朓《玉阶怨》并体现上述诸家认同特色的典型之作。谢朓《玉阶怨》：

夕殿下珠帘，流萤飞复息。
长夜缝罗衣，思君此何极。

李白《玉阶怨》则写道：

玉阶生白露，夜久侵罗袜。
却下水精帘，玲珑望秋月。

重要的并不是谢朓、李白都用了共通乐府题《玉阶怨》（《乐府诗集》卷四十三《相和歌辞·楚调曲》）。引人注目的是，谢朓这首是现存作品中最早用此题的诗作，进而言之，全诗所描绘的玉阶——珠帘——飞萤——青光——罗衣感觉世界，在李白笔下，以玉阶——白露——罗袜——水精帘——秋月光形象词语，更真切地显现出其"清丽"这一特色来。谢朓并不限于《玉阶怨》这一例，还有"江上可采菱，清歌共南楚"（《江上曲》）、"秋河曙耿耿，寒渚夜苍苍。……金波丽鳷鹊，玉绳低建章"（《暂使下都夜发新林至京邑赠西府同僚》）、"鱼戏新荷动，鸟散余花落"（《游东田》）、"馀霞散成绮，澄江静如练"（《晚登三山还望京邑》）。谢朓这些流畅的代表作品尽管缺乏较强的激情和壮大的气势，但在南朝文学史上，仍不失显示着这种特色所能达到的最高峰。而且不用说正是"清俊"、"清丽"、"清新"这一最基本特征，才使其诗位居于那一顶峰。

　　这里还应说及李白崇尚谢朓的必然性。正如前所述，李白诗歌在多角度、振幅大几个重要方面，具有谢朓所没有的特色，但不管李白主观作何想，我们看到，事实上，从诗人所具有基本秉性素质方面看，在过去众多诗人中，李白同谢朓极为相近，而李白也独对谢朓产生强烈共鸣感。"谢朓已没青山空"（《酬佐明见赠五云裘歌》），"我家敬亭下，辄继谢公作。相去数百年，风期宛如昨"（《游敬亭寄崔侍御》），"独酌板桥浦，古人谁可征？玄晖难再得，洒酒气填膺"（《秋夜板桥浦泛月独酌怀谢朓》），这些充满深情的联想与李白屡屡追怀古人屈原、司马相如、扬雄、陶渊明、谢灵运等之吟所表现出来的情感不同，李白对谢朓似乎有一种强烈的出自内心的认同感①。这并非仅仅由于仕途不遇的李白对死于非命的谢朓的同病相怜②，最根本的是诗人的资质秉性相同所致。由于受南齐文坛风气限制，谢朓作品同样难以避免联想形态和表现技巧的类型化毛病，但其中蕴藏的与李白同质的嗜好和情感，李白却敏感接受了。这即所谓作为诗有 identity（本身）同质性的发现和认同。从这一意义上来探讨描绘谢朓形象的典型诗作《金陵城西楼月下吟》，可以说，它体现了李白对谢朓的最基本的感情。

---

① 　关于这点，作为李白对风雅人物思慕举例，有谢朓、扬雄，司马相如、屈原（大野实之助《李太白研究》398 页以下）。另有言及谢灵运 15 例，见伊藤正文《盛唐诗人同前代诗人》下（《中国文学报》第十册）。但除谢朓外，多数情况是针对历史上有名故事而发，司马相如则多半因其是同乡因而倍觉亲近。总之，都与在咏谢朓诗中所表现出来的秉性资质方面的认同感有一定距离。

② 　《南齐书》卷四十七《谢朓传》："……遥光又遣亲人刘讽，密致意于朓，欲以为肺腑。朓自以受恩高宗，非沨所言，不肯答。……遥光大怒，乃öss敕召朓，仍回车付廷尉，与徐孝嗣、祏、暄等，连名启诛朓，……下狱死，时年三十六。"

金陵夜寂凉风发，独上高楼望吴越。

白云映水摇空城，白露垂珠滴秋月。

月下沉吟久不归，古来相接眼中稀。

解道澄江净如练，令人长忆谢玄晖。

其中第三句"白云映水摇空城"，清王琦曾指出宋代编纂《文苑英华》本作"白云映水摇秋光"，依据宋本，全诗格外增加了光与影交错的形象。"空城"也好，"秋光"也好，虽版本不同而有异，但在月下都要产生阴影，无关大局。诗中描写这样的景致：寂静西楼之上，李白独坐，阵阵凉风吹来，都城之影在水光中摇曳，满天白露在秋月光下点点滴滴地洒落着，长夜无尽，露珠无数，这充盈着李白憧憬向往深情的景物描写，简直无与伦比。它寄托了李白对谢朓真切的认同感，无限追慕之意，尤为重要的，李白以其独有词语"古来相接眼中稀"，来表现他对谢朓的不同寻常的怀念之情。当在众多的先人诗作之中，追求与自己诗作情感同一性时，李白的自负和敏感，不能不首先感到同自己异质的东西，但他还是选择了在多角度、振幅大方面与己有异的谢朓，这不能不说是一个唯一例外①，无非是其被谢朓"澄江静如练"所象征的"清丽"、"清新"形象所打动，换言之，李白自己对文学的喜好倾向在谢朓身上得以验证，对李白而言，谢朓形象也即李白的缩影。

月下沉吟久不归，古来相接眼中稀。

解道澄江净如练，令人长忆谢玄晖。

全诗前半部押急促入声韵字"发"、"越"、"月"，后半部则变为富有余

---

① 涉及谢灵运作品也有类似表现，如《书情寄从弟分州长史昭》、《春夜宴从弟桃李园序》，但那不过是有意识借灵运与惠连之关系来表现自己同从弟之间关系，与对谢朓纯在文学方面有共鸣感情况不同。参考《艺苑卮言》卷三："玄晖……一时之杰。青莲目无往古，独三四称服，形之词咏。"

味的阴声韵的 i 音，情感充沛，韵致悠扬，还有那形象鲜明的"白露垂珠滴秋月"景物刻画，同时为我们逼真地描绘出李白心目中的谢朓形象。

五、清新庾开府

在综论李白诗中所呈现谢朓形象时，杜甫对李白有名的评语"清新庾开府，俊逸鲍参军"(《春日忆李白》)，又给我们提出具有深意的新问题。所谓"清新"，是六朝以来对文学作品一种理想评语①。杜甫这首诗中所用"清新"一语，并无绝对内含，还有"更得清新否，遥知对属忙"(《寄彭州高三十五使君适虢州岑二十七长史参三十韵》，《杜诗详注》卷八)、"复忆襄阳孟浩然，清诗句句尽堪传"(《解闷》其六，同上，卷十七)。而且，杜甫这里"清新"一语，并不是用在与李白主观最为接近的谢朓身上，而相反，用在庾信身上，探讨其所以如此原因，这对搞清盛唐时"清新"这一概念究竟作何解，也是个颇有意义的问题。也就是说杜甫所谓"清新"，并非指谢朓诗中清明晶莹、光彩陆离部分而言，而是指庾信那种内在勃郁激情，却以曲折往复形式表现这一特色②。这点可由杜甫自己对谢朓、庾信二人不同评论证明。杜甫曾论及谢朓"谢朓每篇堪讽诵"(《寄岑嘉州》)、"诗接谢宣城"(《陪裴使君登岳阳楼》)，但同时，是以如下看法为前提条件③，即"何刘沈谢力未工"(《苏端薛复宴简薛华醉歌》)，意指六朝时何逊、刘孝绰、沈约、谢朓等力都还未达到水准。相反，杜甫对庾信评价是"庾信平生最萧瑟，暮年诗赋动江关"(《咏怀古迹》其一)、"哀伤同庾信，述作异陈琳"(《风疾舟中伏枕书怀》)、"庾信文章老更成，凌云健笔意纵横"(《戏为六绝》其一)。由于

---

① 《文选》卷三十八任昉《为萧扬州荐士表》："辞赋清新，属言玄远。"
② 关于杜甫同庾信相会合，李白同谢朓相会合对比情况，明胡应麟《诗薮》(外编卷二，六朝)曾曰："供奉之癖宣城也，以明艳合也；工部之癖开府也，以沈实合也。"
③ 正如第 32 页注①中伊藤正文论文中所揭示，仇兆鳌《杜诗详注》将其看作是关于七言歌行评说，从杜诗通常的表现手法看，自然并非限指具体某一个。

杜甫自身感受经验，对庾信萧瑟、老成、哀伤方面就给予极高评价①。同时，杜甫对庾信一生怀才而客死异乡的不幸遭遇也怀有同病相怜的共鸣感②。而李白对庾信反应，从现有作品看，根本没有直接言及庾信的。若以与庾信有关例句看，也只是间接包含在"自从建安来，绮丽不足珍"（《古风》其二）这一诗句中。这且不说同谢朓相比，即使同谢灵运、陶渊明、鲍照等相比，也表明李白少有的冷淡态度。总之，对李白来说，庾信与曾作为自己象征的谢朓相比，可谓如正负两极明显不同。可见庾信并不是李白所特别关注的对象。因此，将庾信同李白"清新"一面相关结，从某种意义上说，至少是对李白的一种误解。宋范正敏《遯斋闲览》（杂评）介绍王安石评论"但比之庾信、鲍照而已，然二人者，名既相逼，亦不能无相忌也"。同时代葛立方《韵语阳秋》（卷一）云"如'清新庾开府，俊逸鲍参军'……之句，似讥其太俊快"，都认为杜甫这一诗句表现了杜甫对李白持否定见解。而现存杜诗中涉及李白的十几篇诗作，如《梦李白》、《不见》、《与李十二白同寻范十隐居》等，总体上都对李白充满敬意，说杜对李持批判态度说法是没有道理的。宋严羽《沧浪诗话》已有辨正③。另外，明杨慎曾就"清新"下定义说："杜工部称庾开府清新。清者，流丽而不浊滞。新者，创见而不陈腐也。"并列举庾信诗句"池水朝含墨，流萤夜聚书"（《奉和永丰殿下言志》）、"依稀映村坞，烂漫开山城"（《杏花》）作说明，结论是"唐人绝句皆仿效之"（《升庵诗话》卷九）④。这在当时被视为很一般的看法，倒是值得注意的稳妥精辟之见。但重要问题仍在于杜甫评李白这句诗上。因此，不顾庾、李二者在"清新"方面差异这一基本条件，单纯列举庾信诗句，最终也

---

① 据前注中所说伊藤论文中，曾指出杜甫言及庾信有九例。
② 《北史·文苑传》卷八十三《庾信》："时陈氏与周通好，南北流寓之士，各许还其旧国。陈氏乃请王褒及信等十数人。武帝唯放王克、殷不害等，信及褒并惜而不遣。……信虽位望通显，常作乡关之思，乃作《哀江南赋》以致其意。大象初，以疾夫职。隋开皇元年卒。"
③ 《沧浪诗话·考证》："少陵与太白，独厚于诸公……其情好可想。《遯斋闲览》谓'二人名既相逼，不能尤相忌'，是以庸俗之见而度贤哲之心也。予故不得不辩。"姑且不论其李、杜乃圣贤看法当否，就杜甫诚意来说，这段评语至为恰当。
④ 清沈德潜《古诗源》对庾信的注释，大致与此相同。

只是表面的例证。应看到，杜甫称之"清新"的庾信，并不是李白所直接关注对象。假如以李白自身语感来寻找"清新"的话，恐怕除谢朓外别无选择，至少不会是庾信。

从这个意义说，杜甫评李白"清新庾开府"一句，自然就是由于杜甫对李白嗜好和心情某种误解而发表的看法，但最终超越这误解之上的是表现了李、杜二位诗人极其强烈的个性差异①。

---

① 作为与此相关问题，李白、杜甫忧愁情感即在愁和忧方面差异，目加田诚《与尔同销万古愁——愁与忧》(《中国古典研究》第十六号）作了专门探讨，这两个字都在《切韵》中同一韵部（下平尤），没有疑义，而且正如目加田诚论文所指出的，《说文》以来辞书都以二字互训。但我想，愁——含有悲伤之意，忧——含有恐惧之意，二者的差别，还是难以否认的。李、杜二人在共用"忧愁"两字同时，而李白心情倾向愁，杜甫心情倾向忧，若此说成立，那么本文中所论及李、杜在感觉和心性方面的种种差异，就从对"忧愁"这一诗语各自体验感觉不同方面，得到了旁证。

第三章　李白离别之吟
——送别、留别考

一、引言

　　众所周知，离别场面及其心情是中国古典诗，尤其是唐诗的重要题材。其地位如果同与之相对应的日本文学的古典诗——古代·中世和歌相比较，可以说是相当高的①。另外就是与同时代的欧洲中世文学比较，也可以说是其一大突出特色②。关于中国中世诗歌这一倾向的综论，尚需要有更多的时间和实证，本章所列举送别和留别等吟咏离别之歌所表现的几个问题，作为李白论的一环也颇有意义。这就是，李白不仅是唐代离别诗的主要作者之一，而且这一题材作品也是论述李白诗歌特色的重要入手之点。同时想通过对这些问题的探索，来论述离别诗原本表现功能和特征。

二、离别诗的比重
——同周边诸家比较

　　我们今日通读李白作品都能感到这突出一点，即以"送别"、"留别"等为题的离别诗所占比重极大。现在流传的李诗原文，都认为与祖本系统原文有相当的出入③。它们分门别类的原则，则是以表现样式与内容为

---

① 关于古代·中世纪和歌，如像《古今集》的"离别歌"那样以离别为其主题的题材并非没有，只是没有像中国中世离别诗那样，以共有一定的诗语和联想构成"离别之歌"的类型。相反，正如众所周知，在日本和歌中对四季、爱情的吟咏占有很大比重这一特色，在中国中世诗中也是看不到的。这是两国古典韵文比较中极有趣味的问题。

② 关于几乎同时代的加洛林王朝（八世纪中叶——十世纪末）韵文，也很难寻求到离别诗体系的作品群。Ct. F. Raby, A History of Secular Poeter in the Middle Ages Oxfora 1957（znd ed）这点曾得到专攻欧洲中世诗的鹫田哲夫氏指教。

③ 参照花房英树编《李白诗歌索引》解说。

基准排列。关于这点，如清王琦《李太白文集》在外观上不标示类题，只是在卷数整理上坚持此原则。这是一个关系到后人阅读李白作品兴味的问题，实际在各部门之间某作品区分往往很暧昧。如就在李诗分类方面很有影响的《分类补注》本二十五卷（元萧士赟）而言，主要是以"古风"、"乐府"、"歌吟"表现样式区分，而"赠"、"寄"以下的"哀伤"十八种，几乎又以内容区分。进而后者之中"赠"、"寄"、"留别"、"送"、"酬答"等，显示了作诗场合和作者与对方关系，也可以用"抒怀"、"咏物"、"闺情"来区分。总之，由于在同一方面并用，乃至混用不同的分类基准①，当然就产生哪一个基准最优秀，所界定归属类型是否切合实际这一问题。王琦本不标分类名，因其意图不甚明确，只在各卷中实际上照原样排列，所以不能看作是妥当的编排。

李白诗早就有按类题分别的编辑形式，实际上它早已成为诸家流传版本的主流，因而便引出下列几个问题：

（1）由于含有李白早年之作，很多作品创作年代不详，换言之，其在世时就已有许多作品广为人知。

（2）李白并不像白乐天那样尝试为自己作品编辑结集。

（3）涉及按不同部门、不同类题编辑的作品群，都存在一定的倾向性特征（形象和联想典型化倾向比较明显）。

（4）超越实际创作年代和实际创作情况的作品自立性相对较高。

因此，由于这一分类特点，李白离别诗，首先被收在"留别"与"送"部分。就元萧士赟《分类补注》本而言，卷十五有"留别"诗（35首），卷十六—卷十八有"送"诗（100首）。在宋本中，从卷十三到卷十六，王倚本中从卷十五到卷十八，与其相当。但除此以外，像《赤壁歌送别》（卷八）和《别内赴征》3首（卷二五）那样，虽属"歌吟"和"闺情"

---

① 出现这一现象的作品为数并不少。正如在《文选》和《白氏文集》等分类中所体现那样，中国古代流行的分类意识给奈良、平安时代的日本以相当大影响（汉诗集和歌集的分类）。其分类基准首要一点，即将各种各样作品按某印象、某特征为准，个别抽出，然后将其原样并列。只是以事物的部分特征来选拔，并列点缀而成"并非是立体的、体系的"有机构成这一点，体现了一种中国思考样式。

等部门，由于也含离别这一主题，所以若将此类范围作品也算在内，计有 160 首可作离别诗来考察。这个数字约占全部作品 1050 首的 15.5%，同李白前后诗人相比，所占比率还是相当大的。如以同样标准衡量，其情况大致如下：杜甫离别诗 130 首，占 1450 首中的 8.5%；白居易 180 首，占 2800 首的 6.5%①；韩愈 30 首，占 370 首的 7.8%。不用说，各位诗人由于原文的不同，诗歌题目和诗歌数量有出入，但不影响大局。只有王维可与李白相比，是离别之作为数多的诗人，共写有 73 首，占总数 415 首的 17.5%，若不计其创作此种诗的绝对数（73 首）少，就占比重（17.5%）超过李白。另外，除少数所谓主要诗人外，王昌龄、刘禹锡、刘长卿、贾岛、许浑、卢纶等，也都堪称离别诗作较多的诗人。

虽然，评价作品标准，不能不考虑到数量、比率一方面的论据，但更为重要的是，它们在整个诗歌创作领域中具有怎样的价值，占据什么样的位置。与此相关，李白与王维同其他作者相比较，就具有相当显著的倾向。如果给当时主要诗人编选各自选集的话，杜甫、白乐天、韩愈的送别、留别之作有多数未必能入选。若举他们较有名的离别诗，不外乎《西湖留别》和《赋得古原草送别》（白居易）、《送远》和《暮秋将归秦留别湖南幕府亲友》（杜甫）、《送李愿归盘谷并序》（韩愈），为数极有限，而且除《西湖留别》和《送远》外，都是由于或成名作、或晚年之作、或系有名序文而被文学史予以某种关注，才成为出色之篇。实际上很难说是由离别诗本身所具有表现力而赢得的评价。

与此相对，李白和王维情况与他们就大不相同。像李白离别诗《黄鹤楼送孟浩然之广陵》、《送友人》、《梦游天姥吟留别》、《金陵酒肆留别》、《灞陵行送别》、《宣州谢朓楼饯别校书叔云》、《渡荆门送别》，王维的《送别》（山中相送罢）、《送别》（下马饮君酒）、《送别》（送君南浦泪如丝）、《送元二使安西》、《送沈子福归江东》、《临高台送黎拾遗》等都是作者主要作品，很难排斥在选集之外。并且，他们这些作品也并非像前

① 据堤留吉教授的有关白居易未刊资料。

述白居易和杜甫、韩愈那样，因与特殊事例有关而知名于文学史。可以说他们是由于其离别诗具有特有的表现力而获得应有评价。

同时，这些离别诗，不只具有作为离别诗的出色的表现力，更重要的是集中体现了李白或王维诗歌创作的风格。如王维《送别》"山中相送罢，日暮掩柴扉。春草明年绿，王孙归不归"、李白《金陵酒肆留别》"风吹柳花满店香，吴姬压酒唤客尝。金陵子弟来相送，欲行不行各尽觞。请君试问东流水，别意与之谁短长"，其中展现了王维之所以为王维、李白之所以为李白所特有的诗情和意境。这正是传统的词语"不穷婉曲，含蓄多味"（《王右丞集》明顾可允评）、"言有尽而意无穷，味在酸咸之外"（《唐宋诗醇》乾隆御批·李白）所形容的境界。换个角度说，后代读者正是从这些作品中感受到王维、李白的本色，进而言之，他们已具有其他作者不可模拟的、固有的表现范围。

若沿着这几个显著倾向考察，李白和王维的主要离别诗，最终与骆宾王《于易水送人》、王勃《送杜少府之任蜀州》、王昌龄《芙蓉楼送辛渐》和《送别魏二》、高适《别董大》、岑参《走马川行奉送封大夫出师西征》、郑谷《淮上与友人别》等，一道共同形成唐代离别诗代表作品群，而同时其本身作为唐代离别诗的典型，因给以后的作品以历史性影响而占有重要位置。

三、离别诗的两种基本类型

现行李白诗集分类基准的混乱情况，前文已论及。离别诗大部分在"留别"、"送"两个部门，它们之间完全是整然对应关系，也就是说，这里所说"送"，就是作为普通的"送别"分类，送对方出发的作品；"留别"，从"留下离别之意"角度说，展现了自己踏上旅途告别之际场面。这两种用例虽在文献中难寻其源，但在以诗题标明"送别"、"留别"的用法中，毫无例外，题目与其内容相对应。

另一方面，作品内容与现行分类之间，还是多少有些混乱，如《渡荆门送别》，当然应入"送"，但却分在"留别"类；《黄鹤楼送孟浩然之广陵》和《广陵赠别》，从内容说，也并非"留别"，应分在"送"类中。这在简单原则上的混乱，恐怕是在分类排列之初因原文偶然混入，故照样沿袭至今 ①。另外，包括其他诗人在内，"送别"之作比"留别"之作多的直接原因，乃是他们自身踏上旅途之际的身心负担，使他们充裕创作的 Energie（德语：精力）大为减少之故。

当然，仅就所谓"留别"、"送别"看，从离别诗即歌吟分别这点说，别人的存在与对方的离别，是其作品不可欠缺的要素。也正是在这个意义上，各种各样诗怎样对待对方，就成为论述离别诗性格不可欠缺的要素。若尝试以此为基本分类标准的话，可能有如下两大方面区别：（1）因同对方关系紧密，所写离别具有很高的个别性，具体性。（2）因同对方关系并不紧密，所写离别形象化，而有很高的普遍性、抽象性。不用说，作为文学作品，两者要素混合存在于一体的情形当然也是常见的。这里，有必要首先指明各自的典型归属，以便通过两者对比论到问题的所在。以这两大方面作为前提来考察，都认为一般情况下离别诗倾向是第一个方面的长篇较多，而第二个方面的短篇多。这种差别本身，从个别描写、具体描写比普遍性、抽象性描写要用更多的语汇和素材这点看，就很自然了。李白及周边诗人怎样表现这两方面相互关系，在离别诗发展史上，都具有重大意义。

李白离别诗中最有名的一首是《送友人》：

> 青山横北郭，白水绕东城。
> 此地一为别，孤蓬万里征。
> 浮云游子意，落日故人情。
> 挥手自兹去，萧萧班马鸣。

---

① 《分类补注杜工部诗》（《四部丛刊本》）的"送别"一门上、下中都收有《留别贾严二阁老两院补阙》等。由于没有设"留别"一类，所以情况就有异。

在这里，被送的友人是怎样的人，作者同他关系怎样，这一切都不是直接问题。只是表明作者在"青山横北郭，白水绕东城"这样地方同友人离别。由于运用了"孤蓬"、"浮云"、"落日"、"班马"这些构成离别之歌的传统语汇，同诗题《送友人》构成了一幅形象的画面，舍弃了有关对方的个别性描写，使李白的送别乃至离别之形象更为凝练，其魅力未必会因此而减弱。相反，全诗离别之情正因此更为集中、统一，纯度更高。

《灞陵行送别》情形与此相同：

> 送君灞陵亭，灞水流浩浩。
>
> 上有无花之古树，下有伤心之春草。
>
> 我向秦人问路歧，云是王粲南登之古道。
>
> 古道连绵走西京，紫阙落日浮云生。
>
> 正当今夕断肠处，骊歌愁绝不忍听。

首先，由于点出当时离别之地"灞陵"、"灞水"，贯穿全诗主题便很明确。"无花之古树"、"伤心之春草"，都是表达离别寂寞的景物。象征孤独选择的路歧，充满古人诗情，夕霭中落日下的遥远宫阙，浩浩流而不息的灞水，则是难以斩断离别之意的表象，愁苦哀绝的骊歌，正是旅途中人的离别之吟①。正是这些有关离别的素材反复累加，构筑成离别诗的轮廓和色彩，形成同读者交流的有机形象。这种情况，作者所关注的并非同被送友人的密切关系。相反，由于扬弃了这种个别人物、个别特点的描写，离别本身的印象倒更为强烈。

这点，在《梦游天姥吟留别》那样长篇中也同样如此。"海客谈瀛洲，烟涛微茫信难求。越人语天姥，云霓明灭或可睹"，所写天姥山形象，是

---

① 《汉书·儒林传·王式》："……谓歌吹诸生曰：'歌《骊驹》。'式曰：'闻之于师：客歌《骊驹》，主人歌《客毋庸归》。'……"同书有注："服虔曰：'逸《诗》篇名也，见《大戴礼》。客欲去歌之。'"文颖曰："其辞云：'骊驹在门，仆夫具存；骊驹在路，仆夫整驾也。'"

全诗中极为重要的素材，而对它所进行的详细而又充满活力的描绘 ①，使之 "世间行乐亦如此" 以下留别感情的强化有了坚实的载体。而关于与留别的对方的个别的关系，则无足轻重。

　　因此，尤其就李白情况来说，在诗歌中即使记叙了离别对方具体个人的姓名，而在诗中也多表现出这种舍弃与个别个人关系的描写倾向。如《黄鹤楼送孟浩然之广陵》："故人西辞黄鹤楼，烟花三月下扬州。孤帆远影碧空尽，唯见长江天际流。" 对方是孟浩然，别后去处是广陵（扬州），这都是事实。但诗中所吟咏情景和情感，则未必非专指孟浩然不可。对方是自己的亲密朋友，正当春季，诗情基调则是以长江流水象征遥远离别，这才是诗的中心意象。而作者与孟浩然的具体关系以及专为送别对方孟浩然的必然的个别之情，完全消融在第三、四句具有普遍性和抽象性的离别感中了。如果说这一现象或许与作品限于七言绝句二十八字制约不无关系，那么像《宣州谢朓楼饯别校书叔云》那样较长的古诗也同样如此：

> 弃我去者，昨日之日不可留，
> 乱我心者，今日之日多烦忧。
> 长风万里送秋雁，对此可以酣高楼。
> 蓬莱文章建安骨，中间小谢又清发。
> 俱怀逸兴壮思飞，欲上青天揽明月。
> 抽刀断水水更流，举杯浇愁愁更愁。
> 人生在世不称意，明朝散发弄扁舟。

诗中，被送的校书叔云，从表面上是消失了，再进一步，与其说 "蓬莱文章建安骨" 是从学问、文书方面显示了与校书的关联性（《分类补注李太白诗》卷十八 "齐贤口：'蓬莱，指校书也'"），莫如说它是因送别场

---

① 尤其是 "千峰万转路不定" 以下 "仙之人分列如麻" 十六句尤为明显。

地谢脁楼关系要同"中间小谢又清发"对偶表现所需有关更为恰切。在言及东汉、建安、六朝、唐代这一时代发展中,也很难说同校书叔云有什么必然联系。总之,这首诗,包括"抽刀断水水更流"以下表白部分,主要是抒发李白自身对这一诗风传统断绝的感慨,与"叔云"离别这一具体、个别条件,只不过是作为诱发作者诗的昂扬感动的一个契机。开头"弃我去者"与结尾"人生在世"相呼应,正是这一对应点,成为贯穿全篇的有机线索。

另外一方面,在李白作品中,也有与这种倾向相反,因详写同离别对方关系而个性、具体性很高的,但大多是不出名之作。如《送窦司马贬宜春》:

> 天马白银鞍,亲承明主欢。
> 斗鸡金宫里,射雁碧云端。
> 堂上罗中贵,歌钟清夜阑。
> 何言谪南国,拂剑坐长叹?
> 赵璧为谁点,隋珠枉被弹。
> 圣朝多雨露,莫厌此行难。

从诗题看,写送窦司马贬宜春(袁州)的出发场面。开头"天马白银鞍"以下,首先描述送别对象窦司马前此承明主之恩在宫中私邸打发豪华得意生活的情景,继而"何言谪南国,拂剑坐长叹"一句一转,突然遭到失意,而后叙述其处境有如和氏璧、隋侯珠受玷污,并预言由于天子恩泽,出头之日亦近,以此来安慰窦司马旅途之际不必悲苦。这全诗十二句都各自同送别对象的具体情况相对应,与诗题贬谪之语紧密切合,具有很强的个别性。再如《送侯十一》:

> 朱亥已击晋,侯嬴尚隐身。
> 时无魏公子,岂贵抱关人?

余亦不火食，游梁同在陈。

空余湛卢剑，赠尔托交亲。

将排行十一的侠客侯某拟为战国名侠侯嬴，写诗送别。"朱亥已击晋"以下四句，引侯嬴与魏公子信陵君无忌故事①，对侯十一的不遇深表同情。"余亦不火食，游梁同在陈"，将自己现状与孔子游历之苦相比②。结笔二句，将自己的剑比作有德之士的湛卢名剑③，赠给侯十一，以表相互亲交、永远不渝之意。在八句四十字短诗中，对方与自己相互安排细致稳妥，表现手法上也多用典故，不避重复繁琐，这种着力于同对方个别具体关系描写的诗，表明是一种立足于礼仪性之作。

同时，这首诗吟咏离别的寂寞感和交往情感较淡薄，由于多用典故与沿袭礼仪类型，作为离别诗的主要基调抒情性就变成了枯燥没有流动性的东西了。

李白还有《送长沙陈太守》、《送赵判官赴黔府中丞叔幕》、《感时留别从兄徐王延年从弟延陵》等，对送别对象多采用个别描写的离别诗，也都普遍存在着这种所谓感动的礼仪化和形式化倾向。由于社会人际关系的需要，多数离别诗创作模式，当然就是对送别者进行个别描写，而离别诗的一定规格也就因此相沿成袭。另外，再就表现原理说，表现的个别性和具体性，变化的形象一旦被固定下来，仅靠暗示和象征也妨碍情感的传播与表达。就上述几例考察看——至少在李白方面是这样——将具有这两种倾向作品作一比较，就可以看出，舍弃对送别对象个别性描写而具有很高普遍性的离别诗倒能更好反映作者李白的个性④。但这里

① 《史记·魏公子列传》中有魏信陵君无忌，与国都大梁夷门监者侯嬴、屠者朱亥故事。
② "孔子穷于陈、蔡之间，七日不火食"（《庄子·让王》）等。
③ 《吴越春秋》卷四载："楚昭王卧而寤，得吴王湛卢之剑于床。昭王不知其故，乃召风胡子而问……风胡子曰：'……人君有逆谋之谋，其剑即出，故去无道以就有道。'今吴王无道……"
④ 尽管著名的离别之作也有具体描写对方，写得较具体的，如《赠汪伦》："李白乘舟将欲行，忽闻岸上踏歌声。桃花潭水深千尺，不及汪伦送我情。"但其重点在"赠"的形式，当然要直接描写对方，不能与将离别本身作为其吟咏的作品以同一基准来讨论。

应注意的是，个别的、具体的描写少，未必就意味着对对方或对离别的关心就低。对方的存在以及对同他分别的关心乃是所谓离别诗的前提。除特殊类型外，没有这种关心离别诗就不存在。问题在于，这种关心是借对特定对象无变化的照样进行个别、具体描写来表现，还是更多地转化为普遍描写这点。至于关心的强弱，自然另当别论。

四、杜甫、韩愈离别诗创作倾向

与在李白离别诗中体现了这一倾向不同，在杜甫和韩愈离别诗中显示出另一种样相。杜、韩创作离别诗的比重，不像李白和王维那样高，因而，著名离别诗本身可以说很少，而这其中较有名之作也大都与李白写法相反，着重在对对方进行细致描写上。

《送孔巢父谢病归游江东兼呈李白》：

> 巢父掉头不肯住，东将入海随烟雾。
> 诗卷长留天地间，钓竿欲拂珊瑚树。
> 深山大泽龙蛇远，春寒野阴风景暮。
> 蓬莱织女回云车，指点虚无是征路。
> 自是君身有仙骨，世人那得知其故。
> 惜君只欲苦死留，富贵何如草头露？
> 蔡侯静者意有余，清夜置酒临前除。
> 罢琴惆怅月照席，几岁寄我空中书？
> 南寻禹穴见李白，道甫问讯今何如？（《杜诗详注》卷一）

孔巢父即所谓"竹溪六逸"之一①，是李白、杜甫共同的友人。全诗七言十八句，由去声遇韵换平声鱼韵。第一句到第十二句为去声韵部分，以

---

① 《旧唐书·文苑传下·李白》："少与鲁中诸生孔巢父、韩沔、裴政、张叔明、陶沔等隐于徂徕山，酣歌纵酒，时号'竹溪六逸'。"

描写想象中的孔巢父隐栖地为中心，吟咏了对超凡脱俗友人的共鸣之感。
"东将入海随烟雾"、"钓竿欲拂珊瑚树"、"蓬莱织女回云车，指点虚无是
征路"等充满幻想色彩的诗句，使人联想到李白"霓为衣兮风为马，云
之君兮纷纷而来下。虎鼓瑟兮鸾回车，仙之人兮列如麻"（《梦游天姥吟
留别》）。但杜甫是为了使现实的离别对方成为具有神仙人格形象而进行
个别的描写，而并不是像李白《梦游天姥吟留别》那样，为了将飞跃的
幻想化为强烈的离别感情而进行普遍的幻想描写。"蔡侯静者意有余"以
下，写送别之宴的情景与感慨。最后两句，是通过对方传言给李白的问
候。在诗题中标明的"孔巢父"、"谢病归游江东"、"兼呈李白"等个别
要素，也并没有抽象化、普遍化，而是直接反映在诗中。诗中所体现的
杜甫的关心，焦点不离对方孔巢父及与他共同结识的李白这二者，与在
谢朓楼送校书叔云的李白将对对方的关心作为自己感慨昂扬的转化契机
相比较，二者虽都是同样以七古描写同样场面，但其离别诗性格却大不
相同，这是很清楚的。

　　此外，以送弟而知名的《送舍弟颖赴齐州》三首（《杜诗详注》卷
十四）其二："风尘暗不开，汝去几时来？兄弟分离苦，形容老病催。江
通一柱观，日落望乡台。客意长东北，齐州安在哉？"与第一首、第三首
之间，持有紧密关联的连作关系 ①。针对战乱之世骨肉之亲离散这点而发，
并一以贯之。至少对杜甫来说，除掉对舍弟颖的个别的具体的关心，——
或进行含有具体事象描写部分——那么这连作也就不可能存在了。

　　杜甫诗中体现的这一倾向，在韩愈那里表现尤甚。韩愈现存离别诗
约30首，总体上以长篇古诗为主，绝句和律诗短诗形（除排律外）只有
8首。以《送惠师》（五言，八十六句）、《送灵师》（五言，九十句）为首
的多数长篇离别诗，其手法，基本上都是详细描绘同对方有关系景物和
事象，最后以相互惜别之情作结。这种详细描叙对方的手法在当时绝句

---

① "岷岭南蛮北，徐关东海西。此行何日到？送汝万行啼。绝域惟高枕，清风独杖藜。时危暂
相见，衰白意都迷。"（其一）"诸姑今海畔，两弟亦山东。去傍干戈觅，来看道路通。短衣防
战地，匹马逐秋风。莫作俱流落，长瞻碣石鸿。"（其三）

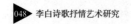

中也有所表现，如《送侯喜》：

> 已作龙钟后时者，懒于街里踏尘埃。
>
> 如今便别长官去，直到新年衙日来。

据考证，作者当时为国子祭酒。诗写送其下僚国子主簿侯喜场面①。开头两句，写衰老之时尚在都尘中生活，虽有谐谑之意，作为针对对方的评语也稍有辛辣之味；从后两句，可知他们是因官府休假而一时之别；整首四句，可以说始终是运用针对对方的个别描写的手法。一般情况是，像绝句那样短诗型，由于受表现形式的制约，那些原本有必要细说对方具体情况的地方，在个别描写中也不细说其情况和感慨，而倾向于采用抽象的集约的手法。这首诗在现行《韩昌黎集》中分在律诗类，其实由于多采用个别描写，结果与其把它看作独立的绝句而划归律诗（绝句也是近体诗），倒不如把它看作古诗的一部分更为有趣②。

并且，杜甫和韩愈离别诗作的这种倾向，还更具体表现在诗题中确定关于对方情况这一形式上。离别诗诗题确定形式，通常是：送别，"送对方～归（之、游、还、入、赴、迁等）～目的地"；"留别"，则是"留别（别）对方"。这种情况下，对方则多是写其名，也有官职加人名的，目的地则多是地名，也有地名加官职名的。在这一原则形式中又有几种变换形式，有它最初目的地，有省略目的地，有记另外场所的等。李白和王维（还有白乐天等），在诗题中并不记具体的离别的对方。如《送别》《送友人》《灞陵行送别》《金陵酒肆留别》《南阳送客》《白云歌送友人》《广陵赠别》《渡荆门送别》《梦游天姥吟留别》（以上李白），还有《送别》《双黄鹄歌送别》《送友人归山歌》（王维），一般用抽象性高的诗题，这是相当明显的特点。

---

① "喜，时为国子主簿，公为祭酒，故云长官也。"（《韩诗集注》所引方崧卿注）
② 不用说，这一情况就"作为中唐近体诗的绝句"这句话而言，给人以不和谐感，作为确定"绝句"名称的一说，截取古诗一部分而成的东西是否得当，则属另外问题。

　　总之，这里早就舍弃了对方与自己的个别关系而设定"同友人别"、"在某场所别"，或"别"这种有很高抽象性、普遍性的场面。这里所表现的感动已不是同特定的对方因个别的离别而引起的感动，至少不是照样原封不动表现的感动——而是与人离别这一事件本体所有的某种普遍感情集中概括与统一意义上的感动。

　　不用说，这种作品吟咏形式在对对方关系描写方面并不那么详尽，更应注意的是，以此诗题为名的作品，总的看，占李白和王维离别诗重要部分。李白《送友人》和《灞陵行送别》、《梦游天姥吟留别》、《渡荆门送别》等都已证明这点。王维的有名的《送别》二首也明显流露出这一倾向。

　　《送别》：

> 山中相送罢，日暮掩柴扉。
> 春草明年绿，王孙归不归？

　　《送别》：

> 下马饮君酒，问君何所之？
> 君言不得意，归卧南山陲。
> 但去莫复问，白云无尽时。

这二首诗里所吟咏的离别印象，超越绝句与古诗在措辞和语感方面不同处的是二者都极富抽象性。正如前人已指明的那样，二首诗的送别对方是否实际存在大可怀疑①，尤其前一首，是紧紧依据《楚辞·招隐士》②以来古典的联想而形成形象化的"送别"概念。这一推理是否确当另当别论。但这二首《送别》诗，尽管缺乏对对方的具体化、个别性描写，却

---

① 释清谭《国译汉文大成本·王右丞集》注等。
② "王孙游兮不归，春草生兮萋萋……王孙兮归来，山中兮不可以久留。"

与《送别》(送君南浦泪如丝)①、《双黄鹄歌送别》、《送友人归山歌》二首、《送友人南归》等属同一系列作品而具有共通倾向。或者可以说也正因如此，其诗中所表达的内在的离别情感，才没有受固定印象的束缚而更为广泛自由地流露。

杜甫和韩愈离别诗则与此相反，这种诗题的离别诗所占比重极小。在韩愈约30首离别诗中，完全没有这种诗题的离别诗。杜甫的为数也小。据《杜诗详注》现行原文大体有《送人从军》、《送远》、《泛江送客》、《又送》4首相当此类之作。这其中《又送》，作为排列其前的《惠义寺园送辛员外》连作，也并没采用单独的将对方抽象化手法。另外，正如朱瀚和仇兆鳌所指出那样②，此诗系赝作可能性很大。在杜甫120首离别诗中仅有3首，与李白、王维和白乐天相比较为数相当少③。更为重要的一点是，这些作品并不像李白和王维那样，具有此类作品群的质的方面重要性（或代表性）。总之，就杜甫和韩愈在所描写离别场面中对对方关心形式而言，很难采用舍弃个别性、具体关系描写而采用抽象化手法。换言之，不外乎这种舍弃具体而抽象化的手法，同他们作为诗人的整体创作风格，并不相一致*。

---

① 《万首唐人绝句》和《全唐诗》诗题都作《齐州送祖三》，在齐州（济南）送别，与文中"君向东州使我悲"相矛盾。在现行《王右丞集》卷四《古诗》有同题诗，恐怕与其相混。此外，即使就是原来本题的话，内容方面，也足以证明在通行本中有相当的、非个别的离别诗《送别》被改题。

② "朱瀚曰：'此诗，一二死句，三四无脉，五六枯拙，七八不韵，故知其为赝作也。'今按：……唯下四语，生意索然，疑非少陵手笔耳。"（《杜诗详注》卷十二《又送》）

③ 杜甫约120首中有3首，李白约160首中有21首，王维约70首中有9首，白居易约160首中有28首。

* 关于李白和杜甫离别诗创作手法的差异及表现效果问题，清仇兆鳌下面看法值得注意：
太白诗"浮云游子意，落日故人情"，对景怀人，意味深永。少陵云"寒空巫峡曙，落日渭阳情"，亦是写景赠别，而语意短浅。杜诗佳处固多，此等句法，却不如李。（《杜诗详注》卷二十《奉送卿二翁统节度镇军还江陵》注）
仇兆鳌并没有在这里论述"语意短浅"的理由，正如他所说"此等句法，却不如李"，在这一题材、手法、联想等方面，杜诗没有李诗那样的表现力，这一点是公认的，对杜甫诗抱有共鸣感并深解其味的仇兆鳌这一评语，尤其深意。
这点，就本章整体论旨而言（正如后述）可以认为，作为这离别一题材的功能、性格、构造等，更适合李白联想的基调。即便仅就本章所论这部分，也可以从杜甫作品"巫峡"、"渭阳"、"江陵"这些具体地名和"卿二翁"统率"节度镇军"还"江陵"这些相当具体的个别情况中看到，在诗题确定的方法上同李白的《送友人》相比较，就是一个明显的不同。

五、"离别"题材及其特征

唐代离别诗中所谓李白、王维倾向与杜甫、韩愈倾向之间关系，在文学史上占据怎样的位置呢？以六朝～初唐时期主要离别诗来考察这点的话，那么正像《临溪送别》（谢朓）、《别诗》（范云）、《送别友人》（沈约）、《相送》（何逊）、《送别》（张子良）、《送别》（无名氏）、《送客》（陈子昂）、《送友人之新丰》（刘希夷）等诗题所表明那样，在题名的构成和内容表现方面，也都说明是属于李白和王维所倾向的那种谱系中的同一系列之作。此外，这一时期离别诗的一般创作手法是：在诗题中记录了对方（这方面为数较多），而在正文中有关对方的个性和具体性的描写又极少。不用说，像《侍宴乐游苑饯吕僧珍应诏》（沈约）[①]、《送幽州岑参军赴任寄呈乡曲故老》（卢照邻）[②]、《饯泽州卢使君赴任》（苏颋）[③]那样在内容方面也并不是对对方没有某种程度的详尽具体描写之作，但从初唐的离别诗创作主流看，多少那是个别例外之作，而且也并不像杜甫和韩愈那样对离别主体进行具体、个别的描写。总之，可以说李白和王维离别诗的创作手法，是相对保守性或传统性很强的，杜甫和韩愈则具有非传统意味，将离别诗创作史上的细支傍流作为自己离别诗创作的主体风格而有所发展。但从最终结局看，形成唐代离别诗代表作品群的，多是李白和王维之作，而不是杜甫和韩愈之作。此外，杜甫和韩愈这一新手法，也并未在以后离别诗创作过程中被固定下来。相反，李白和王维由于创作方法集传统要素之大成，而达到了唐代乃至古典离别诗的一个顶峰。

这是一个最终与离别诗内在原有的性格相关问题。某位诗人在创作离别诗时，支配其创作行为的，原则上是由于具体的对方离别而引发的某种感情波动。即使极其礼仪化的作品也不能否定这一要素。那对方对

---

① "丹浦非乐战，负重切君临。我皇秉至德，忘己用尧心。……将陪告成礼，待此未抽簪。"
② "蓟北三千里，关西二十年。冯歌犹在汉，乐毅不归燕。……送君之旧国，挥泪独潸然。"
③ "闻道降纶书，为邦建彩旗。政冯循吏往，才以贵卿除。……旧交何以赠？客至待烹鱼。"

自己越是重要，而再会的可能又越小，那么那种被引发的感情的波动就越真切实在。但作品所表现出来的真切实在情感，却未必是由于在表现手法方面采用了个别性和具体性描述这点而得以保证实现的。在像离别诗这种必需与读者自身体验高度对应的部类，对离别对象描述愈是具有彻底个别性、具体性，反而倒减弱了作品的表现功能。从这个意义说，在实际送别、留别场面描写中，正是决定作品真切程度的集约性与普遍性手法，比原样进行个别性、具体性描述手法更能体现出离别诗——尤其像中国古典诗中特别重视重现先行作品印象的离别诗——的效果。于是，象征离去、缓移或别离的"流水"、"扁舟"、"孤云"、"落日"、"长风"、"转蓬"、"杨柳"、"杯酒"或"灞陵"、"南浦"等诗语应运而生，分别体现其象征功能。

如李白离别诗中对"流水"一语的共鸣感①，不用说是以"大江日夜流，客心悲未央"（谢朓《暂使下都夜发新林至京邑赠西府同僚》）为代表的六朝对流水的认识为前提，这一共鸣感在其离别诗这一领域中表现最为显著。"请君试问东流水，别意与之谁短长"（《金陵酒肆留别》）、"孤帆远影碧空尽，惟见长江天际流"（《黄鹤楼送孟浩然之广陵》）、"送君灞陵亭，灞水流浩浩"（《灞陵行送别》）、"抽刀断水水更流，举杯浇愁愁更愁"（《宣州谢朓楼饯别校书叔云》）、"寄情与流水，但有长相思"（《泾川送族弟锌》）、"黄鹤西楼月，长江万里情"（《送储邕之武昌》）等等主要作品中，这种表现是极其多的。此外在占其全部离别诗近半数诗作中，都采用了某种共通联想形式。这不外乎是，李白借流水形象集中表现了离别的种种属性。流水悠悠不尽的属性，成为难以断绝的别意和忧愁的表象。一去不返的属性，象征同对方分别的永远性。作为传统诗语"流水"形象，在李白离别诗中特别具有动人的表现功能和艺术效果。此外，"杨柳"、"落日"，它们自身音响及其意象，不只是由先行作品而得以广为传播，而且由于李白、王维离别诗手法运用也产生了更为多彩的艺术

---

① 下述论文，从李诗整体角度对此加以说明，片冈政雄《李白寄情流水诗的构造——兼析其悠久不断构造的多样性》（《岩手大学学艺学部研究年报》二十四）。

效果。

但这一手法和倾向，仅就其舍弃对个别关系具体描写这点说，就又很容易招致将感情的波动固定化和平板化。李白和王维离别诗确实含有这种类型化要素，他们之所以在总体上成为唐代离别诗的代表作家，不只是由于他们是所谓感动客体化类型出色诗人这一基本原则，还必须考虑到离别这件事本体是适宜他们诗歌意象的素材和主题，即题材论方面的适应性问题。

如王维离别诗"山中相送罢，日暮掩柴扉"所代表的极富静谧的绘画形象，作为他整体创作风格的一环，最为引人注目。但这里需解决的问题是这种静谧、典雅绘画意象主要起因是什么？王维笃信佛教已广为人知，诗中多用佛语，其字称摩诘便首先表明他对佛典的倾向，从《旧唐书》《新唐书》等传记资料中看，王维对佛教之信仰比当时宫廷诗人一般情况要彻底得多：

> 维弟兄俱奉佛，居常蔬食，不茹荤血，晚年长斋，不衣文彩……在京师日，饭十数名僧，以玄谈为乐。斋中无所有，唯茶铛、药臼、经案、绳床而已。退朝之后，焚香独坐，以禅诵为事。妻亡不再娶，三十年孤居一室，屏绝尘累。……临终之际，以缙在凤翔，忽索笔作别缙书，又与平生亲故作别书数幅，多敦励朋友奉佛修心之旨，舍笔而绝。（《旧唐书》卷190《文苑传下·王维》）
>
> 兄弟皆笃志奉佛，食不荤（下应有"血"字），衣不文彩。……丧妻不娶，孤居三十年。母亡，表辋川第为寺，终葬其西。（《新唐书》卷201《文苑传·王维》）

由上述记载可见王维对佛教身体力行，这远在一般知识人的教养和世俗对因果观的共鸣之上。

　　一般说，强烈的宗教心大多与强烈的执着现世无关，但就王维而言，正是以执着于不安定人生为前提，由此而产生的敏感的心理动摇，必然为佛教所支配。有名的"诗中有画，画中有诗"评语①，和所谓王、孟、韦、柳（王维成为自然派代表者）称呼中所体现的对自然的共感和沉浸，从这个意义上，与其说显示王维同自然及其静谧的直线联系，莫如说乃是由于王维企图将不断追求人生 tranquillity of mind（心灵平静）而产生的纤细的情感波动客体化的结果。在这种情况下，王维同别人离别之时不管引起怎样的心理波动，而且由于这又是一个充满着失落感的不安和迷惑的题材，就更有必要将其感动客体化。这是论及王维离别诗与离别这一题材本体适应性的一个重要线索。也正是从这个意义上说他的《送别》诗"送君南浦泪如丝，君向东州使人悲。为报故人憔悴尽，如今不似洛阳时"，确实是集中了传统手法的抽象造型力来表现他的细致入微的心理波动。此外，他的《送元二使安西》"渭城朝雨浥轻尘，客舍青青柳色新。劝君更尽一杯酒，西出阳关无故人"中送别之地"渭城"，与折杨柳相关的"客舍柳色"离别的"杯酒"，象征远行的"阳关"。这些彻底完全的古典性特征，从各自角度构成了王维的离别诗典型。

　　另外一方面，就李白来说，在对离别题材也与王维同样具有适应性的同时，引起其共感的要点却与王维大不一样，这也必须联系李白其人及其诗歌整体来讨论，与此相关的主要因素是，李白诗情对动的东西的具有共鸣感这一性格——形象的飞跃与流动性——起着极大的作用。

　　李白大量离别诗作几乎贯穿其一生，这同他辗转各地多有实际离别场面体验不无关系。但在此外部条件之前，首先应注意的正是离别行动所引发的感动，其感动的功能意义正切合李白诗的形象特征。李白作品感情波动振幅大，正如前章所记叙的那样②，之所以古来对李白的评论显示了好像相互矛盾的多样性，不外乎是由于对其感情振动幅度的过程中各个侧面以及与各个侧面相关方面作了绝对的说明。如果在这些评语中

────────────

① "味摩诘之诗，诗中有画；观摩诘之画，画中有诗。"（《东坡题跋》卷五）
② 参照本书中第二章《李白诗歌中谢朓形象》第三。

寻找一个共通点的话，那么正如"其言多似天仙之辞"①、"壮浪纵恣，摆去拘束"②、"语多卒然而成者"③、"欧（阳修）……于李白而甚赏爱，将由李白超趋飞扬为感动也"④、"无首无尾，不主故常"⑤、"天马行空，不可羁勒"⑥、"他善于写动态中的景物"⑦、"活泼好动"⑧、"无中生有"等等评语⑨，都直接或间接所指明的，归结为诗歌形象的飞跃感和流动性这点，表明李白诗歌重要的基础部分，正是由对动的东西、变化的东西的共鸣感所构成的。

　　实际上，李白作品中的种种动态感是内在的。像"飞流直下三千尺，疑是银河落九天"（《望庐山瀑布》）、"两岸猿声啼不住，轻舟已过万重山"（《早发白帝城》）那样属现实的空间之动；"只今惟有西江月，曾照吴王宫里人"（《苏台览古》），"古人今人若流水，共看明月皆如此"（《把酒问月》）则属时间之动；像"我寄愁心与明月，随风直到夜郎西"（《闻王昌龄左迁龙标遥有此寄》）、"心随长风去，吹散万里云"（《赠何七判官昌浩》）、"梦绕边城月，心飞故国楼"（《太原早秋》）那样属心理之动——这些天与地、上游与下游、昔与今、自己与对方、异乡与故乡等，大多以不同要素相互对比交错形式出现。那超越时间、空间、心理的天马行空之势，充分体现了艺术创作所要求的可即可掬的动态意象。这里当然要谈一下关于离别诗意象动态问题。构成离别诗功能要素：第一，同离别对方之间实际上正隔离，或眼下正要隔离——空间隔离感。第二，为再会之日遥遥无期而忧虑的时间距离感。第三，因离别之后交往之情断绝而引起的心理距离感。而且可以说，正是这种实在的距离感与为填充这种距离而产生的对对方深切与激昂的眷爱之情，使其离别行为具有了诗

---

① 李阳冰《草堂集序》。
② 元稹《唐故工部员外郎杜君墓系铭并序》（《元氏长庆集》卷五十六）。
③ 严羽《沧浪诗话》诗评二十五。
④ 刘攽《中山诗话》。
⑤ 陈师道《后山诗话》。
⑥ 赵翼《瓯北诗话》卷一。
⑦ 王瑶《李白诗歌艺术成就》（《李白诗论丛》所收。香港文苑书店出版）。
⑧ 武部利男《李白》下，（岩波书店）解说。
⑨ 武部利男《李白》上，吉川幸次郎跋文。

歌情念派生的根源。因此，作为离别诗基本条件的距离感与因时空距离阻隔而产生的往复心情便相互交错，使因此引发的感动的情感幅度大为增大。

离别诗这一性格，同"怀古"、"赠"、"寄"、"哀伤"等有很大共通性的内容部类相比较时，就更为明显。如"怀古"（怀古人、古时）与"哀伤"（悲痛死者），即使有时间与心理的距离——动感，但空间的距离也欠缺。"赠"（赠眼前之人）就更缺乏时间距离。此外，"寄"（寄远隔之人）在这点上很近似离别，但还缺乏眼下距离由近及远而产生的变化感觉。考虑到这几种境况，应该说正是离别诗是最富于多样距离与动感的部类。以意象的飞跃为基本格调的李白诗，特别嗜好离别之吟并与之有共鸣感，是难以否定的客观事实。下面这首诗也许能有助于人们理解其内在的脉络。

狂风吹我心，西挂咸阳树。
此情不可道，此别何时遇？（《金乡送韦八之西京》）

第四章　关于李白《秋浦歌》解释的几个问题
——以歌行体表现功能为中心

一、引言

众所周知，《秋浦歌》17首，是李白晚年的系列代表作。尤其像"秋浦长似秋，萧条使人愁"（其一）和"白发三千丈，缘愁似个长"（其十五）那样表现李白之所以为李白的风格的诗句，更是动人心弦。

但这系列之作中，至今还存在着几十个关于注释方面悬案以及新问题。它们大都是由系列之作中直接吟咏秋浦（安徽省贵池县）个别、具体景物而产生的解释上的问题。

在直接、间接关系文献资料之外，本人有幸曾对《秋浦歌》风土实地调查而有实际体验①，此文拟就这些问题加以具体考证。

二、"逻人横鸟道，江祖出鱼梁"

逻人横鸟道，江祖出鱼梁。

水急客舟疾，山花拂面香。（其十一）

作为诗句解释，首先需注目的则是第一句"逻人横鸟道"中的"逻人"。

首先，关于这点，宋末元初萧士赟《分类补注李太白诗》（卷八）引杨齐贤注"齐贤曰，晋羊祜，屯襄阳，咸戍逻之半"②，认为"逻人"只是同"戍逻——警备巡逻"有关之语，而它与一句乃至整首之间关系究竟

---

① 1983年5月4—5日。早稻田大学中国古典诗歌研究访华团（第二次）。
② 此注可能有误，难读。现据《晋书》卷三十四《羊祜传》补订："吴石城守去襄阳七百余里，每为边害，祜患之，竟以诡计令吴罢守。于是戍逻减半，分以垦田八百余顷，大获其利。"

怎样，萧氏却完全未加解说。

可能不满萧氏之简，明胡震亨《李诗通》（卷二）引方志《贵池志》，作如下说明：

> 城西六十里李阳河，出李阳大江，中流有石，槎牙横突，为拦江、罗叉二矶。晋周湛凿新河，以避其势。今本"逻人"，误。

总之，由于胡震亨觉得"逻人横鸟道"在义理上不通，便将其看作是大江中"罗叉矶"之误。

与此相反，清王琦《李太白全集》（卷八）对此说作了如下批判：

> 琦按：鸟道是高山峭岭人迹稀到之处，而罗叉横其间，今以水中矶石当之，亦恐未是。

王琦认为鸟道乃高山峻岭人迹稀少之地，而且因为已经说"罗叉横其间"，若再以水中矶石来作解释，就未必正确了。

王琦就作品上下文本身对胡震亨提出的"罗叉矶"说表示了疑问，但由于他也并未提出自己的取代方案，所以此悬案并未解决。事实上，现今流行的译注一类，大都依据胡震亨"罗叉矶"说[1]，几乎没有用"逻人"一语解释这句诗的。

那么，我们似乎最终要依从胡震亨说，但这里有两个疑难之点，一是，正如王琦所批判那样，作为"横鸟道"的东西，很难与水中矶和岩石形象吻合。但是，若像现行诸注那样，解作水面屹立巨石挡住了鸟道，也可以说合乎条理，可还有一个疑难之点表明这"罗叉矶"说无论如何也难以成立。

---

[1] 久保天随《李太白诗集》（《续国泽汉文大成》），武部利男《李白》（《中国诗人选集》，岩波书店），武部利男《李白》（《世界古典文学全集》，筑摩书店），大野实之助《李太白诗歌全解》（早稻田大学出版部）。

这也不外乎是上面提到《贵池志》中有关记述本身所显示的可疑之点。即若照《贵池志》记述，"罗叉矶"也好，"拦江矶"也好，都是贵池城西六十里流入大江（长江）李阳河地域（即李阳大江）的大江中的矶石之名①，而李白在此诗（其十一）中所歌吟的地域乃清溪河一带，二者相参照，使人感到地理位置上大相径庭。总之，这以对句形式歌吟诗句"逻人横鸟道，江祖出鱼梁"，因其中"江祖石"乃是秋浦河的支流清溪河的景物，在此基础上，可以推定，"逻人"当然也就是作为与其相对应景物被吟咏。将其解作长江中"罗叉矶"，应该说无论如何也难以成立。

因此可以得出如下结论："逻人"，乃是与隔着清溪河"江祖石"相对的"万罗山"山腰突出的巨石。总之，由于"江祖石"直接高出清溪河岸边水面，李白就歌以"江祖出鱼梁"——"江祖石"从水中突出似捕鱼装置。另一方面，由于"逻人石"俯视清溪河突出于"万罗山"腰，就歌以"逻人横鸟道"（横在那里像挡住只有鸟才能通过的险阻似的）。

我在访问该地，听了同行的贵池县有关各位说明②，并实地考察了《秋浦歌》所写地域阶段景物后，便直接简明地确认这一事实。而问题是，如此简单明白事实，何以在二千年的李白诗的品评赏鉴史中，不管注释类也好，诗话类也好，都未能如实反映出来呢？

而且，实际上关于"逻人石"解释之误，就连现代与安徽省有关系的专著也照样沿袭。常秀峰、何庆善、沈辉《李白在安徽》（安徽人民出版社，1980 年 9 月）是将李白在安徽省各地足迹与作品加以注释并成为一书的著作，正因此书乃是在对主要有关地区二次实地调查的基础之上而成，所以以真知灼见在书中随处可见。

但在同书 37—38 页的解说与 187—188 页的注释两处，关于"逻人石"与"江祖石"的解释则相反，将"万罗（箩）山"的巨石误为"江祖石"，清溪水面的巨石则误成"逻人石、逻人矶"。这样一来，"逻人横鸟道，江祖出鱼梁"只剩下字面上对句意义，本应因处在"江祖石"脚

---

① 《池州府志》（清张士范等修）卷首的《长江图》也记载了贵池府北大江中二矶。
② 担当主要说明工作的系丁育民（《贵池报》记者）、钱国胜（贵池县文化馆馆长）两位先生。

下水面而得"江祖潭"名称，反倒是因远隔的"万罗山"中石而得名，与实际十分矛盾。很清楚，如果到清溪河实地调查就不会引起这一混乱。这恐怕是该书作者折衷文献上王琦与胡应麟两家注解所致。

另外，林东海编著《诗人李白》下（中国人民美术出版社，1984年1月）中，也将"万罗山"上的"逻人石"误作山麓水边的石矶，并提供了彩色照片，同时作了文字说明："'逻人横鸟道'，即'逻人矶'。"依然将"逻人"解作水边突出的岩石。事实被误解到超出常识的原因，恐怕是实地取材的摄影组的报告给解说者以一定程度的影响，再加上胡震亨"逻叉矶"说的影响所致。

综合以上①作品本身上下文②胡震亨注的地理、内容的矛盾③根据贵池现场人员直接说明这三点，《秋浦歌》（其十一）中"逻人——江祖"究竟怎样解释，应是明白无误，毫无疑问的了。

最后，摘录成于清朝前期的地方志中一段记述作为史料进一步补充此说。在清张士范等修《池州府志》（五十八卷，首一卷，乾隆四十三年刊）的卷七中可见如下有关记述①：

> 万罗山在城南二十里，与江祖石隔溪对峙。上有逻人石。李白《秋浦歌》所谓"逻人横鸟道，江祖出鱼梁"是也。

池州府（贵池）地区方志上的这一准确无误的实地认定，就为现代贵池一地不能立即作出应有说明的有关人员，提供了一个可以作出结论的有力的证据。胡震亨《李诗通》（明永历四年刊）和王琦《李太白文集》（清乾隆二十三年刊）从年代先后看，先于《池州府志》（清乾隆四十三年刊），没有引《池州府志》是理所当然的。以后海内外有关李白著述对此又不甚关注，以致这一问题长期得不到重视，未能解决。另外，历代贵池一地有关人员对早期注释书籍掌握不全，未能积极补订修正有关著述失误之处，公开纠谬，也是重要原因。

---

① 据东京大学东洋文化研究所藏本。

三、"此地即平天""耐可乘明月"

水如一匹练，此地即平天。

耐可乘明月，看花上酒船。（其十二）

关于此诗问题有二：一是第二句中"平天"的解释，再就是第三句中"耐可"的解释①。

关于"平天"，从《分类补注李太白诗》(卷八)的萧士赟注"平天，平地"意义用例开始，直到今日一般也都译为"天相当平，像天那样平而且广"。若说及"水如一匹练，此地即平天"这两句，这"平天"中就含有这一意义，这是没有疑义的。但"此地即 A"这一说明语气所表明那样，实际这里还有一个更直接固有名词——地名，这是运用广义的双关语手法。再确切说，地名是第一义，与天相当平的"天平"含义吻合是第二义。

《池州府志》(卷七《池州山川》下)中，关于这点有如下记述：

平天湖在城西南十里。本清溪之水，由江祖潭、上洛岭以下潴而为湖。李白《秋浦歌》所云"水如一匹练，此地即平天"者是也。

本朝舒光灿《月夜泛平天湖》："游泳怀昔贤，溯回水中沚。匹练托清歌，还问源头水。"

最终，"平天"是在池州府城西南十里的湖水名称，是清溪河水系中江祖潭和上洛岭以下水脉潴成之湖。从而，此诗前二句意为："月下水面如一匹练，闪闪发光，这地方正是'平天湖'。"进而，"正是这'平天湖'，像天似的平而广，其水光与月光交相辉映"，为后二句诗展开联想作了铺垫。

① 关于这一作品至今解释极不确定这点，可参照吉川幸次郎为武部利男作《中国诗人选集〈李白〉》(上)所写的"跋文"。

下面说第二个问题：

关于"耐可"，自从王琦引明代田汝成说作"宁可"、"能可"解释以来，几乎毫无例外的都解作"宁可"。因而，若从这一立场解释前半诗意的话，即"（由于平天湖）更任凭这明月之光照身，很想享受乘酒船看花之乐"。但关于"耐可"一语，李白还有更为明确的用例，这就是有名的《陪族叔刑部侍郎晔及中书贾舍人至游洞庭》（五首其二）：

> 南湖秋水夜无烟，耐可乘流直上天。
>
> 且就洞庭赊月色，将船买酒白云边。

这里大意为"乘这样水流和月光想上天，由于是不可能的，姑且在洞庭湖上欣赏月光……""耐可"一语，则作为"拥有强烈愿望而又不可能实现"的感叹副词来用。"耐可……且就……"构文形式，明确证明，"耐可"并非只是"宁可"之意。

就此具体例子而言，《秋浦歌》（其十二）"耐可乘明月，看花上酒船"，也不是表达愿望的"宁可"之意，应该是"正如平天湖名字那样，想乘这样明月登上天是不可能的，因此乘酒船行于湖上赏地上的花"更为自然。五绝与七绝有不同之处，而两首的联想几乎相同，《秋浦歌》（其十二）中没有"且就"这一副词，应看作因其系五言诗省略所致，如将七言《……游洞庭》（其二）化作五言的话（不问平仄）：

> 秋水夜无烟，耐可直上天。
>
> 洞庭赊月色，买酒白云边。

这一表现也是完全可能的。

这有力证明了两首诗联想有共通之处，因此从"风土成为诗歌素材"视角看，由"平天湖——如天似的平而广的湖水"之名而触发《秋浦歌》联想这一事实，尤引人注目。

再，新中国为预防血吸虫类地方病，已将平天湖掩埋，现已成为平地。

张相《诗词曲语辞汇释》（中华书局，1963 年秋第 12 次印刷）中，"耐可"条自下引《……游洞庭》一例，将"耐可"解作"那可"意同时，又引《秋浦歌》一例，以王琦说为前提，将"耐可"看作"此原辞也"（277 页）。

但就"月夜舟游——透明湖面——升天愿望"这一共通框架结构看，两首诗中"耐可"应以共通用法为是。

要言之，"耐可"基本用法是表现："①有强烈愿望同时；②自觉到其难以实现的心情"的副词。像张相引宋薛嵎《寄公衮舍弟诗》的"余生百计拙，耐可事清吟"，应看作略含②要素的派生用法。

四、"白发三千丈，缘愁似个长"

白发三千丈，缘愁似个长。

不知明镜里，何处得秋霜？（其十五）

这是李白作品中也是唐诗中最有名的一首。

诗意虽然一读便一目了然，但它何以成为《秋浦歌》系列之作之一的缘由，管见所及，几乎从未见有明确的考证。并且，由于作品内容集中在"叹老"这一意象上，所以就理所当然地很容易以其内容为写一人之内容，而另一方面，由于《秋浦歌》诗题具有独特的、鲜明的地方风土印记，诗题与内容关系问题①，尤其引人注目。

"白发三千丈"这首五言绝句，作为《秋浦歌》系列之作中一首咏出，恐怕有如下两个主要原因：

其一是由"秋浦——秋之浦"这一地名引发的联想。

---

① 关于这一问题的看法，已将其要点以随笔形式发表：《"白发三千丈"与〈秋浦歌〉——唐诗纪行》（《每日新闻》1983 年 10 月 21 日晚刊）。

　　唐代的池州秋浦县（现在的安徽贵池）的风土特点是：县城北、西是有注入长江的秋浦河，尤其由于其支流清溪河，便产生一种水乡氛围。李白此诗乃是歌咏作为置身水乡旅行者的所产生的新鲜感觉。

> 秋浦长似秋，萧条使人愁。（其一）
> 秋浦猿夜愁，黄山堪白头。
> 青溪非陇水，翻作断肠流。（其二）
> 两鬓入秋浦，一朝飒已衰。
> 猿声催白发，长短尽成丝。（其四）
> 君莫向秋浦，猿声碎客心。（其十）

　　从这一系列诗句便可知晓李白从"秋浦"这一名称究竟产生怎样的联想印象，尤其"秋浦长似秋，萧条使人愁"（其一）一联，它作为系列之作的第一首的开头，"秋浦→秋→愁"的联想，为17首系列之作整体基调打上极为深刻烙印。还有第四首，整首四句歌咏"秋浦"催白发之由，第二首由于配置了"堪白头"的黄山、"断肠流"的青溪，就使整个系列之作"秋浦→秋→愁（碎心、断肠）→白发"的抒情情调，更为形象鲜明。

　　如果考虑到，自《楚辞·九辩》以来中国古典所谓"悲秋"之感已有长达一千年的诗歌情绪传统的话[①]，那么不用说，李白从"秋浦"这一地名联想到"秋→愁→白发"，当然也是其类型之一了。此外，还有辅助要素，在其二、四、五、十和《清溪行》《与周刚清溪玉镜潭宴别》等诗中，频频出现关于"猿"的词语表明，此地多有野猿一类。不论是作为引发客子"断肠"之思的"白猿"[②]，还是作为增强断肠之感的

---

① 关于我对此的见解，请参照松浦友久《中国古典诗的春秋与夏冬》《中国古典诗的春与秋》两文（《中国诗歌原论——比较诗学主题》，大修馆书店，1986年。中译本《中国诗歌原理》，孙昌武、郑天刚译，辽宁教育出版社，1990年）。

② 参照松浦友久《断肠考——诗语与歌语Ⅲ》一文（《诗语诸相——唐诗札记》，研文出版社，1981年。中译本《唐诗语汇意象论》，陈植锷、王晓平译，中华书局，1992年）。

"猿声"①——二者都作为诗的传统意象——强化了李白对"催白发"的联想。

还有一个重要原因，秋浦水的清澈透明感，同李白感性方面偏好清新明亮东西的这一倾向相互作用。正如他对"月光"和"白露"、"白玉"等物象有明显的共鸣感已广为人知一样，李白诗歌风格的基调中，对清澈明亮、光辉晶莹的东西特别敏感，具有强烈的偏好也是被大家所认同的②，在他诗中体现这种偏好透明倾向一例，即以"镜"作比表现水面清澄之语屡见不鲜③。当然，这种比喻联想，正如以"镜湖"来表现湖水之美一样，早已为人所知④，不足为奇，而且也早已有人摘引六朝时期的先行用例加以说明⑤；但李白所写"淡扫明湖开玉镜，丹青画出是君山"（《陪族叔刑部侍郎晔及中书贾舍人至游洞庭》五首其五）则不仅仅是作为修辞手法，而更多体现了李白对所写物象具有强烈的共鸣感和憧憬之情。下面这首礼赞清溪河之类的诗作，则更直接表现了憧憬之情。

《清溪行》：

> 清溪清我心，水色异诸水。
> 借问新安江，见底何如此？
> 人行明镜中，鸟度屏风里。
> 向晚猩猩啼，空悲远游子。

关于新安江（浙江省）水之类，已有梁沈约《新安江至清浅深见底

---

① 参照松浦友久《猿声考——诗语与歌语 I》一文，出处同注第 64 页注②。
② 参照本书第二章《李白诗歌中谢朓形象》。
③ "荷花镜里香"（《别储邕之剡中》）、"人物镜中来"（《赠王判官……》）、"溪即镜中回"（《宣城九日……》其二）、"双人镜中开"（《送侄良……》）、"青山落镜中"（《流夜郎至江夏……》）、"水闲明镜转"（《与贾舍人于龙兴寺……》）、"两水夹明镜"（《秋登宣城谢朓北楼》）等。
④ 在唐代会稽（今绍兴）的镜（鉴）湖最为著名，现代的芜湖（安徽省）的镜湖也很有名。
⑤ 王琦《清溪行》注中举陈释惠标《咏水诗》三首其一"舟如空里泛，人似镜中行"（逯钦立《全陈诗》卷十）。

贻京邑游好》(《先秦汉魏晋南北朝诗·梁诗》卷六) 之作在前：

> 洞彻随清浅，皎镜无冬春。
> 千仞写乔树，百丈见游鳞。

由于其诗题的意象和诗句效果的影响，新安江在唐代已成为清澈"见底"河川的代名词，李白此诗描述了秋浦清溪水清澈之美远非久负盛名之新安江可比，流露了作者对秋浦流水强烈的共鸣感。

秋浦河和清溪河，尤其后者，水的透明度很高，其原因大都因其水流直接流域均系山岩构造所致。所以其流水之清不是那些浑浊长江支流可以比拟的。就是在今天，"见底"诗句所写的也照样清澄如故（参见照片）。李白赞其"人行明镜中，鸟度屏风里"——其屏风岩，恐即指江祖石①。（江祖石＝李白垂钓台，参照第二节"江祖出鱼梁"——而这确实是清溪河实地景物，并非向壁而构。）

李白执著于"清溪"的"明镜"，除此作外还有明显的诗作《与周刚清溪玉镜潭宴别》为例证：

> 溪当大楼南，溪水正南奔。
> 回作玉镜潭，澄明洗心魂。

"大楼"，即《秋浦歌》(其一)"行上东大楼"所歌咏的大楼山。那大楼山南溪流水回环而成玉镜潭。"澄明洗心魂"与《清溪行》中"清溪清我心"联想相同，直截了当点出秋浦、清溪引起共鸣感的缘由。

这里特别值得注意的是，诗题下原注所记"潭在秋浦桃胡陂下，予新名此潭"，表明"玉镜潭"这一名字乃系李白自己所命。这就明确显示了李白感觉所好的，正是清澈澄明水面，可以确认，清溪水与"明镜"、"玉镜"相结合，对李白来说，乃是潜藏于内心极为根深蒂固之东西的自

---

① 参照"江祖一片石，青天扫画屏"（《秋浦歌》其九）。

然流露。

这样看来，"白发三千丈"为什么成为《秋浦歌》系列之作中的一首的问题，换言之，即为什么在歌咏"秋浦"风物景象的系列之作中，会插有"白发——明镜"这一叹老诗作问题，其来龙去脉的缘由自然也就一清二楚了。

这首诗，不用说是李白借自身白发以抒其叹老之情，而触发其创作联想的直接契机"明镜"，正是他在《清溪行》、《与周刚清溪玉镜潭宴别》诗中所吟咏的"人行明镜中"、"回作玉镜潭"诗句所描绘的清溪河光辉平滑有如水镜，至少，其第一义是如此。

最后，再简述两个要点以作结。

（1）"清溪河"与《秋浦歌》关系。正如上述诸例所表明那样，李白直接歌咏"水镜"之类，是关于清溪河，而不是关于秋浦河。此外，《秋浦歌》17首系列之作中，完全没有直接言及"白发与水镜"二者结合之语。历来说及"不知明镜里"，很少从这一层面着笔，原因也正在此。

但总体看来，《秋浦歌》明显的是"秋浦（县）地方之歌"，而不是"秋浦河之歌"，而且，清溪河乃是秋浦地方名胜中心地，其理由是，像"逻人石"和"江祖石"那样清溪河畔的景物都在《秋浦歌》中有所吟咏，进而"清溪河"自身也有"清溪非陇水，翻作断肠流"（其二）之吟，成了《秋浦歌》中重要景物之。

因此，应该说清溪河的"明镜"和"玉镜"，简直是最典型的"秋浦"景物——"白发三千丈"这以清溪的明镜为契机的实地之作，作为《秋浦歌》也就没有任何矛盾了。

（2）《秋浦歌》17首，原则上应是以秋浦地方的个别的景物具体入歌的作品①。从第一首"东大楼山"、第十五首"黄山、青溪"以下到第十七

---

① 《秋浦歌》（其七）"醉上山公马，寒歌宁戚牛。空吟白石烂，泪满黑貂裘"，与秋浦景物看上去似无关系，若从《秋浦歌》17首整体手法及联想角度看，正如同"平天"（其十二）是湖名一样，这首也同样极可能是与某处有关景物取以入诗。如宁戚《饭牛歌》（《史记》卷八十三《邹阳传》"宁戚饭牛车下"《集解》注、《蒙求》中等所引）"南山矸（一作杈），白石烂（一作音）"，很可能与青溪河南岸万罗山的巨石群中有的样子相重合。参照"矸，音公弹反。矸者，白净貌也"（《史记索隐》）。

首"桃波（陂）"，整个系列之作所具统一的地方景物明确性格特征证明了这一点。因此，就很难只将第十五首"白发三千丈"看作是一般的叹老之作。

若从文学史中歌辞系列的谱系来看这点的话，那么正是这种①由从作者第一人称视角②日常生活方面③咏物手法，三者并用来描写对象，典型地表明这样一个事实：《秋浦歌》17首是狭义的"歌行"而不是"乐府"①。

相反，如果①从第三人称视角；②类似舞台上场面非日常的方面；③抒发普遍的叹老之情的话，那么，才可以说它是用传统的乐府题而成为叹老的乐府诗，例如《短歌行》、《前有樽酒行》等。

"明镜见白发"这一艺术表现，若从题材论、联想论的大趋势来看，明显是唐诗的一个类型。即使说李白这一名篇系普遍意义上的泛泛叹老之作，同"秋浦"毫无瓜葛，我们读来也不会有不可思议之感。但若据上述诸要点看，"白发三千丈"也同样是就秋浦地景物而发的，其实他创作的来龙去脉也已一清二楚②。同时这也表明，在作品的创作（作者）与接受（读者）相互关系这一点上，最根本的问题还是搞清创作的主体。

（原载《中国诗人论》，冈村繁教授退休纪念论集刊行会编，汲古书院，1986年，东京）

[附记] 本稿从印刷厂取回之后，才得知第四节中有关"不知明镜

---

① 关于盛唐——中唐时期狭义的"乐府"与狭义的"歌行"的不同，请参照《乐府·新乐府·歌行论——论三者表现功能之异同》（《中国诗歌原理》见第64页注①）。另外，关于"歌行"的"咏物性"，松原朗《"歌行"的形成过程——以初唐为中心》（《中国文学研究》第九期，1983年12月）、《盛唐时期歌行的展开——以李白等人称歌行为中心》（《中国诗文论丛》第三集，1984年6月）有详细论证。

② 不用说，事实是作为独立的叹老之作，"白发三千丈"这一首，同这种创作上契机和来龙去脉没有太大关系，也并不妨碍读者的欣赏接受。由于考虑到作品的创作与接受是应该作为相互独自的东西的存在，此外，从作者与创作风格关系角度看，正是在《秋浦歌》这样原本属于个别性很强的作品群里，也出现了这样有很高独立性的具有普遍意义的叹老诗作，才更得以由此看出李白与杜甫在创作上所具有的相反意义的风格特征。

里"秋浦水镜部分，太田利隆的《"白发三千丈，缘愁似个长"——明镜行中李白》一文（近藤光男编《中国古典诗丛考——汉诗的意境》所收，劲草书店，1969 年）已指出九个共通论据。因考证中所用内外文献不同，而且所用论据也不尽一致，希望能与本稿一并参考阅读。

［附］关于《秋浦歌》（其七）歌行体艺术表现功能

（一）

众所周知，《秋浦歌》17 首系列之作是李白晚年代表作。笔者曾就其十五（白发三千丈）中"不知明镜里"的"明镜"写过有关考证小稿①，认为"明镜"非作"明亮之镜"解，而是以镜来比喻秋浦（贵池）地区清溪河水面之美。主要论据有二：

（A）正如这系列之作《秋浦歌》诗题表明那样，属"歌行"、"歌吟"类型（李白诗集主要诸家传本全都收在"歌吟"部）。而"歌行"、"歌吟"类虽然同属歌辞系列诗歌类型，但它同"乐府"类还是有所不同：①其写作是从作者本身第一人称角度出发；②其描写对象是以个别的、具体的事物为歌吟对象。这是其原则，至少也以此作为其基调②。

（B）李白的诗文中，可以看到一系列的以"镜"比喻澄明水面的例作。

上述情况，从文学研究史的角度说，是以"歌行样式表现功能"这一新尺度来确定的，（A）中的①、②，这是因为《秋浦歌》中遵循这样一个原则："东大楼"（其一）、"黄山"（其二）、"锦驼鸟"和"山鸡"（其

① 《关于李白〈秋浦歌〉解释几个问题》（冈村繁教授退休纪念论集《中国诗人论》所收，汲古书院，1986 年）。张采民译文《关于〈秋浦歌〉注释的几个问题》，载《李白学刊》第一辑（《李白学刊》编辑部编，上海三联书店，1988 年）。
② 参照：《乐府・新乐府・歌行论——以表现功能异同为中心》（《中国诗歌原理——比较诗学主题》八《诗与音乐》，大修书店，1966 年，汉译本《中国诗歌原理》，孙昌武、郑天刚译，辽宁教育出版社，1990 年 7 月）。

三）、"桃波"（桃陂）（其十七）等，都是秋浦地区具体景物而成为吟咏对象①。总之，在从"其一"直到"其十七"全都是吟咏秋浦地区具体的、个别的景物的系列连作中，如果以为仅"其十五"白发三千丈这一首，是由日常的"明镜"而引发的泛泛"叹老"之作，那么，就同"歌行"诗的系统的连作整体不大协调。

而对连作中"其七"一首，虽能够特别断定其所描写明显为秋浦地区景物，但也仅仅停留在下面推测地步②。

……（其七）虽然表面看来好像同秋浦景物无关，但从《秋浦歌》17首整体手法与联想角度说，……这首也极有可能是歌咏同这有关景物的，如宁戚《饭牛歌》（《史记》卷八十三《邹阳传》"宁戚饭牛车下"，《集解》注及《蒙求》中等所引）"南山矸（一作柈），白石烂（一作音）"，极有可能暗指清溪河南岸的万罗山巨石群。参照："矸，音公弹反。矸者，白净貌也。"（《史记索隐》）

关于这点，基于后述有关资料，可以确认"其七"也是歌咏秋浦一地具体景物之作，这就不仅使《秋浦歌》其七的解释更明确，而且无意中也是可以验证"歌行诗的表现功能"、"乐府诗的表现功能"、"样式与表现功能"、"诗型与表现功能"等一系列基础方法论的有效性的有力的具体例证③。

（二）

问题出在"其七"下面这段歌辞：

---

① 关于这连作各篇，原则上都是言及秋浦的风物、情景这点，已有人早就作过说明（如下面所记A、B），只是A的主旨也停留在这一点：因为只"其十五"（白发三千丈）一首没有言及秋浦景物情况，所以在编辑形式上只有这首"白发三千丈"同《秋浦歌》这一名称不相称。此外，关于B点原文及问题点可参照本章第二节。

　　A："太白'白发三千丈'一首，于《秋浦歌》题目有何干系。……但太白本集中，《秋浦歌》17首，'白发三千丈'（其十五）也在其中，篇篇都是言及秋浦景事，但只有此首是没有言及……"（山本北山《作诗志彀》，日本古典文学大系《近世文学论集》所收，岩波书店，1966年）

　　B：瞿蜕园、朱金城《李白集校注》537页（上海古籍出版社，1980年）。

② 参照第69页注①所揭示论文。

③ 参照第69页注②所揭示《中国诗歌原理》七《诗与诗型》、八《诗与音乐》。

醉上山公马，寒歌宁戚牛。

空吟白石烂，泪满黑貂裘。

若从第三句"三连仄"至第四句"拗救"看，可以说是包含粘法的完整的近体五言绝句。从韵律方面看，《秋浦歌》系列之作，大致有三大区别：①有明确的古体诗，如"其一"（秋浦长似秋）、"其二"（秋浦猿夜愁），六句古体；②有明确的近体诗，如"其十五"（白发三千丈），四句近体；③以及拗体近体诗，如"其四"（两鬓入秋浦），四句准近体。这是正确考察"歌行"实际状态的一个要点（Point）。下面将叙述。

这里所引"其七"这首诗引用古典诗中爱用的晋山简醉酒时故事[1]和春秋时代宁戚的《饭牛歌》故事[2]，以这一明确形式来描写秋浦的景物，在同系列其他作品中确实难以见到。关于这点，瞿蜕园、朱金城校注《李白集校注》（上海古籍出版社，1980 年初版）曾作如下说明：

> 按：十七首中惟此首不涉秋浦风物，亦正惟此首直抒作诗时心境，疑是天宝十二载在江南时作，盖以多年漫游无所遇也。（537 页〔评笺〕）

瞿、朱二氏这里首先指明 17 首系列之作中只 1 首"不涉秋浦风物"。

因瞿、朱校本中，也没有指出"其十五"（白发三千丈）涉及那种"秋浦风物"，所以，正确说法应为"惟其七与其十五两首"。并进而指明

---

[1] "山季伦为荆州，时出酣畅，人为之歌曰：'山公一时醉，径造高阳池。日暮倒载归，茗芋无所知。复能乘骏马，倒着白接䍠。举手问葛彊，何如并州儿?'"（《世说新语·任诞》二十三）

[2] 关于以《饭牛歌》为中心的宁戚典故，据逯钦立《先秦汉魏晋南北朝诗》上（317 页，中华书局）考证，虽很早就见于《吕氏春秋》（卷二十《举难》）和《淮南子》（道应训）"击牛角（而）疾（商）歌"记述，但二书均无其歌辞。本稿关于歌辞的文字是依据刘宋裴骃在为《史记》（卷八十三《邹阳传》）作《集解》时所引后汉应劭注的歌辞，由于文献不同而多有出入（参照前引逯注）。"南山矸，白石烂，生不遭尧与舜禅。短布单衣适至骭，从昏饭牛薄夜半，长夜漫漫何时旦?"

只此一首直接抒发实际创作时的心境，作年疑为天宝十二载（753）在江南时作，因系多年漫游天下而未遇知音所致。总之，正如不遇的宁戚歌《饭牛歌》被齐桓公所见那样，自己也歌《饭牛歌》的"南山矸（一作粲），白石烂"，以追求高明的理解者的赏识。

就瞿、朱这一说明的后半部分而言，完全正确没有问题。关于"寒歌宁戚牛，空吟白石烂"，他在另外一首《南奔书怀》中曾吟道：

> 遥夜何漫漫，空歌白石烂。
> 宁戚未匡齐，陈平终佐汉。

李白意图何在已毫无疑问。

但，瞿、朱这一说明前半部，似仍可商讨。由下面这首诗可知，那"白石"，实际上是秋浦地区的具体景物的"白石"，诗人在此基础之上运用了典故。

《忆秋浦桃花旧游时窜夜郎》：

> 桃花春水生，白石今出没。
> 摇荡女萝枝，半挂青天月。
> 不知旧行径，初拳几枝蕨。
> 三载夜郎还，于兹炼金骨。

黄锡珪《李太白年谱》认为此诗当作于乾元元年（758）、詹锳《李白诗文系年》认为当作于乾元二年（759）。二者都认为作于流谪途中已确定无疑。只是二者有作于赦免那年的春天，还是这前一年春天之别。若作于赦免之年，那是作于离赦免地最近的三峡地区；若作于赦免前一年，则是作于途中西塞驿附近①。不管属哪种情形，这一作品系作于开春三月

---

① 参照松浦友久《关于李白安史之乱中事迹的意义》（《中国文学研究》第十五期，早稻田大学中国文学会，1989 年 12 月）第十三节。

前后，正所谓阳春"桃花水"充溢长江流域之时，诗中追怀在秋浦地区旧游的时日以表达将来求仙重游此地的愿望，这点也是没有疑问的。

　　诗中描写"白石"在春汛期由于桃花水而"出没"的情景。作为秋浦胜景中心的清溪河，由于周边多是山岩构造，不仅以水流清澄而著名，而且川岸一带，还有很多像"逻人石"、"江祖石"那样被李白诗所歌咏的大小岩石。其中，"逻人石"因是"江祖石"对岸万罗山中的山腰上的巨石①，就同"白石今出没"呈现不同意象。另外，李白特别钟情"江祖石"，正如他所歌吟的那样：

　　　　江祖出鱼梁。(《秋浦歌》其十一)

巨石屹立于河畔水面上，其腰脚部的岩石群，由于河水的增减确实"出没"，这从今天有关的照片②可以得到认证。

　　关于"江祖石"，李白还有如下直接或间接吟咏：

　　　　江祖一片石，青天扫画屏。(同上，其九)
　　　　我携一樽酒，独上江祖石。
　　　　自从天地开，更长几千尺。
　　　　举杯向天笑，天回日西照。
　　　　永愿坐此石，长垂严陵钓。(《独酌青溪江(祖)石上寄权昭夷》)
　　　　人行明镜中，鸟度屏风里。(《清溪行》)
　　　　水从天汉落，山逼画屏新。(《赠崔秋浦》)

李白将自己在秋浦名胜"江祖石"之乐比作后汉高士严子陵钓台清游。

---

① 参照第 69 页注①所揭示论文第二节。
② 林东海著、邱茂译《诗人李白》(下) 卷头照片 (中国人民美术出版社，1984 年)。松浦友久《"白发三千丈"与"秋浦之歌"——唐诗纪行》所揭示照片 (《每日新闻》晚刊《学艺栏》，1983 年 10 月 21 日)。

再确切说，"江祖石"也由于李白诗吟咏歌唱而成为一处重要名胜。

不用说，《忆秋浦桃花旧游时窜夜郎》诗中"白石"没有必要仅限定为"江祖石"。凡在清溪河的水边的万罗山下（万逻矶）和"玉镜潭"等，与《忆秋浦桃花旧游时窜夜郎》相关岩石能够产生"出没"于"桃花春水"意象的①，自然全都包含在联想之中。

但李白所喜爱的白石形象之所以成为秋浦旧游象征而被歌吟"空吟白石烂"（《秋浦歌》其七），不只是"宁戚《饭牛歌》"意义上的"白石"，应该说，实际上是根据秋浦，尤其清溪河畔实际存在的"江祖石"为主的"白石"而生发联想的。

此外，还有一点应特别留意，由"空吟白石烂"与"寒歌宁戚牛"、"泪满黑貂裘"二句相连，可知此诗实作于寒冷季节。即正值秋冬季的枯水期，水边岩石才更多裸露出其岩石肤体，才有"白石烂——白石灿烂"这一相应的表现。

（三）

这点还可从有关典故用例史中得到确证。正如"醉上山公马"是李白当时实际体验一样，"寒歌宁戚牛"也是李白在秋浦地区一种实际感受、实际体验。这里应注意到这一情况：作为追求明主的贤士人物形象，有周文王与太公望、燕昭王与郭隗、秦穆王与百里奚、汉高祖与张良、韩信、陈平、蜀之刘备与诸葛亮等，在李白诗中都不乏各自用例。而在这里却特地用了诗歌史中很少使用的宁戚《饭牛歌》典故。

这正是秋浦清溪河畔触目的"白石"：

南山灿，白石烂。

直接触发《饭牛歌》（参照注⑦）意象所致。

---

① 《与周刚清溪玉镜潭宴别》，王琦注中引《江南通志》记载："宋陈应直，刻'玉镜潭'三大字于石上。"但笔者在现场实地调查时（早稻田大学中国古典诗歌研究第二次访华团，1983年9月4日—5日），未曾调查玉镜潭，故其石刻难以确认。

这一情况中大致要点是：宁戚《饭牛歌》故事被唐代《蒙求》（《新释汉文大系本》第282页）作为"宁戚扣角"所收而很有名，而同时，诗歌史中却极其缺乏其用例。具体说，除《楚辞》系列作品中仅见四例诗句外①，《全汉诗》、《全三国诗》、《全晋诗》以下，鲍照、谢朓、陈子昂、沈佺期、宋之问、王维、杜甫、韩愈、孟郊、白居易、柳宗元、杜牧、李商隐等……在以索引类可以确认的主要诗人们中，几乎没有看到用其例者②。

另外一方面，就李白自身用例来说，除已举《南奔书怀》这一明确用例外，还有乐府《鞠歌行》中"听曲知宁戚"这一用例。《南奔书怀》是李白参加永王水军与肃宗方面军队交战败北，与永王同奔西南时所作③，显系《秋浦歌》以后之作。《鞠歌行》，据黄锡珪《李太白年谱》，是开元二十三年（735）李白三十五岁时，作于安陆白兆山桃花岩，但无客观证据，还是像詹锳《李白诗文系年》那样以作年不明处置为妥。

而这里引人注目的是，上述注中①②所说先行诸例（包含省略原文的七个散文用例）以及这首《鞠歌行》（听曲知宁戚）都是《饭牛歌》典故的纯抽象表现，与《秋浦歌》、《南奔书怀》中所见到的这种引用具体的歌辞"白石烂"情况有所不同。

总之，"白石烂"这具体的歌辞，意味着极可能是李白游历秋浦时期④，首次在作品中使用。换言之，在《秋浦歌》以前，同诗歌史上一般

---

① "宁戚之讴歌兮，齐桓闻以该辅"（《离骚》），"吕望屠于朝歌兮，宁戚歌而饭牛"（《九章·惜往日》），"宁戚讴于车下兮，桓公闻而知之"（宋玉《九辩》十），"宁戚饭牛而商歌兮，桓公闻而不置"（东方朔《七谏·怨世》）。

② 仅举少数确实之例：
　　"夷吾困商贩，宁戚对牛叹。"（魏杜挚《赠毌丘俭诗》）
　　"宁子岂不类，杨歌谁肯殉？"（魏阮籍《咏怀》其七十四）
　　"宁戚扣角歌，桓公遭乃举。"（梁江淹《杂体诗》三十首《刘太尉琨伤乱》）但诗赋以外散文类型，以曹植《此宁子商歌之秋》（《七启》其八）为首，《文选》中也只有七例之数（除诗赋类的《离骚》与《杂体诗·刘太尉琨伤乱》例子外）。

③ 关于这一作品创作实际与意图，另有小论详述，参照《关于李白安史之乱中事迹的意义》（中）第八节（《中国文学研究》第十三期，早稻田大学文学会，1987年12月）。

④ 李白游秋浦时间与次数尚无确切结论，至少在安史之乱前数年间几次访游秋浦。詹锳《李白诗文系年》认为《秋浦歌》17首作于天宝十三载（754），黄锡珪《李白年谱》认为作于十四载（755）春。

倾向同样，李白诗本身也极少言及宁戚，特别是完全没有言及"白石烂"歌辞诗作。

这样一来，必须看到，在这历时的、共时的一般倾向中，李白果敢创新用"白石烂"歌辞，表明在秋浦地区确实存在着能够唤起其意象的、相应的具体景物，而且也正如上所述，如果考虑到同后年李白追怀成为"秋浦旧游"象征的"桃花水中出没的白石"这一事实吻合的话，那么《秋浦歌》中的"白石烂"，即由秋浦、清溪河畔的"白石"所触发，也就毫无疑问了。也就可以作出这样结论：《秋浦歌》其七，与其他16首情况同样，也与"歌行"、"歌吟"这一类型相适应，是作者从第一人称的视点出发，吟咏秋浦地区的具体景物之歌。

根据上述情况，来解释"其七"全诗，大意如下：

> 醉酒时像晋山简（反戴白帽）乘马而走，
>
> 寒冷中吟唱着齐宁戚《饭牛歌》。
>
> 河畔白石灿烂，求明主的"白石烂"之吟也只是空叹，
>
> 泪流不止，已洒满了黑色的貂裘。

（四）

这样一来，若从"歌行、歌吟体艺术表现功能"这一尺度来看《秋浦歌》17首，便产生下面样式方面的问题，即下述这一实际情况：①这系列之作全是"五言诗"。②"近体、古体、拗体"韵律混杂，而且，③"四句、六句、八句、十句"等句数混合而存（参照第二节），同所谓"歌行体"作品大都是"七言（含七言，系杂言）古体诗"这一普遍倾向关系究竟怎样？

关于这一点，先要明确"歌行"、"歌吟"、"乐府"、"新乐府"等是纯属"样式"方面的基本概念，而"五言绝句、七言律诗、杂言古诗"属诗型方面基本概念，二者根本不同。即"乐府"样式的作品中，也含有如"五言绝句"（李白《玉阶怨》）、"七言绝句"（王昌龄《从军行》）、

"五言律诗"（李白《宫中行乐词》其一）、"七言律诗"（高蟾《长门怨》"天上何劳万古春"，《乐府诗集》卷四十二）这些诗型（省略古体诗举例），同样，"歌行"、"歌吟"样式中，基本也含有从古体到近体各种各样诗型。

现有李白诗诸本"歌吟"类中，多数是像《永王东巡歌》、《上皇西巡南京歌》、《峨眉山月歌》那样的"七言绝句"形式作品，也包含像《秋浦歌》其十五（白发三千丈）那样"五言绝句"和《清溪行》、《南都行》那样"五言古诗"。在中唐白居易的全集中，除在卷十二《歌行曲引杂体》中收七言系列古体诗外，在"律诗"（近体诗）卷中，也可以见到如《恨词》那样的"五绝"，如《残春曲》、《独眠吟》其一、《伤春曲》、《后宫词》那样的七绝，如《独眠吟》其二那样的"近体长短句"，如《杨枝词》那样的"五律"，这些也都是属于近体诗型的"词、曲、吟……"。

也有另外情况，宋初《文苑英华》（卷三三一——三五〇）《歌行》中就将"歌行"范围局限于古体，完全不收近体。但其中不少是像刘禹锡《谪仙词》（卷三三一）袁郊《鸿门行》、杜甫《义鹘行》那样的"五古"。如果从唐、宋两代对歌行体取舍各有不同这点来看歌行体发展演变大趋势的话，那么可以说，所谓"歌、行、曲、引……"乃是以"七言古诗（含七言，系杂古）"为其贯穿始终的主体。但若从中国诗学体系性角度给"乐府——歌行——徒诗"之间关系下严格定义的话，"歌行"则主要有以下三个特点：

① 用拟古乐府题。

② 不以特定曲调为"歌吟"前提。

③ 其歌辞（Ａ）诗题为歌、行、吟、词、曲、引……。

　　　　（Ｂ）节奏七言、杂言。

　　　　（Ｃ）措辞用蝉联体、双拟对……等修辞手法。

也就是说，将其看作所谓"间接的歌辞系列作品"最为妥当。就《秋浦歌》而言，满足了①、②和第③中（Ａ）这三个条件。

（相反，《竹枝词》等由于没有满足条件②，所以明显属"歌行"、"歌吟"类之外。）

这一定义，不只切合李白诗，也切合中国诗歌史"歌行"类的实际情况。

为什么这样说呢？第一，因为依据此定义，可将自最初六朝以来的非"乐府"的歌辞系作品（相等于"歌行"概念），几乎毫无遗漏的涵盖其内。而历来流行的认为"歌行"只有七古（杂古）一种样式的说法①，就不可能包括题作"～歌、吟……"非"乐府题"的五绝、七绝、五古等。结果作为诗歌理论探讨对象的"歌行"概念就难免不够全面（应记得就连宋代《文苑英华》的"歌行"部分也包含五古）。

总之，若按流行说法，"歌行"只从七古这一种样式来衡量，那么就将诗题采用非"乐府"旧题的"歌、行、吟……"等诗作中②，而非"七古（杂古）"类型作品排斥在"歌行"之外了。为避免这一情况，因而将流行的"歌行"定义中的"七古（杂古）歌行"，看作是"歌行"诗的主流而置于"七言歌行"条目下属分类位置较妥。

第二，只有依据这一定义，才能较好说明"歌行"类具有介乎"乐府"类和"徒诗"类二者中间的两个特点，即：①包含对乐曲间接联想，②同时又很容易导入以作者第一人称角度来进行个别的具体描写，以及为什么具有这一独特表现功能的来龙去脉。之所以如此，这可能是由于诗歌"乐曲的音乐性"间接化（渐次消失）③，因而企图在方法上①

---

① 如"凡七言及长短句不用古题者，通谓之歌行"（清钱木庵《唐音审体》古诗七言论）；"唐代的歌行作品，形态上限于七言长篇，而且指不用拟古乐府题"（增田清秀《乐府的历史研究》375 页，创文社，1975 年）等。

② 下面论文系统考证了从六朝末至盛唐末"歌行"类作品的历史变迁及其诗题：松原朗《歌行的形成过程——以初唐为中心》（《中国文学研究》第九期，1983 年 11 月）、《盛唐时期歌行的展开——以李白第一人称歌行为中心》（《中国诗文论丛》第三集，1984 年）、《杜甫歌行诗论考——"歌"诗与"行"诗的对立》（《中国文学研究》第八期，1982 年 12 月）。

③ 所谓"诗歌音乐性"这一词语，通常多被作为一般化概念使用，而正确的是，有必要将①"韵律与意象融合的语言表现本身的音乐性"，即"语言的音乐性"与②"歌辞（歌词）伴奏的乐曲性（节奏、韵律等）"，即"乐曲的音乐性"二者区别而论。参照注②所揭示论文的开头解题部分。

增强诗歌的"语言的音乐性"比重（目的 I），同时，②在歌辞系列作品中也容易运用作者第一人称描写（目的 II）所致 ①。如果确实如此，那么在各种具有明确的"乐曲音乐性"的"乐府题"的传统中 ②，设定一个不是"乐府题"的"～歌、行、吟"类的诗题几乎就没有什么实际音乐意义了。《秋浦歌》17 首系列之作，把它看作是这种企图之一环的产物较为妥当。

对混有"五古"和"五绝"的《秋浦歌》具有"歌行"体艺术表现功能原因的认定过程本身，也就是对诗歌史进行有效恰当的分析与理解。

[**附记**]本稿第四节，与在北京大学（1988 年 12 月 7 日）、南开大学（1989 年 8 月 17 日）作的研究报告《作为歌行体的〈秋浦歌〉》有关，是对葛晓音教授（北大中文系）所提出问题的回答。

---

① 一般作为乐曲的歌词（歌辞）而创作的"为歌的诗"，其表现手法（从诗人角度看），很容易带有第三人称、客体的倾向，相反，同乐曲无关的"为读而作的诗"，其表现手法就很容易以第一人称的、主体的。关于这点，注②所揭示论文（第 328 页）已有所论述。

② 这里所说"乐府题"，确切说，意为一般的"（拟）古乐府题"与《近代曲辞》（《乐府诗集》卷七十九—八十二）、《杂歌谣辞》（同上，卷八十三—八十九）都以直接乐曲性为根本条件，不包含《新乐府辞》（同上，卷九十一——百），不具备原本的直接的乐曲性。

第五章　李白思考形态
——以题材论观点为中心

一、引　言

在论述关于诗歌的思想和思考形态时，首先面临的就是其方法与范围问题，特别是在以古典诗歌为其论述对象时，有必要就作品产生时代所流行的 Idéologie（德语：意识观念）本身进行考察，进而，在进行反复分析、剖解、认识的基础之上，追寻作者自身内在的思考形式，就是必由之径。另外，超越诗歌这一文学作品素材方面思想性研究之上，还有一个作品所体现的思考形式理论性与诗歌之所具有感情位相（抒情性）和语文构造（韵律性）如何相结合问题，也可望借此有所论及。但这是属于感情与论理微妙相结合的问题，将其明了化、对象化论而列之，并非易事。这也正是诸多先贤，在其二者关系诸种论列中煞费苦心的原因。

正如通常所说，中国古典诗的抒情性格极强，尤其唐代诗歌这一倾向更为显著。因而，从总体上可以说是缺乏进行理论道德说教的理论要素。但同时，我们也感到，如果考察一下这种以诗歌进行理论说教的形式成熟期的前身所具有的诸多方面，那么，作为诗歌中、唐诗中以至李白诗中所显示出的对事物的思考形式和感动形式的种种表现，仍然十分丰富。

从这个意义上说，本章在同所谓儒、道、佛三教思想直接相关题材作品与远离三教要素的一般题材作品二者相互关系中，来考察关于李白诗歌的思考问题，是得当的。

这一问题对李白论本身来说，之所以也是难以回避的要点之一，乃是由于这一尝试，对关于诗人思考的感情与理论、意识与无意识问题，也可以提供一定程度的系统见解。

二、盛唐时期既成的思想、宗教及其倾向

在唐诗所表现的思考形态中，一般最易引人注目的乃是已成为唐代 Idéologie（德语：意识观念）的所谓三教①。儒教、道教、佛教这三种思想乃至宗教②，在确立各自相互影响与被影响关系同时，而在其整体上仍保持一定的独立性，都对唐代社会产生强烈影响作用。因此，就李白而言，不能不考察作为盛唐诗人与盛唐时期的三教之关系。尤其像作为思想和宗教已体系化而贯穿六朝末至唐的道教，对他具有重要意义。

这里有必要回顾一下截至盛唐时期三教沿革的大略情况。

先说儒教，所谓南学与北学的对立，由于唐太宗、高宗诏书以南学立场为出发点的《五经正义》的统一（651）颁布（653）③，很快就进入

---

① 在今日的并非神学的宗教学中，虽然将宗教本身看作是广义的思想、意识观念的一种形态而并无大的异议，但就狭义的"宗教"定义而言，却未必明确（参照藤田富雄《宗教哲学》第一部第三章《宗教的定义问题》，大明堂等）。而恐惧与崇敬，对绝对者（可理解为神灵——译者）的归依，教理与仪礼，对永远性的希求等等，都是"宗教"的一般条件，但基本的还是根据有没有对绝对者"畏惧与企求"——其具体形象化为"地狱与天国"（极乐、净土）——相关的思考而作相当明确区分。即对地狱的东西（灾祸、苦痛、老、病、死、罪、罚等）的恐惧越强，对天国的东西（幸福、欢喜、年轻、健康、生、德、光荣等）的希求就越强，因而能够使其成为现实的绝对者的神力也就越大，对其信仰之诚也就增深。

由此考察三教思考形态，只有儒教不含作为教理的"地狱"⟷"天国"概念含义，乃是绝非宗教的意识观念，这是众所周知的。从这一点出发，可以断定，本章关于"三教"用语，并非将三者一致概括为宗教，而是概括为唐代主要的既成的意识观念这一点。

② 道教沿革在思想史中也颇多问题，一般说，在先秦道家思想、战国末汉代神仙思想、汉末土俗信仰、魏晋佛教思想等交错影响下，自六朝到唐代大致体系化，这一见解是得当的。

因而，对李白所处的时代的盛唐而言（参照本章第二节），游仙、求仙思想已经成为道教思考的内核中心而构建了道教世界，不再具有像秦汉那样可以并置于道家和儒家之列的神仙家的独立性地位。值得注意的是《汉书》（卷三十《艺文志》）将"道家"与"神仙家"完全区别对待，而《旧唐书》（卷四十七《经籍志》下）、《新唐书》（卷五十九《艺文志》中），在下属具体分类中各以"道家"、"道家类"一语概括之。

另外，还有一个与此有关的"道教"与"道家"不同问题值得一论，以道家这一名称称呼道教有《魏书》（卷一一四《释老志》）"道家之原，出于老子"和上述新、旧《唐书》等记载作为历史的先例，作为广义的用法，大致不错。但若就唐代情况作狭义的定义的话，最终还是以有无求仙思想为尺度来区分"老、庄（隐逸）思想"与"道教思想"较为妥当。

③ "初，颖达与颜师古、司马才章、王恭、王琰受诏，撰《五经》义训凡百余篇，号《义赞》，诏改为《正义》云。……永徽二年（651），诏中书门下与国子三馆博士、弘文馆学士考正之，于是尚书左仆射于志宁、右仆射张行成、侍中高季辅就加增损，书始布下。"（《新唐书》卷一九八《儒学上·孔颖达》）"永徽四年（653）三月壬子朔，颁孔颖达《五经正义》于天下，每年明经令依此考试。"（《旧唐书》卷四《高宗纪》上）参考稻叶一郎《中唐新儒学运动的一点考察》（《中国中世史研究》东海大学出版会）。

了由中唐的韩愈推行的国家教学化时期。而佛教沿革关系大趋势，在北魏太武帝及北周武帝的废佛和围绕梁武帝的"御座之法"、"白衣僧正论"等一进一退的曲折之中①，由于国家权利干预而失去自立性这一前代趋势渐次得以遏止，而且由于面临隋——初唐政权强有力的宗教政策，索性积极追求同国家权力的结合，使自己成为国家佛教、护国佛教——这就是其变化过程②。

道教情况与此相反，作为教团应有状态并无变化，而教理应有状态本身却变化很大，一言以蔽之，作为宗教的教理，道教已经相当体系化。正如通常所认为的那样，六朝末的道教，即使经北魏的寇谦之、刘宋的陆修静、萧梁的陶弘景等已将经典整理完备，但同儒教和佛教相比较，相形之下，还是缺乏作为思想和宗教的体系性。据当今思想史研究成果表明③，道教的教理集大成者——道教经典的《道藏》，却完成于隋至初唐之际，特别是作为与佛教根本概念"佛性"意识相对抗的意识"道性"主张，也正是在这一时期开始尝试产生以充实《道藏》。另外，围绕道教所呈现的社会政治情况，由于李姓这一姓氏缘由的唐室而推行的保护政策，老子庙的建立④，和《道德经》等道经类为科举科目附加之书⑤，因而其成为国教化的动向，大有超越佛教之势，至于玄宗尊崇老子，更是尽人皆知⑥。

由此可见，对李白而言，乃是其现代思想盛唐时期的儒、道、佛三

---

① 参考藤善真澄《隋唐佛教一瞥》(《中国中世史研究》，东海大学出版会)、铃木启造《从白衣僧正论争看梁代佛徒的性格》(《史观》第四十九号) 等。

② 参考注①藤善论文，山崎宏《隋唐佛教史的研究》(法藏馆)。

③ 参考镰田茂雄《隋唐时代的儒佛道三教——以佛教影响为中心的考察》(《历史教育》第十七卷第三号)、秋月观暎《六朝时代的报应说与道教佛教》(同上) 等。

④ "武德三年 (620) 五月，晋州人吉善行于羊角山，见一老叟，乘白马朱鬣，仪容甚伟，曰'谓吾语唐天子，吾汝祖也。今年平贼后，子孙享国千岁。'高祖异之，乃立庙于其地。"(《唐会要》卷五十《尊崇道教》)

⑤ "准开元二十九年 (741) 正月二十五日制，前件举人，合习《道德》、《南华》、《通元》、《冲虚》四经"(同上)

⑥ "开元九年，玄宗又遣使迎入京，亲受法箓，前后赏赐甚厚。"(《旧唐书》卷一九二《隐逸·司马承祯传》)"天宝元年，……庄子号为南华真人，文子号为通玄真人，列子号为冲虚真人，庚桑子号为洞虚真人，其四子所著书改为真经。崇玄学，置博士、助教各一员，学生一百人。"(《旧唐书》卷九《玄宗纪》下)

教，同各自此前相比，理论方面已较多完备，政治方面已较彻底地渗入国家社会制度之中，这是务需注意之点。

不用说，思想和宗教本身的这一共通倾向，并非以其原样成为三教出现在诗歌之中。因为诗人未必是思想家和宗教家，诗歌也并非代表时代演说教理之书，但可以想象到时代的主要意识观念同政治和社会如此深深关连，势必从最基础的意义上给予产生于这样现实政治、社会中的诗人们作品以难以摆脱的影响。

而体现在唐诗中的三教的要素往往是彼此部分相互重复，大多缺乏作为思想和宗教应有的独立性和一贯性。关于这点历来有学者论述不已 ①，几乎都指出其共同原因乃集中在如下两点：①六朝、隋、唐时期的三教教理之间相互影响，尤其在盛唐之后，具有强烈的追求思想意识方面的所谓"三教一致"* 的倾向。②诗人对思想和宗教的理解，倾向于感觉的氛围的而弱于论理的、体系方面的。

三、李白诗歌中的儒、道、佛题材
——关于三教各自单独题材化诗例

论述李白的思考和行动同三教关系的先行文献很多。在他思想中，探究三教中哪一种，尤其是儒、道二教中究竟哪一种占据中心，这是历来屡谈不止的问题。若溯其渊源，早在李阳冰的《草堂集序》（762）以来便论及这一问题。这里再加上评论者的感情移入和价值的移入，便在李白诗歌鉴赏史上形成了各自独立的分野：对李白诗进行儒教解释的代表作，则是元代萧士赟《分类补注李太白诗》；而从道教方面予以解释的代

---

① 　津田左右吉《唐诗中所体现的佛教与道教》(全集第十九卷，岩波书店)、藤善真澄《唐代文人的宗教观》(《历史教育》第十七卷第三号)、大野实之助《李太白研究》第四篇第三章（早稻田人学出版部）、堤留吉《白乐天研究》第四章（春秋社）等。

* 　关于三教一致的主张，是包含中国思想与外来思想、现实世界与超现实世界、政治与宗教、肉体与精神、对己与对他等等诸多对立要素的复杂问题，而其基本意义应将其理解为广泛存在于宗教现象中的带有追本溯源倾向的这一点。

表作，则是现代的李长之的《道教徒的诗人李白及其痛苦》。

这一问题的产生，一般说来是前面所说三教教理自身相互影响和后面所说三教一致倾向等，在当时社会知识阶层中是常见的共通东西所致，但对李白来说，问题是，与此相关的李白诗记述本身呈现矛盾纷呈、错综复杂的状态。

首先就现有诗中三教以各自单独题材诗作来考察。从现行思想研究史所说，可以看到三教各自区分境界当然存在，但同时也是相当模糊的。另外，同一作品，由于或见其直叙的手法（赋），或见其比喻的手法（比兴），解释的幅度就有很大差异。进而，如李白求仙学道行为，有视作其自身目的的，或有看作以追求超俗名声作为立身名世的手段的，结果关于诗人思想立场的评论不能不产生差异。因而在此有必要首先就现有的作为吟咏题材集中清理，以便作出有关各种各样思想的典型记述，这是基于这样一种判断：即不管是用比喻、用直叙，或作目的、或作手段，选其为题材＊本身——直接或间接——表明那事象已作为认识对象了。

作为儒教的思想题材化，成为一首诗的主题，也即同儒教的说理性相统一的作品，以《古风》（五十九首）最为明显。

其一：

《大雅》久不作，吾衰竟谁陈？

王风委蔓草，战国多荆榛。

＊ 这一题材论的观点，在论述关于"文学作品的思想和宗教"这一微妙问题时，在一定意义上极为有效。如探讨白乐天《长恨歌》中是否存在道教思想这一问题时，其中①"道教"这一词语，"思想"这一词语定义是什么。②其"思想"表现的论理性和纯粹性程度情况如何。③白乐天的道教信仰实际状态又怎样等等，有许多需论述之点。实际上很难见到为多数论者所一致采纳的观点。但如果考察一下道教的东西如何成为《长恨歌》的题材，即成为"主题"及"素材"，是否在其中被对象化的话，那么，如诗后半部描述：在"临邛道士"（金泽文库本作"方士"）所致的"虚无缥缈"、"海上仙山"中出现"杨太真的梦魂"，就是明显的道教的素材作为对象化的论例。而像儒教和佛教那样的，另外 Idéologie（德语：意识观念），同样可以在其他像《新丰折臂翁》和《兵车行》那样的作品，和其他的作者那里见到。在严格意义上的有关思想表现和宗教表现的考察，也要从每个题材的具体作品的具体论述考证中，才能求得共通的、稳妥的见解。

> 龙虎相啖食，兵戈逮狂秦。
>
> 正声何微茫，哀怨起骚人。
>
> 扬马激颓波，开流荡无垠。
>
> 废兴虽万变，宪章亦已沦。
>
> 自从建安来，绮丽不足珍。
>
> 圣代复元古，垂衣贵清真。
>
> 群才属休明，乘运共跃鳞。
>
> 文质相炳焕，众星罗秋旻。
>
> 我志在删述，垂辉映千春。
>
> 希圣如有立，绝笔于获麟。

这首古体诗是所谓《古风》五十九首开篇，五言，二十四句，一韵到底。其中，以《毛诗大序》为代表的儒教诗歌观，得以完整、系统的叙述。"《大雅》久不作，吾衰竟谁陈"以下前半的十四句之吟，将《诗经·大雅》置于最高位，接着从《王风》很快转入楚辞、汉赋，逐渐低落，最终到"绮丽不足珍"的六朝诗，描述了诗歌历史的发展大趋势。不言而喻，这一评价的基准，是诗歌中的政治、社会功能——所谓讽谏精神——的有无或强弱。"圣代复元古，垂衣贵清真"以下六句，最终四句是企望像孔子删《春秋》那样，永留文名。这一作品中体现的李白的思考，可以说几乎是汉代体系化的儒教文学观（诗歌观）的原样再现。

　　在下面这首作品中，通过对战乱情况的描绘叙述了其儒教的政治观。《古风》其三十四：

> 羽檄如流星，虎符合专城。
>
> 喧呼救边急，群鸟皆夜鸣。
>
> 白日曜紫微，三公运权衡。
>
> 天地皆得一，澹然四海清。
>
> 借问此何为？答言楚征兵。

渡泸及五月，将赴云南征。

怯卒非战士，炎方难远行。

长号别严亲，日月惨光晶。

泣尽继以血，心摧两无声。

困兽当猛虎，穷鱼饵奔鲸。

千去不一回，投躯岂全生。

如何舞干戚，一使有苗平？

这里，奉承了玄宗，而无能的当权者、战争的直接责任者杨国忠的暴政成了强烈批评对象。天宝十载（751）与十三载两次入侵南诏国，风土炎热，师出无名，兵士厌战以至大败，遂成为翌年十四载冬暴发安史之乱的重要背景。《古风》其一中所表述的儒教诗歌理念在这首诗中确实得以贯彻实行。无疑李白通过此诗的写作，表现了他想对政治和社会起作用的强烈意图。因此，后来的白乐天以更明确的表现手法尝试继承发展这一类作品（参照《李白诗歌及其心象》193—198页）。这里，从李白诗的全部看，比较而言，这是一首诗整体对儒教思想予以表述；而以其诗一部分来表述他的这种思考的例子，还是相当多的。

且悲就行役，安得营农圃。

不见征戍儿，岂知关山苦？（《古风》其十四）

吴牛喘月时，拖船一何苦？（《丁都护歌》）

暂因苍生起，谈笑安黎元。

余亦爱此人，丹霄冀飞翻。

遭逢圣明主，敢进兴亡言。（《书情赠蔡舍人雄》）

长安宫阙九天上，此地曾经为近臣。

一朝复一朝，白发心不改。（《单父东楼秋夜送族弟沉之秦时凝弟在席》）

余亦草间人，颇怀拯物情。

......

托意在经济，结交为弟兄。(《读诸葛武侯传书怀赠长安崔少府
叔封昆季》)

一生欲报主，百代期荣亲。

其事竟不就，哀哉难重陈。(《赠张相镐》)

却望长安道，空怀恋主情。(《观胡人吹笛》)

首二例，系吟咏战役与劳役之苦压下的平民不幸，抒发企求执政者有所
省悟的愿望；接下二例，则是其在长安作为侍奉玄宗的儒臣生涯以及坚
定不移的信念；再下一首，恐系仕宦之前所作，叙述自己欲行大业，为
崔氏兄弟所理解，有如当年被崔州平所理解的诸葛孔明建立经世济民大
功一样；最后二例，系述其垂暮之年报主荣亲之志丝毫未变。

　　总之，以经世济民为第一要义目标的儒教生活信条，表明他并非所
谓"然其识污下，诗词十句九句言妇人酒耳"(宋释惠洪《冷斋夜话》卷
五)的那种同政治性、社会性无缘的诗人。另外，也表明他并非只是
"道教徒的诗人"(李长之《道教徒的诗人李白及其痛苦》)。而他的《永王
东巡歌》11首、《上皇西巡南京歌》10首、《宫中行乐词》8首、《金陵望
汉江》等具有应制、应诏性质的作品，也都充溢着唐室帝权的伟大和太
平气象，其礼赞之意也大都出于广义的儒臣的理想。

　　另外一面，他相当多的诗热心吟咏道教世界，尤其是游仙、求仙世
界，也是事实，若就一首整体诗以道教贯穿始终，即不是作为素材而
是作为主题来吟咏这一点看，其数量是儒教题材作品的数倍。《古风》
其五：

太白何苍苍，星辰上森列。

去天三百里，邈尔与世绝。

中有绿发翁，披云卧松雪。

不笑亦不语，冥栖在岩穴。

> 我来逢真人，长跪问宝诀。
> 粲然忽自哂，授以炼药说。
> 铭骨传其语，竦身已电灭。
> 仰望不可及，苍然五情热。
> 吾将营丹砂，永与世人别。

开头四句，描写了作为求仙之场的太白山，乃是最宜超凡脱俗之举的神仙世界；以下十二句，乃一诗之中心，依次追述，设定具有长生不老术的"真我"，李白"求仙"行为、"炼药说"的传授，真人的"飞行"；最后二句系结论，全诗结构完整。

像这样一首诗整体为集中表现其求仙的题材的作品，仅就《古风》五十九首而言，也还有其四、七、十、十五、十八、二十、二十五、二十八、四十一、五十五（据宋本顺序）等达十首之多。若包括其他的领域，吟咏道教世界的典型诗作在内的话，还可举例如下：《游太山》六首、《登峨眉山》、《天台晓望》、《早望海霞边》、《焦山杳望松寥山》、《西岳云台歌送丹丘子》、《元丹丘歌》、《怀仙歌》、《酬殷明佐见赠五云裘歌》、《庐山谣寄卢侍御虚舟》、《梦游天姥吟留别》、《访道安陵遇盖寰为余造真箓临别留赠》、《赠嵩山焦炼师并序》、《草创大还赠柳官迪》、《感兴》八首其五、《寓言》三首其二、《感遇》四首其一和其三、《避地司空原言怀》等等，为数极多。另外，散文作品中《冬夜于随州紫阳先生餐霞楼送烟子元演隐仙城山序》也是歌吟道教世界的典型诗例。李白在长安放逐后成为受道箓的道士，从多种资料看①，恐系事实。他对道教世界的共感和实践，可以说并非微不足道。

第三，关于吟咏佛教题材。在李白作品中吟咏这一世界的，相比较而言，多数给人一般的漠然之感。如《赠宣州灵源寺仲濬公》：

---

① "遂就从祖陈留采访大使彦允，请北海高天师受道箓于齐州紫极宫，将东归蓬莱，仍羽人驾丹丘耳。"（李阳冰《草堂集序》）又《访道安陵遇盖寰为余造真箓临别留赠》、《草创大还赠柳官迪》、《奉饯高尊师如贵道士传道箓毕归北海》、《题雍丘崔明府丹灶》、《金陵与诸贤送权十一序》等。

敬亭白云气，秀色连苍梧。

下映双溪水，如天落镜湖。

此中积龙象，独许濬公殊。

风韵逸江左，文章动海隅。

观心同水月，解领得明珠。

今日逢支遁，高谈出有无。

这是称颂仲濬僧高德之诗：在最适宜超凡脱俗的灵源寺中高僧很多，而尤以濬公最具出类拔萃的文才风韵，最谙熟精通佛教义理，自己也好像见到了古代支遁似的，也达到了超越"有无"的高深境界。全诗以佛寺为背景，僧侣为对象，"龙象"、"观心"、"水月"、"解领"、"明珠"、"出有无"等佛教用语①，表明是一首通体与佛教题材相统一的作品。

类似这样结构的作品，还有《僧伽歌》②、《赠僧朝美》、《别东林寺僧》、《同族侄评事黯游昌禅师山池》二首、《寻山僧不遇作》等。就诗题看，已超过预料之数③。另外，还有像《春日归山寄孟六浩然》那样的诗题，虽未直接表明而实际都是典型吟咏佛教世界之作。以其一部分将佛教为题材的诗作，仅就先行诸家注解所记也有 30 例之数④。

---

① "复次那伽，或名龙，或名象，是五千阿罗汉、诸无数阿罗汉中最大力，是以故言如龙如象。水行中，龙力大，陆行中，象力大。"（鸠摩罗什译《大智度论》卷第三。《大正新修大藏经》二五——八一）。参考：《中阿含经》卷第二十九《龙象经》（《大正藏》一——六○八）等。"水月，谓水中月影，非有非无，了不可执，慧者观心，亦复如是。解领，解悟也。明珠，喻菩提大道也。"（王注，卷十二）"愚痴无闻凡夫，言有言无，言有无言非有非无，言我最胜，言我相似，我知我见，复次比丘，多闻圣弟子，……不有不无，非有无，非不有无，非有我胜，非有我劣，非有我相似，我知我见，作如是知如是见已。"（求那跋陀罗译《杂阿含经》卷第三。《大正藏》二——十六）

② 毛埼从僧伽与李白年龄（僧伽没时李白九岁）断为伪作。（王注，卷七）

③ 大野实之助《李太白研究》（早稻田大学出版部，1959 年刊）中，指出从诗题中见"寺"、"僧"的诗作 28 首，但这里当然也包含非统一的佛教题材诗作在内（529—531 页）。

④ 注③所引《李太白研究》中，虽指明以杨齐贤、萧土赟诸注为中心的 30 例（540—548 页），但正如齐贤注解所注那样，如由道教的题材而吟咏生命的欢乐的《短歌行》中的"万劫太极长"，"劫，世也，儒谓之世，道谓之尘，佛谓之劫"。内容同佛教无关，这样的诗作也包含其中了。

如此看来，作为当时既成思想倾向——儒、道、佛三教，李白诗都各有明了的题材化之作是确定无疑的。可以说，这也是当时知识层人士的作品当然现象，假如说有不言及思想与宗教的诗人的话，那么简直可以断定，其本身即为文学史上具有特殊意义的事例。所以持道教见解的李白有很多儒、佛为题材诗，持儒教的杜甫有很多以道、佛为题材的；另外，还有持佛教的王维却有道教作品问世①，这现象本身不过是显示了当时诗人思想同一般倾向的关系。

问题在于这一题材化三教，对于这一诗人——这里应指李白诗——来说，各占什么比重，相互关连形式是怎样的。

考察这点的最好直接手段，是从三教的几个方面都在同一作品中作为题材并存的诗作入手。这里①三教间关连哪种组合为多？另外②这一组合的诗作是以哪种类型显现？诸如此类具体论点是哪一种得以确立？而根据这一具体明确论点，关于李白同三教关系，作为相对客观的实际关系也就明确了。这三教间组合情况，分"儒道"、"道佛"、"儒佛"以及"儒、道、佛"四种。

四、李白诗歌中三教相互关系

（一）儒、道并存情况

李白诗中作为思想的题材并存的例子而引人注目的，是儒教题材同道教题材的组合。其表现形式显得相当复杂，现以其整首论旨整理的话，依次归纳为三种类型：

甲、"儒"、"道"都肯定，作为顺序前者优先。

乙、由于对"儒"的失望而转赴"道"的。

---

① 关于这点，已经多人指明，土岐善麿《求禅的诗人杜甫》(《杜甫之道》，光风社书店)、竹岛淳夫《唐代文人的佛教观与杜甫》(《中国史研究》三，未见)、黑川洋一《杜甫佛教的一个侧面》(《日本中国学会报》二十一)、黑川洋一《杜甫〈秋日夔州咏怀百韵〉七祖禅的考察》(四天王寺女子大学纪要一)、郭沫若《李白与杜甫》(人民文学出版社)、浜野善次《王维诗歌精神的拓展》(静冈英和女学院短大纪要三)等。

丙、批判"道"而主张"儒"的。

这三种类型，当然紧密相关，先说"甲"这种类型。

甲这种类型，这是李白自觉作为思想方面的思考形态，是其最基本的方面，即是其自身思考形态方面最有望成为理想状态的理念。如《赠韦秘书子春》：

> 谷口郑子真，躬耕在岩石。
> 高名动京师，天下皆籍籍。
> 其人竟不起，云卧从所适。
> 苟无济代心，独善亦何益。
> ……
> 留侯将绮季，出处未云殊。
> 终与安社稷，功成去五湖。

在这首赠秘书省韦某的五言三十二句古体诗中，经世的思考与隐逸的思考都作为有价值的东西而并存，同时在顺序上，儒教经世思考优先，所说"苟无济代心，独善亦何益"、"终与安社稷，功成去五湖"，正是他价值体系中优先顺序的宣言。另外"留侯将绮季，出处未云殊"，明确宣称"出仕"与隐逸作为个人的单独行动并不矛盾，不过是由同一基准而出发的先后顺序有别而已。

> 何时黄金盘，一斛荐槟榔？
> 功成拂衣去，摇曳沧洲旁。（《玉真公主别馆苦雨赠卫尉张卿》二首其二）

这里所叙的"道"的思考，并非只局限于老庄的隐逸，作为道教的游仙、求仙的希望在于能遨游于东海仙境沧州之边。

另外，如"愿一佐明主，功成还旧林"（《留别王司马嵩》）、"功成谢人君，从此一投钓"(《翰林院抒怀呈集贤院内诸学士》)、"功成拂衣去，归入武陵源"(《登金陵冶城西北谢安墩》) 等，大都是叙述其两种思考部分，还有并非诗歌的《代寿山答孟少府移文书》一文，恐怕是这一pattern（类型）最明了的表白。

> ……俄而李公仰天长吁，谓其友人曰："吾未可去也。吾与尔，达则兼济天下，穷则独善一身。安能飡君紫霞，荫君青松，乘君鸾鹤，驾君蚪龙，一朝飞腾，为方丈、蓬莱之人耳，此则未可也。"乃相与卷其丹书，匣其瑶瑟，申管、晏之谈，谋帝王之术。奋其智能，愿为辅弼，使寰区大定，海县清一。事君之道成，荣亲之义毕。然后与陶朱、留侯，浮五湖，戏沧洲，不足为难矣。

作者采用拟人化手法，代隐栖淮南寿山（湖北安陆）答孟某，以表述自己平生志向和抱负。"移文"、"移书"形式，正如其注所表明"移，易也，谓以我情，移易彼意"[1]，即将自己情意传达给对方以动其心之文。毫无疑问，这是开元年间李白借此信表达其意图之作。此信之作年，从其活动舞台及地域角度看，当系其三十岁前后较年青时所作（黄锡珪持三十岁说，詹锳持二十七岁说，都认为作于安陆）。这一阶段，对李白来说，儒、道两教都具有极高价值，同时又以前者优于后者，其所表述平生理想是"事君之道成，荣亲之义毕，然后……浮五湖，戏沧洲"。

这里，儒教更多的是对社会的、对他的、远之于心的事物的关心，道家道教则较多的是对个人的、对己的、求之于心的事物的关心，可以说是矛盾的相辅结合的思考形态。社会的理想和个人的理想都得到满足，可以说是名符其实的理想状态。

但只是这种理想在现实中屡屡失败。当然，失败情况出现的同时，也就是对优先顺位的儒教行为的一个验证和自觉。

---

[1] 《六臣注文选》卷四十三，刘子骏《让太常博士移书》，张铣注。

乙、作为第二种类型，儒、道两系列题材合并的同时，由于对前者失望就转而产生肯定后者价值的作品。如《古风》十五：

> 燕昭延郭隗，遂筑黄金台。
> 剧辛方赵至，邹衍复齐来。
> 奈何青云士，弃我如尘埃！
> 珠玉买歌笑，糟糠养贤才。
> 方知黄鹤举，千里独徘徊。

《古风》三十：

> 玄风变太古，道丧无时还。
> 扰扰季叶人，鸡鸣趋四关。
> 但识金马门，谁知蓬莱山？
> 白首死罗绮，笑歌无休闲。
> 渌酒哂丹液，青娥凋素颜。
> 大儒挥金槌，琢之诗礼间。
> 苍苍三珠树，冥目焉能攀？

《庐山谣寄卢侍御虚舟》：

> 我本楚狂人，凤歌笑孔丘。
> 手持绿玉杖，朝别黄鹤楼。
> 五岳寻仙不辞远，一生好入名山游。

《古风》十五，几乎图示般地清楚地描绘出由于对儒教政治世界的失望而转向追求隐逸、游仙的过程。在"其三十"中，将"金马门"象征的儒教世界与"蓬莱山"象征的道教世界作一对比，感叹后者更为真切

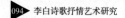

而却不被人知。

《庐山谣寄卢侍御虚舟》则一变叹息之调，进而以批判、挪揄的口吻"我本楚狂人，凤歌笑孔丘"自比楚之狂人接舆，应笑那孔子徒劳无益地经营卫护于儒教。以下二十三句，则是描绘绚烂的游仙世界。值得注意的是，此诗创作年代当是李白五十六岁（黄锡珪说）或六十岁（詹锳说）。

但从这些诗作可知，对李白来说，并非对儒教的理论和价值的体系本体予以批判，只不过是由于儒教的经世机构（体制）不容纳自己，或者说，因儒教的刻苦经营理念，最终结果很容易成为徒劳等情形而成为批判的对象，从这点说，李白诗中有对儒教世界现状的不满和疑问，而没有批判与教理有关的儒教本质方面的诗作。《嘲鲁儒》就明确显示了这一点：

> 鲁叟谈《五经》，白发死章句。
> 问以经济策，茫如坠烟雾。
> ……
> 君非叔孙通，与我本殊伦。
> ×××××，×××××
> 时事且未达，归耕汶水滨。

丙、因而有另外一面，在李白诗中也有对道教的游仙、求仙行为的疑问和批判。《古风》三、四十三、四十八……等就是明显例证。

其三：

> ……
> 尚采不死药，茫然使心哀。
> ……
> 蟾蜍薄青天，何由睹蓬莱？

徐氏载秦女，楼船几时回？

但见三泉下，金棺葬寒灰。

四十三：

周穆八荒意，汉皇万乘尊。

……

瑶水闻遗歌，玉杯竟空言。

灵迹成蔓草，徒悲千载魂。

四十八：

秦皇按宝剑，赫怒振威神。

逐日巡海右，驱石架沧津。

征卒空九寓，作桥伤万人。

但求蓬岛药，岂思农扈春？

力尽功不赡，千载为悲辛。

《登高丘而望远海》：

登高丘，望远海。

六鳌骨已霜，三山流安在？

扶桑半摧折，白日沉光彩。

银台金阙如梦中，秦皇汉武空相待。

精卫费木石，鼋鼍无所凭。

君不见骊山茂陵尽灰灭，牧羊之子来攀登。

盗贼劫宝玉，精灵竟何能？

穷兵黩武今如此，鼎湖飞龙安可乘？

这些诗作中体现第一感觉，是那种批判首先指向求仙努力的空虚上，这与儒教思考下的"事君"和"荣亲"行为相同，求仙的思考和行动，其成功与否，很容易在现实生活经验中得到检证，也就是说，需经受人最终没有不老不死这一事实的检验证明。

第二个感觉，即批判矛头专指"天子和国王求仙这点"（周穆、秦皇、汉武），也即对那些负有政治的、社会的责任的执政者，不履行其职责而汲汲追求长生不老的个人幸福这点予以非难（这点，这些作品也完全可看作是对玄宗的讽刺）。求仙行为，若就其原本道理而言，乃系脱离政治的个人方面行为，应该说未必能成为如此这般的批判对象。

事实上，在李白诗作中，也正如在先行和后人作品中所见到那样，几乎完全看不到对于个人方面的求仙行为有疑义乃至批判①。相反，不仅见不到像"金丹宁误俗，昧者难精讨"（《拟古》其八）那样作为批判求仙的诗句，同文学史上著名的"服食求神仙，多为药所误"（《古诗十九首》其十三）相比，倒是从正面叙述的反批判的主张（参照萧注《分类补注李太白诗》）。李白对求仙的批判，无疑只限定对作为执政者天子和君王的求仙行为。

以上通过甲、乙、丙三种类型考察，可以看出李白诗中儒、道两教的关系，在此可认定：①道教的思考，其在诗歌中易于题材化的游仙、求仙的思考，与当时知识阶层同样，对李白自身而言，具有专指私的、个人的、对自己的幸福追求意义。②它同儒教的思考所具有的公的、社会的、对他的性格——在显示了儒教理念的优先顺序位置差异同时——大体构成具有一种相互补充完全的整体*。

---

① 《古诗十九首》其十三和十五、乐府《西门行》、曹植《赠白马王彪》、陈子昂《感遇诗》其三十三、韩愈《谁家子》、《华山女》、《谢自然》等，白居易《思旧》、《戒药》、《对酒》、《梦仙》、《予与故刑部侍郎早结道友以药术为事……追思旧事因贻同志》等，为数颇多。

* 关于儒、道两思想的这种互补性，后汉后期王符《潜夫论》（《思贤》第八）已明确指出"治身有黄帝之术，治世有孔子之经"，这里"道"的内容，形式上被称作黄帝之术，其所含要素并非先秦道家的对他的、政治的要素，而是后汉道家的对己的、个人的要素。

因此作为题材论观点的一环，若从"题材及其心象构造"这点看问题的话，关于儒、道二教这一意义上的相互补充的性格（相补性），在其各自理念（教理）形象化的圣人（圣贤）同仙人（真人）的其本属性中，得以明确集中的表现。前者，含有高洁人格的对他性同时，基本以他者、治世、公的、社会的对他能力为中心 ①。与此相对，后者，在具有长生不老、飞行迅速等人的私欲的、个人的、对自己愿望能力之中，几乎完全不能认定有社会的、对他的功能 ②。另外，假如就作为教理是否含有对超现实世界（肉体死后的世界）关心这点来说的话，同圣贤完全不含有不死能力这一属性相对，仙人恰以这点为其明显属性。儒、道二教的相辅性，从上述诸点看是极为明了的。

由此看来，关于李白儒教的思考同道教的思考的关系，并非像近年所说在他的思想中是"矛盾的统一"关系。另外，也并非历来所说更多是"三教的一致"（若仅就儒、道而言，应说二教一致 ③，即各自认为真理终极一致）的归一关系，而应说，由于二者具有强烈的对比属性，是不矛盾的相辅并存关系。（李白晚年作品《经乱离后天恩流夜郎忆旧游书怀赠江夏韦太守良宰》中叙述自平生对儒教关心同对道教关心并存态度，自己也不认为矛盾。）

（二）道、佛并存情况

代表作有《与元丹丘方城寺谈玄作》、《赠僧崖公》……等。前一首

---

① 就儒教思想形成过程而言，强调儒教思想本体的对他性、社会性乃是在先秦儒家孟子以后，另外，其中还应当考虑到墨家影响。这里所谓圣贤形象，大体完成应是在汉代以后，尤其对唐代诗人来说，更是如此。

② 如全真教的真人"吕祖"的对他性、社会性。期待道教真人形象也具有像佛佗和菩萨那样救济民众功能是近代才有现象（参照吉冈义丰《企求长生之愿的道教》142—191页，淡交社）。顾颉刚已指出，秦汉时代仙人缺乏对他性、社会性（《秦汉的方士与儒生》第三章，古典文学出版社）。

③ 马克尧《关于李白思想的一些问题》、胡国瑞《李白诗歌的现实意义》、李继唐《谈谈李白的求仙学道》、范宁《李白诗歌的现实性及其创造特征》（以上，中国语文学社编《唐诗研究论文集》第二集中册《李白研究》所收），李宝均、陈孟中《李白的生平和思想》（《李白研究》，作家出版社）等。

诗是：

> 茫茫大梦中，惟我独先觉。
>
> 腾转风火来，假合作容貌。
>
> 灭除昏疑尽，领略入精要。
>
> 澄虑观此身，因得通寂照。
>
> 朗悟前后际，始知金仙妙。
>
> 辛逢禅居人，酌玉坐相召。
>
> 彼我俱若丧，云山岂殊调？
>
> 清风生虚空，明月见谈笑。
>
> 怡然青莲宫，永愿恣游眺。

元丹丘乃传播道教修行者，即道士或方士一类人，在李白诗中屡屡出现。"丹丘"这一名称本系游仙、求仙地名，因而不用说乃是唐人道教意识的体现①。其所设定的同元丹丘在方城寺"佛寺"中谈玄这一诗题，已经明确显示出在李白身上道、佛二教的共存性格。在其内容方面，首先从基于《庄子·齐物论》的思考"茫茫大梦中，惟我独先觉"②，转向基于佛典系列素材的佛教思考"腾转风火来，假合作容貌"、"……澄虑观此身，因得通寂照。朗悟前后际，始知金仙妙"③。后半部描绘这一禅居（禅宗寺

---

① "仍羽人于丹丘兮，留不死之旧乡。"（《楚辞·远游》。王逸注："因就众仙于明光也。丹丘，昼夜常明也。"）

② "且有大觉，而后知此其大梦也。而愚者自以为觉，窃窃然知之。"（《庄子·齐物论》）

③ "……谓有色彼一切，四大及四大造。诸贤云何四大，谓地界水火风界。……我受此身，色法粗质，四大之种。"（东晋瞿昙僧伽提婆译《中阿含经》卷第七，《大正藏》一——四六四 c）唐长寿二年（639）佛陀多罗译《丹觉经》（《大正藏》一七——九一四 bc）等。"湛然常定之谓寂，莹然不昧之谓照。寂，其体也；照，其用也。体用不离，寂照双运，即是定慧交修，止观互用之妙谛。"（王注，卷二十三）"多闻圣弟子，于此因缘法缘生法，正知善见，不求前际言，我过去世若有若无，我过去世何等类，我过去世何如，不求后际，我于当来世，为有为无，云何何类何如。"（刘宋求那跋陀罗译《杂阿含经》卷第十二，《大正藏》二——八四 bc）"是贤劫中有四佛，一名迦罗鸠飡陀；二名迦那伽牟尼秦言金仙人也；三名迦叶；四名释迦牟尼。除此余劫，皆空无佛，甚可怜愍。"（后秦鸠摩罗什译《大智度论》卷第九，《大正藏》二五—— 一二五 a）"金佛，谓仙。"（王注，卷二十三）

院）的僧人同自己对话"彼我俱若丧，云山岂殊调"，强调生于佛教环境之人与生于道教环境之人的融合一致。同样的联想，表现更为透彻的作品，如《赠僧崖公》：

> 昔在朗陵东，学禅白眉空。
> 大地了镜彻，回旋寄轮风。
> 揽彼造化力，持为我神通。
> 晚谒太山君，亲见日没云。
> 中夜卧山月，拂衣逃人群。
> 授余金仙道，旷劫未始闻。
> 冥机发天光，独朗谢垢氛。
> 虚舟不系物，观化游江渍。
> 江渍遇同声，道崖乃僧英。
> 说法动海岳，游方化公卿。
> 手秉玉麈尾，如登白楼亭。
> 微言注百川，亹亹信可听。
> 一风鼓群有，万籁各自鸣。
> 启闭八窗牖，托宿掣雷霆。
> 自云历天台，搏壁躡翠屏。
> 凌兢石桥去，恍惚入青冥。
> 昔往今来归，绝景无不经。
> 何日更携手，乘杯向蓬瀛？

这里，①道教之神泰山君（太山君）说佛教之法："晚谒太山君，亲见日没云。……授余金仙道，旷劫未始闻。"②僧侣游天台山道观以求仙："自云历天台……恍惚入青冥。"③而且更进一层与对方僧侣同游蓬莱、瀛洲仙境"何日更携手？乘杯向蓬瀛"，体现了道、佛彻底融合的诗境。

　　另外，下面这首名声很高的绝句作为游戏之作的同时，李白自称

"金粟如来"这点，也颇引人注目。

《答湖州迦叶司马问白是何人》：

> 青莲居士谪仙人，酒肆藏名三十春。
>
> 湖州司马何须问，金粟如来是后身。

"谪仙人"这一带有道教联想色彩的赞语，既包含道出这样称呼的贺知章对道教的喜好，也为李白所激赏，（杨齐贤《分类补注》），而在这里又将自己当成有名的"金粟如来"（维摩居士的前身）的"后身"。"青莲"这一自称，乃是与李白居蜀时期所在地"昌明县清廉乡"称呼有双关语意的联想，而这一联想也应考虑到乃是李白选自佛典中 ①。此外，"居士"一语，虽然在佛教引进之前传统上用作"处士"、"隐士"之义，还是将其着作是在家的佛教徒这一用法较为妥当。

但正如王琦借严羽说法指明的那样 ②，在诗中表现的中心内核问话人是与释迦牟尼弟子同姓的"迦叶司马"。另外，针对维摩居士前身金粟如来，李白以自己为其"后身"来答对，恐怕也是意在表现机智之趣。从这个意义上，仍然可以看作是道教的谪仙与佛教的迦叶、金粟如来（维摩居士）、青莲居士题材融合的诗作。从道、佛二教题材并存诗作中，可以认为二者融合是一个明显倾向，也即二者世界，不论感觉的还是教理的，都有极其类似的东西可以描写。如作为题材的人名、地名、术语等，虽然完全可能有佛教系列的、道教系列的区别，但它们同时也都具有超凡脱俗的清净无为、追求高尚价值所在等类似性格特征可供描绘（参照本章注 ③）。最终，道、佛二教关系，并非像儒、道并存诗作那样呈现

---

① 参照《关于李白蜀中生活——作为客居意识的源泉》（《中国文学研究》第五期，早稻田大学文学会，1979 年）、王琦《李太白年谱》（长安元年注）等。

② "严沧浪曰，因问人为迦叶，故作此答，不则诞妄矣。"《李太白文集》卷十九）

③ 津田左右吉《唐诗中所体现的佛教与道教》（全集第十九卷，岩波书店）、藤善真澄《唐代文人的宗教观》（《历史教育》第十七卷第三号）、大野实之助《李太白研究》第四篇第三章（早稻田大学出版部）、堤留吉《白乐天研究》第四章（春秋社）等。

"对比的、对它的思考相互辅助作用"的状态，相反，而是具有"类似的思考和感觉相互累加或融合作用"。而且正是这种关系，才可以说是被人所理解的本来意义上的三教一致（从道、佛二教关系看应是二教一致）的境界。

……道、佛二教关系这种融合一致的倾向极易产生的原因，第一，二者都明显包含对生⟷死的尺度（认识基准），即由于都包含作为教理的死后世界的问题。第二，众所周知，与儒教"经世"思想相对，由于道、佛都将志在出世（脱离现实社会）这点一直作为其教理。若将二者认识基准还原的话，那么在对己⟷对他、求心⟷远心、个人⟷社会、私的⟷公的等一连串概念的 Screen（屏幕）上，二者都较多重视前项，这也不外乎是由于二者在思考上具有如此相当共通性罢了。

（三）儒、佛并存情况

李白诗中具有这一组合意义比较小，从数量方面，尤其从质的方面看都是如此。

这二者在同一作品中作为题材并存的例子，即使在"儒教的题材"的范围广收博取，也只不过二、三例而已。如"季文拥鸣琴，德声布云雷"（《陪族叔当涂宰游化城寺升公清风亭》）和"宝剑终难托，金囊非易求"（《禅房怀友人岑伦南游罗浮……书情寄之》）等，只有部分诗作可被摘引。但前者碰巧：①自己的族叔李阳冰系当涂之宰（长官）。②同时，由于清游目的，在化城寺寺院同升公僧交谈，而族叔李阳冰作为县令颇有官威，有关佛教题材的寺、僧得以并置不过是情理之内。另外，后者引陆贾、尉佗故事，虽联想到"天子、使臣、奉册"等广义儒教经世思考①，应该说，不过是创作场所恰巧为禅房这一完全偶然结果，才出现同佛教并存于诗中这一情况。

儒、佛并存诗作，从质到量呈现上述这样状态，至少表明对李白诗

---

① "高祖使陆贾赐尉他（陀／佗）印为越南王……（尉他）赐陆生橐中装值千金，他送亦千金。"（《史记》卷九十七《郦生陆贾列传》）

来说，儒、佛二者相关并不具有什么重要意义。因而可以说，说明其原因本身要比这一状态本身具有更重要意义。……其原因，第一，儒教同佛教在是否将超现实的存在认作教理这点上，由于大相径庭——正如已早在慧远《答何镇南》等例中所见到那样（参照木村英一编《慧远研究》中《研究篇》、《遗文篇》）——只要不包含那种可作媒介体、中间项的道家、道教概括思考，那么从所谓"三教一致"观出发的追求儒、佛融合归一是相对困难的。这也与佛教在中国得势过程，一般说是可以借老庄为中援而很难以儒教为中援作为佛教格义得以推行这点相关。

第二，由于道教——以同儒教对比性而立足——又与儒教相补而并存，佛教就处于一种稍属异质的氛围中（正如儒、道并存的例子所表明，最适合确立相互补充完美的是存在"同质的对极性"这一情况）。……这就对像唐诗那样传统性很强的文学类型，在创作判断上产生相当大影响。尤其是在具有强烈仿古意识的《古风》59 首作品群中，在采用相当多的与儒、道两教相关题材同时，完全没有以有关佛教为题材对象的这一事实，作为这点旁证尤具重要意味。

第三个原因，要考虑佛教对李白自身不具备内在的必然。正像前章所叙述那样，佛教世界或只以佛教、或进而以佛、道并存形式为其题材作品，在李白诗中决非少数。但它们大都并不具有作为佛教世界所必须描写的部分。另外，涉及到佛教教理方面的诗作，也多是以佛教用语作素材，而主题方面，几乎没有纯言佛性、佛理。即表明其佛教水平，不过达到当时知识分子通常所有的平均教养或了解关心状态而已。

佛教对李白来说没有内在的必然性还可以从现存李诗中完全没有叙述其对佛教的批判和疑问这点得以旁证。大凡人对与自己相关事物都可能抱有强烈的共感或反感，期待和失望之心，快与不快，价值同反价值，正是相关的 Correlative（相互关连）依存。他对儒教世界和道教世界的现状和现象，提出强烈的批判和疑问，恐怕是由于"儒"和"道"的世界，以其所具有对社会和个人生活两方面相补性，规制了他的思考和行动的整体的缘故。因此，对那一现状和现象不能不意识到是难以避离其间的。

对李白来说，假如像考察其对儒教的和道教的行为一样认真来考察一下，他同当时佛教界相关的诸如佛教界现状，于自己佛性修行现状，有哪些疑问和矛盾的感觉，恐怕是很难的。对佛教完全没有言辞这一事实，历来几乎无人言及，而这对考察李白心目中佛教究竟是何物来说，我认为至关重要。

（四）儒、道、佛并存情况

这种类型，严格意义上说并不存在。

《峨眉山月歌送蜀僧晏入中京》：

......

> 黄金狮子乘高座，白玉麈尾谈重玄。
> 我似浮云滞吴越，君逢圣主游丹阙。
> 一振高名满帝都，归时还弄峨眉月。

当蜀僧晏往长安（中京）之际，致以在帝都成功之意。在吟咏有关释氏"黄金狮子"[①]、"麈尾"、"重玄"等当时佛教系列零散用语中，仍间接而明显地流露出对天子和帝都难以断尽的思念，这是由于以经世、济民、佐明主之类的儒教的思考为其基调，而因送别的对方又是僧侣，结果这首诗就正如开头部分那样，在题材方面出现了儒、佛并存情形。

同时，"麈尾"和"重玄"词语，正如杨齐贤（《分类补注》）和王琦（《李太白文集》卷八）所引典故出处见于《世说新语·容止篇》（或《晋书》卷四十三）中王衍的故事和《老子》第一章辞句那样，清楚表明原本是道家的、老庄的联想所用词语。在此意义上，对于将道家——老

[①] "问曰：'何以名师子座（siinha-asana）？为佛化作师子，为实师子来，为金银木石作师子耶？又师子非善兽故，佛所不须，亦无因缘，故不应来。'答曰'是号名师子，非实帅子也。佛为人中师子，佛所坐处，若床若地，皆名师子座。'"（《大智度论》卷第七，《大正藏》二五——一一一 ab）

庄——道教一律看待的唐代诗人和读者来说，在题材方面，还是道教的东西在起更大作用。但就李白这首诗来说，"麈尾"也好，"重玄"也好，从前后关系看，分别作为与佛教世界有关术语而用，决无疑义。"麈尾"，乃系僧持之物；"重玄"，乃表明佛教教理之深 ①。六朝以来，道，佛交涉历史中就有这种转为佛教术语现象发生，综合这些来看，应该说这首诗只不过是儒、佛并存的题材中仅仅加上道家、道教的联想而已。

由此可见，李白诗中三教相互关系，大致可归纳如下：

儒——道（对立、相辅的。诗作多）

道——佛（类似、融合的。诗作多）

儒——佛（无狭义的诗作）

儒——道——佛（无狭义的诗作）

因此，在这些题材并存的作品中论述三教或二教在教理对比方面的优劣和是否适宜，几乎是完全行不通的。另外，由于极缺乏依据各自教理的对社会和人生的理与道的说教态度，最终，李白这位诗人，就不大像韩愈、白乐天那样关心这同时代 Ideologie（德语：思想体系）本身 ②，并将其思想题材化展开议论，也就是说，缺乏这种好思辨、好议论的性格。另外，在诗中论理的说理倾向，乃是经杜甫这样一位转换期诗人——大致入中唐后现象，这是也应说及的一个主要原因。

五、李白诗歌主要题材及其心象构造

以上考察了李白诗怎样将盛唐时期 Idéologie（德语：意识观念）的儒、道、佛三教题材化的一系列问题：题材化的一般情况，各自所有的

---

① 相反，也有佛教系的语汇转用为道家、道教系的用语汇例子，如"栖岩君寂灭，处世余龙蠖"（《金门答苏秀才》）等。另，有关麈尾的资料及思想史上问题点，福井文雄《麈尾新考——仪礼象征的一个考察》（《大正大学研究纪要》第五十六辑）有详细记述。

② 韩愈诗和白乐天的讽喻诗所体现的说理性已广为人知，白乐天闲适诗中所体现的一种形而上诗的倾向也应予以注意。参照松浦友久《关于白居易对陶渊明诗歌说理性的继承》上、下（《中国诗文论丛》第五集、第六集，1986—1987 年），松浦友久《白居易"适"的意义——以诗语史独特性为基础》（《中国诗文论丛》第十一集，1992 年 10 月）。

并存诗作，以及它们的表现类型及其原因等。

　　而通过这思想的、宗教的题材所表现出来的倾向和特色，也就是李白自身自觉的、意识方面的思考形态。虽然或许还有很多表现远比这自觉意识方面有更明确主张，但就这自觉意识方面来说，其中本可作为雄辩的一些理念和原则，而在诗歌创作中呈现的实际状态和给人的感受却是悄然而没，无声无息。他的诗中道教的东西与儒教的东西本来相互关系——并非指作为理念上的优劣顺序——之所以难以认准，恐怕与此有关，因而这里就有必要注意他在思想上未必是自觉方面的思考形态。如果在思想以前无自觉方面的思考形态与思想的自觉方面的思考形态之间可以看到某种一致的部分的话，那么正是这一部分，乃是比整个理念和实际状态更具有本质上的思考特色。三教以外的非思想的诗歌题材，尤其是带有李白诗特色的几个主要诗歌题材、代表题材在这点上带有更引人注目的意义。

　　不用说，一般言及题材，从素材到主题，都认为其范围和抽象度这点有种种不同，因而某种题材包含其他题材的并列或下属分类重复现象，当然就屡见不鲜了。但尽管有如此不同和重复，在各种各样题材中，自有那个题材之所以成其为那个题材的几个主要属性以及其各种各样属性得以成立的认识基础（尺度），这是难以否定的。再进而言之，这几个属性，在以最基本的东西（基本属性）为中心属性中，选取那个更个别的东西（个别属性），就决定了某种独特构造性的存在。

　　由这一观点来看李白诗歌主要题材，首要是确定其对象范围。

　　从"主要"乃至"代表"意义上 ①，大体有如下三点判断较妥：

　　（1）从创作风格角度判断（更能体现该作者创作风格）。

　　（2）从不可欠缺性角度判断（在该作者作品群中，此类题材不可欠缺性高）。

---

① 这里所谓"主要"与"代表的"二者之间关系，应作这样解释：称"代表的"东西必定是主要的，而"主要"的东西未必是代表的。也就是说，在主要的东西中并进而具有代表性的东西，才能称作"代表的"。

　　（3）从鉴赏史角度判断（在鉴赏史上成为名著有很大影响力）。

　　如"饮酒"这一题材，李白、杜甫都有大量饮酒诗作①。但从（1）、（2）、（3）各观点看，与酒确乃为李白代表题材情形相对，杜甫饮酒尤缺（2）、（3）两点。从杜甫作品群除掉有关饮酒部分，其作品整体形象未必会有决定性质的变化，也即就（2）作品群整体看，作为题材必要性，不可欠缺性低。另外就（3）整个唐诗鉴赏漫长历史说，给人以更多影响饮酒之作，仍是李白、白乐天、王绩而决非杜甫，此例也表明量的问题，同质的主要性、代表性并无直接关系。另外，杜甫和王维的道教题材作品②，从（1）角度看，并没像各自关于儒教题材（杜）和佛教题材（王）那样体现出其典型创作风格，从这个意义上看，应该说"道教"远非杜甫、王维诗的主要题材。

　　以这三个观点为基准，考察李白作品的非思想题材，尽管论者或多或少看法不一，但对行旅、离别、饮酒、月光等，乃是李白诗中带有李白特色的代表题材这一点，几乎一致认同③，至少一致认为它们在李白诗中占有极为重要地位。不用说，这其中也包含闺情、边塞、游宴、感遇等重要诗作也是事实。但若将题材本身作为一个单位来考察的话，就唐诗整体说，边塞、游宴、感遇未必是李白可以成就其代表作的部门④，也不具备前面所说题材群的代表性。同时相反，应该指明，咏物、题咏、时事、节序等是李白诗中相对缺乏重要性的部门。

　　因而，行旅、离别、饮酒、月光等，确实构成了极其独特的或相当独特的李白世界。进而言之，即①现有其代表作中以这几种题材居多。

---

① 杜甫饮酒诗数量之多已被先行文献所指明。郭沫若《李白与杜甫》"杜甫嗜酒终身"（人民文学出版社）、村上哲见《杜甫的饮酒经历及其诗》（《世界古典文学全集杜甫》Ⅱ月报，筑摩书房）等，同时，与饮酒有关作品几占全部作品五分之一。

② 参照第90页注①。

③ 历来诸本类题（分门、分类的项目）中，古风、乐府、歌吟、杂律样式分类，与离别、怀古、闺情那样内容分类混在一起情况很多。另外，也有依据"赠"（投赠）、"寄"（简寄）、"酬"答等狭义内容由作品的赠答形式来区分，因而在这里为保持题材论的方法的明确性，只作为仅具有狭义的内容性题材对待。

④ 在"唐诗整体的代表题材"这点上，南宋严羽的评论，是早期关心题材论例证之一。"唐人好诗，多是征戍、迁谪、行旅、离别之作，往往能感动激发人意。"（《沧浪诗话·诗评》）

另外②唐诗中以这几种题材为诗者，当推李白为最有代表性的一位。

同时，作为更基础的潜在的主要因素，即这些题材内所具有的某种共通的因素或特征，同李白诗歌整体所体现的李白创作风格相呼应，给人以极为强烈的印象。

要认准其中朦胧感觉到的共通要素并非易事，考察一下各种各样题材所具有的属性以及它们构成诗的心象理想状态，大体可以以下面形式来说明：

（1）扩展时空的倾向。

（2）对未确定某事的倾向。

上面所叙诸多题材，尤其是被认为是李白诗中主要题材群共通东西中，恐怕是此两种不同性格特征并存，二者中之一或一部分，单独被认作题材，在其他方面也是为数很多的①。但是，就二者同时并存，并且它在题材化的联想上成为极其重要的要点这方面说，在李白诗中上述题材群尤其具有特别明显的共通性。

如以"行旅"题材为例——通常诗作，吟咏对遥远故乡的思慕之情和进而吟咏漂泊遥远他乡之感，或者还有少数诗作以羁旅风物和事例为吟咏对象。而李白这里，首先将自己的、现在的所在点作为认识起点，以此展开脱离时间的、空间的广阔的形象联想。

> 苍苍几万里，目极令人愁。（《登新平楼》）
>
> 梦绕边城月，心飞故国楼。（《太原早秋》）
>
> 朝辞白帝彩云间，千里江陵一日还。（《早发白帝城》）
>
> 江行几千里，海月十五圆。（《自巴东舟行经瞿塘峡登巫山最高峰，晚还题壁》）

---

① 如"怀古"主要是志在扩大对过去时间的追怀；"闺情"则志在难以认准的爱情的这一未确定因素，各有其中心。另外，"边塞"题材一般是以出征异域广阔的空间和士兵难以确定命运这一未确定要素为中心，再加上像"古来征战几人回"（王翰《凉州词》）与"万里长征人未还"（王昌龄《出塞》）那样悠长时间要素的成功诗作为数也很多。

> 日落长沙秋色远，不知何处吊湘君。(《……游洞庭》其一)
>
> ……

同时，还应注意到一点，像这些吟咏遥远归乡之日或身处羁旅之地，在即使尽是他自己的体验和理解中也包含浓重的未知或未确定要素。

> 长安如梦里，何日是归期？(《送陆判官往琵琶峡》①)
>
> 万重关塞断，何日是归年？(《奔亡道中》五首其一)
>
> 挥涕且复去，恻怆何时平？(《古风》其二十二)
>
> 一为迁客去长沙，西望长安不见家。(《与史郎中钦听黄鹤楼上吹笛》)

这种反复吟咏的行旅心情，由于它确是应可以认准，但实际上却是未能认准的不确实、未确定的东西，结果，诗人对此关心程度越高，题材化的倾向就越强，李白诗中"旅"的意义，确是应看作是其诗歌创作联想的一个源泉。

再者，"离别"之作的共通之处，应再作探索。构成离别诗基本条件，迄今为止，都是在世之人，从眼下这里相互分别，或者是送别对方而去，或是自己离去而留别——很少有二者从此都同时离去。

首先，二者于此具有共有的行为及空间，随着分离在即而物理的空间距离扩大。而且，其空间距离扩大的同时，到再会之际的时间的距离也更遥远，连接双方亲爱之情也随着在心理上感觉到空间距离增大而不知不觉地变化。正是这种实际存在的各种距离感与充盈其中的眷爱对方之意间所产生的紧张与昂扬，成为离别诗情感意念的根源。关于这点，第三章中已涉及，离别诗的具有强烈的表现广阔的时空感觉功能是难以否定的。

---

① 这诗在《分类补注》本属"送"部分，在题材论中则词兼属"行旅"。

离别诗这种适宜表现广阔时空感觉的倾向，正如"行旅"诗有关几种情况所表明那样，并非作为诗歌吟咏中所要照原样表现的正面部件，而是作为产生悲哀和忧愁之情的衬托之用的 hega（底片）负面部件出现的。但同时，在对这一题材不断创作探索过程中，从相反的方面，也即以突出所谓底片衬托部分，仍不失为表现这种强烈时空倾向的一种形态，这也是没有疑问的。

此地一为别，孤蓬万里征。（《送友人》）

人分千里外，兴在一杯中。（《江夏别宋之悌》）

孤帆远影碧空尽，唯见长江天际流。（《黄鹤楼送孟浩然之广陵》）

飞蓬各自远，且尽手中杯。（《鲁郡东门送杜二甫》）

仍怜故乡水，万里送行舟。（《渡荆门送别》）

另外一面，这种题材会有各种各样未确定要素，这很容易理解，而离别乃是相互行为，再会的可能性及其时期，相互间思念之情的持续或断绝等，这些能够了解而却不了解、能够确认而又没有确认的浮动心象形态，成了诗人情念增幅的条件。

请君问取东流水，别意与之谁短长？（《金陵酒肆留别》）

何时石门路，重省金樽开？（《鲁郡东石门送杜二甫》）

此情不可道，此别何时遇。（《金乡送韦八之西京》）

借问候栖珠树鹤，何年却向帝城飞？（《送贺监归四明应制》）

第三，关于"饮酒"题材诗的扩大时空倾向，并不像有关"行旅"、"离别"题材那样含有物理的、时空的扩大，而是有专门的心理作用。

唐代的特别是李白的饮酒诗，以饮酒为其主题的例子简直是少数。大多数情况是饮酒作为离别、怀古、闲适、言志等传统类题材的作品的重要素材之一。但尽管作为主题之用法与素材之间有所不同，饮酒行为一旦成为诗歌题材，不管是用作主题，还是用作素材，其基本联想，都是以分不清陶醉与觉醒这一情况为有关尺度，因而都在醉中发扬诸种感觉，尤其首先是在克服人生时间的有限性这点上相一致。如"钟鼓馔玉不足贵，但愿长醉不用醒。古来圣贤皆寂寞，唯有饮者留其名"（《将进酒》）、"唯愿当歌对酒时，月光长照金樽里"（《把酒问月》）、"百年三万六千日，一日须倾三百杯"（《襄阳歌》）、"君若不饮酒，昔人安在哉"（《对酒》）。

另外，醉时所产生的一种解放感，再具体说，同自己周围事物和人的一体感、融和感，具有明显扩大现实的被限定空间的心理作用。如：

> 醉来卧空山，天地即衾枕。（《友人会宿》）
> 春风与醉客，今日乃相宜。（《待酒不至》）
> 三杯通大道，一斗合自然。（《月下独酌》四首其二）
> 所以知酒圣，酒酣心自开。（同上，其四）
> 过此一壶外，悠悠非我心。（《独酌》）

但这种时空感觉的扩大，只是醉中感觉作用，基本上以极不确切的浮动要素为主，醉中之趣，究极何物？以今日生理学知识来看，毫无疑问，它不过是 alcohol（酒精）麻醉作用下各种各样的有所发现形态而已。但是，通常情况作为认识对象的一个领域中的作诗行为，对其行为主体的诗人来说，由饮酒而致的酩酊和陶醉，就是自己体验到同日常觉醒感觉具有质的差异的那种难以捕捉到的昂扬感，而且正是由于这种含混的、浮动的昂扬，在起着乐而忘忧作用的同时，反而又将忧愁和寂寞更深藏于其间。从这点说，无论如何，饮酒诗之所以成其为饮酒诗主要性格之一，这种非固定的浮动感应予以认真对待。如：

> 但得酒中趣，勿为醒者传。（《月下独酌》其二）

　　醉后失天地，兀然就孤枕。

　　不知有吾身，此乐最为甚。（同上，其三）

　　三百六十日，日日醉如泥。（《赠内》）

　　浩歌待明月，曲尽已忘情。（《春日醉起言志》）

　　我醉君复乐，陶然共忘机。（《下终南山过斛斯山人宿置酒》）

　　而与李白饮酒诗这种典型诗作相对应，杜甫多数饮酒诗中，极为缺乏因醉酒而顿觉时空无限扩大、飘飘欲仙方面的吟咏。尤其值得注意的是，杜诗主要之作缺乏这种要素。如"且看欲尽花经眼，莫厌伤多酒入唇"（《曲江》其一，四十七岁春）、"酒债寻常行处有，人生七十古来稀"（同上，其二，四十七岁春）、"明年此会知谁健，醉把茱萸仔细看"（《九日蓝田崔氏庄》，四十七岁秋）、"莫思身外无穷事，且尽生前有限杯"（《绝句漫兴》九首其四，五十岁）、"盘飧市远无兼味，樽酒家贫只旧醅"（《客至》，五十岁）、"重阳独酌杯中酒，抱病起登江上台。竹叶于人既无分，菊花从此不须开。"（《九日》五首其一，五十五岁秋）、"艰难苦恨繁霜鬓，潦倒新亭浊酒杯。"（《登高》，五十五岁秋）、"赖知禾黍收，已觉糟床注。如今足斟酌，且用慰迟暮"（《羌村》三首其二，四十六岁），"手中各有携，倾榼浊复清。莫辞酒味薄，黍地无人耕。"（同上，其三，四十六岁）、"主称会面难，一举累十觞。十觞亦不醉，感子故意长"（《赠卫八处士》，四十八岁）等等。

　　杜甫饮酒诗中所吟咏的，特别是其中晚年作品所吟咏的，大都是同日常的时空感觉紧密相关的日常饮酒体验，好不容易为慰藉病身或排解衰老之苦而饮酒，也完全没有像李白饮酒诗中所频繁出现的那样，时空感觉顿时扩大和自我个性张扬、勃兴或者将醉中之趣本体作为吟咏对象。杜甫吟酒诗作明显的是另外一种表现手法。

　　这就是说"饮酒"题材习惯大都以饮酒而产生诸感觉中一种为其表现的重要部分，进而言之，可以说饮酒这一题材的心象构造与杜甫这位诗人表现手法之间产生某种不一致。不用说，杜甫饮酒诗所体现的独特世界也正因此得以形成。正如先前所言及，若仅就饮酒行为本身考察杜甫饮酒诗的话，不能不说它是由杜甫的个性乃至体质所致的一种变形、变相显现。杜甫饮酒诗数量上虽远在李白之上，但在文学史上却没有像李白和白乐天那样在这一领域中占有代表性地位的原因，主要在此。

最后考察一下以"月光"为题材情况究竟怎样。这一题材的意在时空的倾向，大多是通过其主要属性的永远性（不变性）和超越性来表现。月及月光，首先由于万古以来的永远存在，特别是由于同人的行为的有限性（瞬间性）相对比，诗人的心象的时间扩大更为容易。如"只今唯有西江月，曾照吴王宫里人"（《苏台览古》）、"青天有月来几时，我今停杯一问之"（《把酒问月》）、"今人不见古时月，今月曾经照古人"（《同上》）……另外，由于月光超越人的行为而瞬间照耀广大无边天空，就可使人能在自然的联想中完成心象空间的扩大。

> 万里浮云卷碧山，青天中道流孤月。（《寒夜独酌答王十二有怀》）
> 俱怀逸兴壮思飞，欲上青天揽明月。（《宣州谢朓楼饯别校书叔云》）
> 长安一片月，万户捣衣声。（《子夜吴歌》四首其三）
> 永结无情游，相期邈云汉。（《月下独酌》其一）
> 昨玩西城月，青天垂玉钩。（《玩月金陵城西孙楚酒楼……》）

同时由于月及月光占据超越地上世界，绝不可触及位置，更激发了诗人的想象力。又因它并非是抽象的观念，而是现于眼前的光辉的具体形象，所以对这种能够了解而却未了解，能够确定而却又未能确定，可望而不可即的未确定要素追求倾向，就大大增强了。进而，同阳光相比较，月光那脆弱的、不确定的、不停的进行盈虚消长的非固定性格，则是引起李白共鸣感的重要条件。如"人攀明月不可得，月行却与人相随。"（《把酒问月》）、"小时不识月，呼作白玉盘。又疑瑶台镜，飞在青云端。"(《古朗月行》)、"相思如明月，可望不可攀。"(《自梁园至敬亭山见会公谈陵阳山水兼期同游因此有赠》)、"人游月边去，舟在空中行。"(《送王屋山人魏万还王屋》)、"素华虽可揽，清景不同游。"(《挂席江上待月有怀》)。

从这一系列考察可以发现，行旅、离别、饮酒、月光等是李白诗中主要题材，正如其主要代表作所表明那样，各有各自内在的具体属性，而可以确认其共有的、极为强烈的两种性格是：扩大时空的倾向与追求未确定东西的倾向（这一情况所具有决定性的重要意义，体现在：若除掉联想方面的这两种性格，这一系列题材恐怕就难以成为诗的题材）。

尤其是后者，追求未确定东西的这一倾向，由于同他的绝句的偏在性和对他性（参照第八章）乐府诗表现意图的未完结提示（参照第九章）等，在样式论方面所体现李白诗的特色相呼应，就暗示了李白诗歌思考形态最本质部分的所在。当然，这两种性格，在属于怀古、边塞、闺情、哀伤等其他类题材作品中，那种体现所谓李白感觉特色的诗作中，也是通常易见倾向。

六、结　　论

若以上这些考察形式确实成立的话，那么它即是为考察李白诗思想题材的理想状态——尤其同其原本思考形态亲近性、类似性问题提供了一个很好的入手之处——但正如本章第四节所显示的那样，李白对佛教的关切，较之另外二教，明显缺乏内在的必然性。因此，这一问题可以说是李白研究史的一个悬案。而他同儒、道两教关系实际情况可以揭示如下：

第一、从追求时空扩大倾向这点看儒、道二教，那么道教，特别是作为中世古典诗的题材的游仙、求仙思想，同儒教的经世济民、修身齐家、治国平天下思想相比，明显地包含了更多的这一追求性格。堪称唐代表现构成仙人形象种种属性：（1）不老不死性；（2）飞行迅速性；（3）

超俗性；（4）洞察性等，多是人世间愿望的寄托联想。其中最根本的所在（基本属性）不能不说首先是不老不死的能力，其次是飞行迅速的能力。由于这二者各有其人间愿望的寄托，作为属性也是不同程度的渊源有自。而且若进行抽象化表述的话，可以说，这两种能力各自是人们一般所具有的朴素扩大时空愿望，以极为纯粹形式的投影折射。不老不死概念，正是人的时间概念界限的扩大或征服。飞行迅速概念，也不外是人的空间概念界限的扩大或征服。

这就意味着，从李白联想形态方面与其秉性资质颇为相近这点看，在以强烈关心这种思考为基调的李白诗中，游仙、求仙行为屡屡被题材化，就是理所当然的了。另外，关于这一题材化下的每个具体作品，以最明显形式吟咏对这一属性的憧憬，也就易于理解了……

> 愿餐金光草，寿与天齐倾。（《古风》其七）
>
> 安得不死药，高飞向蓬瀛？（《游太山》六首其四）
>
> 惟应清都境，长与韩众亲。（《古风》其四）
>
> 吾将营丹砂，永与世人别。（《古风》其五）
>
> 客有鹤上仙，飞飞凌太清。（《古风》其七）
>
> 永随长风去，天外恣飘扬。（《古风》其四十一）
>
> 三十六峰长周旋。长周旋，蹑星虹，
>
> 身骑飞龙耳生风，横河跨海与天通。（《元丹丘歌》）

与此同时，儒教题材，特别是作为儒教理念的形象化圣人（贤圣），所谓"青史留其名，万邦（空间）千古（时间）辉"所体现的对时空扩大的思考，仅为抽象思考，并不像仙人对扩大时空思考那样具体而多样。

第二、关于追求未确定因素倾向，也可以说大致同样。以当今角度看，圣贤同仙人区分的最明显不同是，前者是在现实社会里与现实人们相关的现象，以理想化假托形态出现。与此相对，后者乃是有关非现实世界的虚构的假定现象。但对中世社会而言，由于个人和集团各有不同情况，有相当大差异，所以后者那种虚构性和假定性，通常未必得以被确认①。这恐怕同今天将它作为既成宗教的，作为抽象存在的超越者大不相同——（当时）即同较具体现实社会相连——将而今认为极不确实的东西当作为万一或许存在的东西。

这点对李白尤为典型。在他吟咏这类题材的作品中，有相当多诗作在吟咏现实山林实际情景的同时，在同一诗中，不知不觉描绘其对仙人仙境的憧憬（这是与《文选》所收六朝游仙诗不同之处）。这也就是将"作为现实的登览和游宴"②同"作为虚构的游仙、求仙"以同一层次对待，至少表明，作为诗歌素材方面，登览、游宴同游仙、求仙之间，并无决定的境界之别。但另外一面，李白并不确信仙人存在。这并非只从他这类作品作为诗的表现与实际认识有差异这点来判定。正如上面所引述的，从其对执政者求仙批判诗作中所系统体现的，可以说已十分明了了。若以此而论，李白求仙、游仙的行为，与其说因无意以固定的确切方式来判定仙人存在、仙化可能（如同先行诸说）所致③，莫如说他已意识到其原本为不确实、不确定，也就有意以其原样，不特别作出结论。换言之，这种不确实、未确定的原样，正是他对求仙世界持续关心的原因，尤其是成为他诗歌创作心象方面的吟咏所构成。作为这点旁证，同追求时空扩大倾向一样，要指出的是，对作为观念形象的圣贤认识，同对仙人认识二者正相反，像尧舜、文武、周公、孔孟那样儒教理念形象化的圣贤形象，对中世知识分子而言，是具有较确实固定轮廓的。不论是作为理念的存在，还是作为现实的存在，都具有较固定印象。与此相

---

① 道教教理本体中，否定长生不老"仙人"的存在，改肉体的长生为精神的长生的思考，乃是近世，尤其是从金代才开始。参照窪德忠《道教》（《东洋思想讲座·中国思想Ⅱ》所收，东大出版社）。

② 参照本章第三节中论述李白的热心游仙之诗时所引诸作品，特别《分类补注》本属"游宴"和"登览"的《游太山》、《登峨眉山》、《天台晓望》、《焦山杳望松寥山》等。另外，在第四节中，按儒、道并存对待诸作品中，同样诗作也很多。

③ 参照：相信仙人的存在，见李长之《道教徒的诗人李白及其痛苦》（42页，澳门文集书店出版），小川·栗山译的王瑶《李白》（29页，岩波书店）等；不信仙人存在，见胡震亨《唐首癸签》（卷二十一）、大野实之助《李太白研究》（509—523页，早稻田大学出版部）等。郭沫若《李白与杜甫》则认为开始相信，晚年不信。

反，组成道教世界的仙人们，正如黄、老以下，广成子、赤松子、萧史、王子乔、韩众、安期生、王乔等一系列谱系中所明示的那样，不论作为诗的心象还是现实心象，都只有一个极不确定的轮廓和不明显的印象。但在这里，这一情况对李白思考和诗的想象力来说，与其说起负面作用（消极作用），莫如说起正面作用（积极作用）。

如此看来，从对李白诗思想题材（其中包含有思考形态）以及它与非思想的主要题材关系之考察中可见，对李白而言，道教的求仙思想，比儒教的经世济民思想，明显地具有更多的亲近性和类似性①，而决没有与此相反，或大有出入的情况。

但这一情况，并不直接意味着在李白思考整体中，道教的思考乃至思想具有更重要地位，对生活在现实社会的现实精神风土中的人们来说，现实的思想方面的理念和价值本身具有更重要的意义，是理所当然的。只是这些诗歌创作所谓表层方面的现象，总要隐隐约约、或多或少受其思想主体的规范。就李白与儒、道二教关系而言，其认识的基本过程，大致作如下理解较妥：在思想自觉理念和说理方面，当时士人社会②，由于当政的需求，需教的思考优先；在自觉以前的感觉和情念方面，由于对原本思考和联想的亲近性，道教思考就优先，这是个两重构造。这种情景，在考察诸作品思想的现状和实态时，可以得到恰如其分的证明。（1）总计其生平各时期，基本上对儒、道抱有强烈共感；（2）同时又针对各自形式，表达了一定批判之辞；（3）二者相互关系上，明言宣称儒教思考优先、先行；（4）但实际却是道教作品以数倍之量存在；（5）而且，其多数在以其为主题系统作品中，并不像儒教题材大部分情况那样以其作为素材用例，而是呈现极不统一、错综复杂的状态。而若探讨其思考上任何一种脉络的话，那么把握他思考上的二重构造联想，就是唯

---

① 与此相关说法，清赵翼评论引人注目："青莲少好学仙，……盖出于性之所嗜，非矫托也。"（《瓯北诗话》卷一）
② 唐代尤其玄宗朝推崇道教，已广为人知，不用说其意并非努力否定儒教权威与其对立，相反，从给道教以准于儒教的权威意义上说，乃是努力使二者并存（参照本章第二节）。

一解决这一问题的正确方向。同时它对于只依据评论者所好价值观这一个要素，而作出过分评价的传统解释，也具有引人注目的 Antithese（德语：反命题）意味。

正如在一般的题材作品范围中所显示的那样，在表述其思想的题材作品中，李白的主张和表现也是跃动着自由变幻。正如古人所言明，恐系李白自身所致，未必完全是有意的思考和技法。"即太白，亦不自知其所至"①。这句针对李白绝句作品而发的赞辞，用以描述诗人思考和思想问题，特别像李白那类诗风作者时，也是极富象征意义的。

① 李攀龙《选唐诗序》（明版《古今诗删》卷十）。参照本书第八章第二节所引《艺苑卮言》、《诗薮》等。参照松浦友久《李白在长安的体验——以谪仙称呼为中心》（《中国文学研究》1983 年第九期，1984 年第十期，早稻田大学中国文学会）。

第六章　作为诗人的自我与他人

——以与周边诗人交游为中心

一、引　言

当称某一诗人为某一时代代表作者时，其中原本会有两种观察角度：一种，不用说是来自后世的历时的评价，即所谓文学史的评价，另一种，同时代的共时的评价，也可以说是当时人的评判、舆论的趋向。这两种情况，一般说，历时的评价当然较多具有客观性和妥当性；而共时性评价，虽因其同时代可能有一定的局限性，但其资料性价值不容忽视，尤其是围绕诗人文士交游的相互言论的资料，其中由于诗人文士的自我意识和对他意识的作用，显示了众多纷杂变相之态，在探讨当时文士论人与论己表现行为的原则时，正是这些资料，或者说也许只有这些资料，才具有确切的、不可代替的作用。

本章依据各种有关资料，勾划了李白同其周边诗人们交游的轨迹，以诗人间交游之事对李白诗歌素材主题具有怎样的意义这点为中心——从中探求应得的结论。因而若想在诗人相互作品中，从李白→周边诗人、周边诗人→李白这两方面明确其相互关系的真相，首先就必须占有各个诗人同李白交游的全部资料（依诗人生年排列顺序，并考察其中所含有的具体问题）。而关于李白交游的整体问题，通过这些具体论述自然就明确了。

二、贺知章（659—744）

李白→贺知章 =5 首

贺知章→李白 =0 首

贺知章是李白在长安生活的知音，《对酒忆贺监二首并序》曰："太子宾客贺公于长安紫极宫一见余，呼余为'谪仙人'，因解金龟换酒为乐。没后对酒，怅然有怀，而作是诗。"

其一：

> 四明有狂客，风流贺季真。
>
> 长安一相见，呼我谪仙人。
>
> 昔好杯中物，翻为松下尘。
>
> 金龟换酒处，却忆泪沾巾。

《金陵与诸贤送权十一序》曰："……吾希风广成，荡漾浮世，素受宝诀，为三十六帝之外臣。即四明逸老贺知章，呼余为'谪仙人'，盖实录耳。"从这些材料可知，位处太子宾客的贺知章，在长安紫极宫（道观）与李白相会，并称李白为"谪仙人"，并摘腰间金龟（金属制龟形饰物）换酒，共饮尽醉。他死后李白深怀追念之情。这件事，在150年后的《本事诗》（《高逸》第三）中也有记载：

> 李太白初自蜀至京师，舍于逆旅。贺监知章闻其名，首访之。既奇其姿，复请所为文。出《蜀道难》以示之。读未竟，称叹者数四，号为"谪仙"，解金龟换酒，与倾尽醉。期不间日，由是称誉光赫。贺又见其《乌栖曲》，叹赏苦吟曰："此诗可以泣鬼神矣。"故杜子美赠诗及焉。曲曰："姑苏台上乌栖时，吴王宫里醉西施。吴歌楚舞欢未毕，西山欲衔半边日。金壶丁丁漏水多，起看秋月坠江波。东方渐高奈乐何。"或言是《乌夜啼》二篇，未知孰是，故两录之。《乌夜啼》曰："黄云城边乌欲栖……"

相当详细描述了有关李白作品本身情况，同时，其中增加两点新要素：（1）贺知章是在读《蜀道难》和《乌夜啼》等作品后称叹李白的。（2）贺知章的赏识，使李白在长安诗坛文名大震。这些是否属实，从《本事诗》资料性质角度尚难下断言。但正如《本事诗》本身所言，后来杜甫在《寄李十二白二十韵》中（《杜诗详注》卷八）曾说："昔年有狂客，号尔谪仙人。笔落惊风雨，诗成泣鬼神。声名从此大，汨没一朝伸。"从这个记述看，还是可信的。至少二者相会在当时已是热门话题这点没有疑问。

对李白来说，介绍其进入长安诗坛，为之一喜，是理所当然的。由自己的诗风和性格而得"谪仙人"别称，更是为之鼓舞，正如前面出自李白自己手笔的作品所言，作为自己真正知己，非此老莫属。二者虽有四十二岁年龄之差，至少在李白并没有这种隔代的代沟之感。

二人间这种亲切感主要原因，贺知章对酒的喜好不亚于李白，其相互对饮中间更见亲近；而其晚年愿为道士成为道教迷 ①，同李白喜好道教尤为相投。这些，前引诗已有不同程度涉及，以下有关作品也都显示了这两点。

《对酒忆贺监》其二：

> 狂客归四明，山阴道士迎。
> 敕赐镜湖水，为君台沼荣。
> 人亡余故宅，空有荷花生。
> 念此杳如梦，凄然伤我情。

《重忆》：

> 欲向江东去，定将谁举杯？

---

① "天宝初，病，梦游帝居，数日寤，乃请为道士，还乡里。诏许之，以宅为千秋观而居。"（《新唐书》卷196《隐逸传》）

稽山无贺老，却棹酒船回。

《送贺监归四明应制》：

> 久辞荣辱遂初衣，曾向长生说息机。
> 真诀自从茅氏得，恩波宁阻洞庭归。
> 瑶台含雾星辰满，仙峤浮空岛屿微。
> 借问候栖珠树鹤，何年却向帝城飞？

《送贺宾客归越》：

> 镜湖流水漾清波，狂客归舟逸兴多。
> 山阴道士如相见，应写《黄庭》换白鹅。

前二首，同前引诗一样系贺知章没后追忆之吟；后二首，乃系天宝三载（744）送贺知章归故乡四明（浙江）而作。此时为正月五日 ①，李白当年四十四岁，这些都是寓有称颂贺知章人品的深意之作，对贺的深切怀念之情，在他死后连作《重忆》二首中，表现得尤为真挚。

另一方面，贺知章作品中却无涉及李白关系之作。这一情况与其说是因贺对李漠不关心，莫如说因现存贺知章之作仅 19 首（《全唐诗》卷一一二）所致更确切。

三、孟浩然（689—740）

李白→孟浩然 =2 首（4 首？）

孟浩然→李白 =0 首

---

① 参照第 127 页注①。

同孟浩然之交游期这一具体问题，异说纷呈 ①。但大致看法是，当在李白二十五—二十六岁时离故乡蜀地后，沿江而下这段较早时期。孟浩然当时隐居于襄阳（今湖北）的鹿门山。他的传记中不明之点很多，据《旧唐书》（卷一九〇下）和《新唐书》（卷二〇三）所载，四十岁左右离鹿门山游京师。假如此记不误，要同小十二岁的李白交游，最早也在李白二十五—二十六岁以后、二十八岁以前这一时期较为合理。据同时代王士源在诗人没后编《孟浩然集序》中所记，孟浩然死于开元二十八年（740），五十二岁。对李白而言，出仕前第一次游长安时期，与孟浩然交游期大致相当。

《赠孟浩然》：

> 吾爱孟夫子，风流天下闻。
>
> 红颜弃轩冕，白首卧松云。
>
> 醉月频中圣，迷花不事君。
>
> 高山安可仰？徒此揖清芬。

《黄鹤楼送孟浩然之广陵》：

> 故人西辞黄鹤楼，烟花三月下扬州。
>
> 孤帆远影碧空尽，惟见长江天际流。

有关二者交游的确实资料，眼下仅此 2 首。孟浩然在李白心目中，正如《赠孟浩然》中所表明那样，乃是作为一个风雅、超俗、爱酒、弃轩冕、不事君王的典型隐逸高士形象来描绘的，同《旧唐书》、《新唐书》、《唐诗纪事》（卷二三）、《唐才子传》（卷二）等记载的孟浩然形象一致。但从

---

① 三十三岁（黄锡珪《李太白年谱》）、二十八岁以前（詹锳《李白诗文系年》）、安陆时期（王瑶《李白》）等。

他本人就进士考试（《旧唐书》卷一九〇下）和有名的《临洞庭湖赠张丞相》后半四句"欲济无舟楫，端居耻圣明。坐观垂钓者，空有羡鱼情"的表现看，很难说他原本无作官的意欲，应该说在参政失败的同时，隐逸和自适念头才更为强烈。仕宦与隐逸，对当时知识分子来说，不一定非是矛盾关系不可①。现行李白诗集中还有题为《春日归山寄孟浩然》（宋本中孟浩然作孟六浩然）之作，但从诗的内容整体看，除最终二句"愧非流水韵，归入伯牙琴"中用伯牙、钟子期故事（《吕氏春秋》）外，全篇乃系佛教题材作品，尤其开头"朱绂遗尘境，青山谒梵筵"，对一生未就正式官职的孟浩然而言，终未见妥。正如明胡震亨、清王琦所指，诗题就有疑问②。另外，《淮海对雪赠傅霭》，宋本、明仿宋咸淳李翰林集本、《分类补注》本、《李诗通》本、王本等校语都有"一作，淮南对雪赠孟浩然"之语。另外《游溧阳北湖亭》，宋本、《分类补注》本、《李诗通》本、王本等校语"一作，赠孟浩然"，乃知原系赠孟浩然之作。

　　与此相对，现存《孟浩然集》中，却不见有涉及李白之作。王士源《孟浩然集序》曾有如下一段话：

　　　　浩然凡所属缀，就辄毁弃，无复编录，常自叹为文不逮意也。
　　　流落既多，篇章散逸。乡里购采，不有其半。数求四方，往往而获。

无疑应首先考虑有废弃、散逸作品这一原因，但同存 265 首（萧继宗《孟浩然诗说》）的孟浩然诗中不见与李白有关之作，不能与现存仅 19 首贺知章诗中同样情况相提并论。而且，在孟浩然作品中，与同时代有名诗人张九龄、王昌龄、王维等相关作品各有所见。仅以此而言，说只有与李白相关之作散佚是明显站不住脚的，推想其原因，想必与张九龄和

---

① 参照第五章《李白思考形态》第四节。
② 胡震亨将此诗列为《失题》，并说"旧作《春日归山寄孟浩然》，今详诗意，是陪一显者游禅寺和诗也，容再考"（《李诗通》卷十九）。另有王琦认为："……疑题有误。琦按：孟六浩然，恐是孟赞府之讹。"（《李太白文集》卷十四）而詹锳则以孟浩然被辟为张九龄幕府为据，提出不同看法，但从诗的整体构成看，此说缺乏说服力。

王维、王昌龄等大都是在官的知识分子，而李白尚属在野未有文名的年轻一代有关①，所以在李白的诗中仅呈现出的对孟的崇敬感和亲切感这一面。"高山安可仰？徒此揖清芬"（《赠孟浩然》），说的也许就是这种关系。至少可以确认，对孟浩然来说，李白并非像张九龄、王维、王昌龄那样具有重要的人际关系。

四、王昌龄（698—757？）

李白→王昌龄 =3 首
王昌龄→李白 =1 首

王昌龄生年不确，现行通行说法为 698 年（武则天圣历元年），正较李白年长三岁多②。现有资料表明，二者同为七绝名手，在开元末已经开始交往。

《巴陵送李十二》：

> 摇曳巴陵洲渚分，清江传语便风闻。
> 山长不见秋城色，日暮蒹葭空水云。

这是王昌龄在巴陵（岳阳）送李十二的诗。正如后来贾至诗所明确标明，李白排行第十二，因与王昌龄同时在巴陵地区游历，可知这李十二即是李白。由此看，这首诗当系开元二十七年（739）王昌龄四十二岁时、李白三十九岁时作品③。若这一论证还稍嫌不足，因下面这首李白诗表明二

---

① 这一时期李白在客观实际上状态，在这一时期前后写的三封自我推荐信《上安州李长史书》、《与韩荆州书》、《上安州裴长史书》中，说得很明了。另，以安陆时期李白为焦点的论文，有前野直彬《安陆的李白》（《中国古典研究》第十六号）。
② 陆侃如、冯沅君《中国诗史》中卷（古文书局版）、闻一多《唐诗大系》（《闻一多全集》四）、谭优学《王昌龄行年考》（《唐诗研究论文集》第三集，中国语文学社编）等。
③ 詹锳《李白诗文系年》、谭优学《王昌龄行年考》。

者在长安交往，那么在巴陵交游最早也当在这年（约在李白出仕朝廷前三年）。

《同王昌龄送族弟襄归桂阳》二首其一：

> 秦地见碧草，楚谣对清樽。
> 把酒尔何思，鹧鸪啼南园。
> 余欲罗浮隐，犹怀明主恩。
> 踌躇紫宫恋，孤负沧州言。
> 终然无心云，海上同飞翻。
> 相期乃不浅，幽桂有芳根。

这首五言十二句古体，正如诗题明示，乃系李白族弟李襄归桂阳（湖南），李白与王昌龄一起为之相送之作。正像"秦地见碧草，楚谣对清樽。把酒尔何思，鹧鸪啼南园"所表明那样，乃是在送别场所长安，吟咏其族弟先归南园桂阳。

接着在"其二"中，便改为七古十二句。第七、八句是相同的联想句式："秦云连山海相接，桂水横烟不可涉。"关于作年，黄锡珪认为作于天宝二年（743），王琦和詹锳相同，认为作于三载。由于李白、王昌龄同在长安这点确定无疑，王昌龄就可能于天宝元年左迁江宁（南京市南）丞。而另一方面，由于李白同年秋出长安，与诗中"秦地见碧草"在时令表现方面就产生矛盾。关于这点，李国胜以为王昌龄出为江宁丞实际是翌年二载，谭优学认为天宝三载中曾一度从江宁归长安时作 ①，仅以现有资料，难以论定。

《闻王昌龄左迁龙标遥有此寄》：

> 杨花落尽子规啼，闻道龙标过五溪。

---

① 李国胜《王昌龄诗校注》（文史哲出版社）所收《王昌龄传略》，谭优学《王昌龄行年考》。

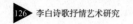

我寄愁心与明月，随风直到夜郎西。

这是显示二者交游作品中最为知名的一首。

王昌龄左迁龙标（贵州省东部）的年代不明。此诗作年有天宝七载说（谭优学）和八载说（詹锳），确切时间、地点，终难决定。从具有李白自己长安放逐（天宝三载？）的体验这点看，此诗大约可定于天宝后期，再确切地说，作于《河岳英灵集》产生（天宝十二载）前①。

王昌龄对李白来说，究竟是一个怎样的存在，从其诗歌创作风格相类和都取得七绝样式成功这点看，是极有深意的。不用说，仅从现存王昌龄1首、李白3首表明二者关系之作，很难确切了解其相互关系究竟怎样。但至少，在李白众多表示对他关系的赠答、简寄、离别之类作品中，以此首对王昌龄感情表达最为深切真挚。

诗题《闻王昌龄左迁龙标遥有此寄》，表明乃是李白听人传说王左迁消息后，即时而作遥寄思念之情。诗中所写，既非有求于左迁的一个老县尉干谒之语，也并非同居一地的社交应酬之辞。乃是长安分别数载，名副其实的、纯粹的对王昌龄其人的亲切怀念之情。

五、杜甫（712—770）

李白→杜甫 = 2 首

杜甫→李白 = 15 首

李白同杜甫第一次相会，一般认为时在天宝三载（744）初夏时，地点在洛阳，是李白不适应长安宫廷诗人生活，以半流放形式离开长安，

---

① 这点可参照谭优学考证。这里，由于常建《鄂渚招王昌龄张偾》诗中记述，此诗已入《河岳英灵集》，所以王昌龄左迁龙标即在此书完成的天宝十二载以前（前引论文，有称天宝七载条），但《河岳英灵集》成书年代，另有在德宗（李适）建中（780）以后之说。见中泽希男《〈河岳英灵集〉考》（《群马大学纪要》，《人文科学》第一号）。

重新开始其放浪生活时期。杜甫在齐、赵（山东、河北）经过数年的羁旅生涯后，归居洛阳，迎娶妻杨氏已近三年时期。当时李白四十四岁，杜甫三十三岁，比杜长十一岁。但这一见解有一定问题。

首先，李白于天宝三载春末已从长安放逐，故他们相会于天宝三载初夏，实际不可能。送诗坛长老贺知章归故乡也是同年正月五日 ①。从李白应制诗《送贺监归四明应制》可知此时李白还在长安。但这以后是否立即离开难以确定，有下面 3 首诗可提供有关线索。

李白《梁园吟》：

> 我浮黄河去京阙，挂席欲进波连山。
> 天长水阔厌远涉，访古始及平台间。
> ……
> 平头奴子摇大扇，五月不热疑清秋。

李白《书情赠蔡舍人雄》：

> 遭逢圣明主，敢进兴亡言。
> 白璧竟何辜？青蝇遂成冤。
> 一朝去京国，十载客梁园。

杜甫《寄李十二白二十韵》：

> 乞归优诏许，遇我宿心亲。

从以上诗句看，李白离长安足迹转向东，曾在五月里到汴州（河南开封市）的梁园（汉初，梁孝王游宴地），因而，其在途中洛阳同杜甫相会应

---

① 玄宗《送贺知章归四明并序》："天宝三年，太子宾客贺知章，鉴止足之分，抗归老之疏，解组辞荣，志期入道。……正月五日，将归会稽，遂饯东路。"（《全唐诗》卷三）

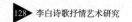

为初夏四月。

从《梁园吟》开头四句可见，此诗系放逐后不长时间所作，大体没有疑问。但仍不能以这一情况确认李白同杜甫即在洛阳相会。与此相关，杜甫的《赠李白》诗可引作旁证：

> 二年客东都，所历厌机巧。
>
> ……
>
> 李侯金闺彦，脱身事幽讨。
>
> 亦有梁宋游，方期拾瑶草。

《赠李白》诗的诗题表明会见李白时直接相赠。"东都"，即指"洛阳"。另外，"李侯金闺彦，脱身事幽讨"二句，同李白离长安情事完全吻合，从这点看，此诗大致可认定系李白于长安放逐后不久，杜甫相会李白时直接赠送之作。

但也还有问题，杜甫从漫游齐、赵到洛阳系开元二年至九年（741—748），三十岁那年的春天①，由于以后三、四年大致一直居于洛阳，到天宝三载（744）的初夏，已满三年以上。"二年客东都"一句，若不考虑其作为古诗，在平仄、修辞上的需要，那么作为实数就仍有疑问。另外，"亦有梁宋游"一句，无论是作将来时的解释，还是已发生的现在时状态解释，两人相会地点就不能只限洛阳，或者应说梁、宋（开封、商丘）一带极有可能。

因此，由于这一问题存在，就又有二人相会于翌年天宝四载说产生（詹锳《李白诗文系年》、耿元瑞《有关李杜交游的几个问题》——中国语文学社编《唐诗研究论文集》第二集中册）。立论细节部分或有不同，但大致均认为，李白在天宝三载离宫廷并未马上东游，自秋至冬，先在

---

① 杜甫《祭远祖当阳君文》："维开元二十九年岁次辛巳月日，十三叶孙甫，谨以寒食之奠，敢昭告于先祖晋驸马都尉、镇南大将军、当阳成侯之灵。……小子筑室首阳之下（指洛阳首阳山），不敢忘本，不敢违仁。"（《杜诗详注》卷二十五）

长安西北新平郡（邠州）漫行，翌年春到坊州（陕西省中部县），一度回长安，这年初夏在洛阳与杜甫相会。首先有李白《酬坊州王司马与阎正字对雪见赠》，对此提供了有力证据，值得注意。

> 游子东南来，自宛适京国。
> 飘然无心云，倏忽复西北。

显示了李白在长安前后的足迹，也即他离开宫廷立即西行而去。另外，《以诗代书答元丹丘》也可为天宝四载说作旁证：

> 离居在咸阳，三见秦草绿。

也即这"三见"若为实数的话（从李白天宝元年冬入长安起），由于三度长安春，至少到天宝四载春还在长安。

另一方面，作为流行天宝三载说旁证，多引高适《东征赋》、《宓公琴台诗》。《东征赋》开头："岁在甲申，秋穷季月，高子游梁既久，方适楚以超忽。"另《宓公琴台诗序》："甲申岁，适登子贱琴台。"很明显据此可知，高适在甲申（天宝三载）秋末的这一时间，已滞留梁（开封）相当长时间了，其原因是出游楚（湖北、湖南）。而且，与此相关资料，还有①杜甫《遣怀诗》及《昔游诗》，记述了李白、高适在梁、宋漫游。②《新唐书》卷二〇一《杜甫传》："尝从白及高适，过汴梁，酒酣，登吹台，慷慨怀古，人莫测也。"若由此判断，李、杜、高漫游梁、宋，仍以甲申说为是，因甲申岁高适漫游梁、宋时，李白和杜甫未必同在，也未必不同在，因此，尚不能全面否定李、杜于天宝三载会面说。以上诸说疑点整理如下（→号下为解决这些疑点的假说）：

◎各说共通疑点：

"二年客东都"（杜甫《赠李白》）→同李白二年前相会旅行并未记录（詹锳《李白诗文系年》）。

◎天宝三载说疑点：

"倏忽复西北"① (李白《酬坊州王司马与阎正字对雪见赠》)→系后年天宝十载左右旅行 (黄锡珪《李太白年谱》)，"三见春草绿" (李白《以诗代书答元丹丘》)。

◎天宝四载说的疑点：

"我浮黄河去京阙……访古始及平台间" (李白《梁园吟》)→天宝四载春再度离开长安 (詹锳前引书)。

"一朝去京阙，十载客梁园" (李白《书情赠秦舍人雄》)。

"乞归优诏许，遇我宿心亲" (杜甫《寄李十二白二十韵》)。

"甲申" (高适《东征赋》、《宓公琴台诗序》)→记述李、杜交游以前体验 (前引詹锳书，前引耿元瑞论文)。

由此看来，李白、杜甫相会的严格时间是无法准确判定的。综合论据资料判断，仍以天宝三载初夏会于洛阳通行之说，疑点较少。

下面谈关于离别的时间和场所。场所大致没问题，正如李白《鲁郡东石门送杜二甫》(后出) 所记鲁郡 (山东省曲阜县) 城东石门山。这一时期，二者交游时间有半年和一年半二说。李白同杜甫直接交游地域，洛阳——汴州 (宋＝开封) ——宋州 (商丘) ——齐州 (济南) ——鲁郡 (曲阜)，范围较广。另外从作品所表达的心情相当自然亲密这点看，他们交游时期系一年半而非半年更为合理。因而说二人相会于天宝三载初夏四月，离别于四载秋，较为妥当。

鲁郡东石门一别，二人未能再会。《本事诗》(《高逸》第三) 中所写七绝"饭颗山头逢杜甫"，在《唐摭言》卷十二《轻佻》、《旧唐书》(卷一九〇《杜甫传》)、《唐诗纪事》十八《杜甫》等都引用，颇有名。从①李白诗集各种原义中均不见、②《本事诗》的小说性格、③"饭颗山"

---

① 关于"天宝三载说"这两个问题点，由于李白三十岁时已在长安停留三年一事已很明显，就没有问题点 (矛盾点)，若这二首第一次逗留长安时期作品的话，就同"天宝三载说"相矛盾。参照郁贤皓《李白丛考》(陕西人民出版社，1982年) 中有关论文，松浦友久《关于李白长安的体验——以谪仙称呼为中心》(上)(《中国文学研究》第九期，早稻田大学中国文学会，1983年12月) 等。

地名不确等判断，在《本事诗》编纂时——光启二年（886）将杜甫形象故事化（参照第 130 页注①）。

李白同杜甫相互言及的作品，有"赠"（以诗直接赠眼前对方）、"寄"（寄诗给离别的对方）、"忆"（只限以追忆形式阅读并不给予对方）等，形式各种各样。据现存资料整理确切结果，李白→杜甫 =2 首，杜甫→李白 =15 首，二者间差别很大 ①，要搞清来龙去脉原因及有关评价等方面问题，有必要从广义交游的观点出发，将二者共 17 首作品再沿时间顺序重新组合，以见其二人相互交涉和关心的演变情况。

（1）《赠李白》（五言十二句，古诗，仇兆鳌《杜诗详注》卷一）。

描述在洛阳（或梁园）李白与杜甫相会，厌倦都市生活与追求山林仙药之乐形成对比，特别突出了其采灵芝草之约。李白的道教求仙趣味给杜甫以影响，这是很有趣的。但紧接开头两句"二年客东都，所历厌机巧"后的"野人对腥膻，蔬食常不饱。岂无青精饭，使我颜色好？苦乏大药资，山林迹如扫"六句（具体语释和出典考证另作），其中"野人——腥膻——蔬食——不饱"，由于其所指不甚了然，现行诸家注释都未见确定说明。作为未完结作品中这一点（铃木虎雄《杜少陵诗集》）已有人指明，尤为值得注目。

（2）《赠李白》（七言绝句，卷一）：

> 秋来相顾尚飘蓬，未就丹砂愧葛洪。
>
> 痛饮狂歌空度日，飞扬跋扈为谁雄？

系天宝四载在山东约会再会时作。求仙药、寻丹砂之设想尚未实行（第二句），三、四句仿佛写二人在山东生活情景。

（3）《与李十二白同寻范十隐居》（五言十六句，古诗，卷一）：

---

① 郭沫若《李白与杜甫》中"李白与杜甫在诗歌上的交往"，对《饭颗山头……》、《秋日鲁郡尧祠亭上宴别杜补阙范侍御》等言及杜甫作品，多以假说证假说，缺乏说服力。

李侯有佳句，往往似阴铿。

余亦东蒙客，怜君如弟兄。

醉眠秋共被，携手日同行。

与前首诗大致同期所作，特别论述了李白寻找范十隐居之处，满怀深情吟咏①，表现杜甫对李白诗才的共鸣感和对其人品的敬爱之意。

下面是李白作品：

（4）《鲁郡东石门送杜二甫》（五言律诗）

醉别复几日，登临遍池台。

何时石门路，重有金樽开？

秋波落泗水，海色明徂徕。

飞蓬各自远，且尽手中杯。

这是一首典型的离别诗，具有集中突出特色。它是李白作为诗人最为得意的主题，同时可以在同杜甫的交游，至少在他的人际关系中，想象他心中所好。接下一首仍为李白所作：

（5）《沙丘城下寄杜甫》（五言律诗）

我来竟何事，高卧沙丘城。

城边有古树，日夕连秋声。

鲁酒不可醉，齐歌空复情。

思君若汶水，浩荡寄南征。

关于沙丘地名说法很多，可以确定在东鲁汶水流域。正值离别后，对杜甫眷念惜别之情倍增，表现了李白心中产生的某种失落感，就现有诸本

---

① 很可能与此同时为李白所作的《寻鲁城北范居士失道落苍耳中……》也未言及杜甫。

看，李白有此诗而后，再未有言及杜甫的诗作。以下乃系杜甫之作：

（6）《冬日有怀李白》（五言律诗，卷一）

> 寂寞书斋里，终朝独尔思。
> 更寻嘉树传，不忘《角弓》诗。
> 短褐风霜入，还丹日月迟。
> 未因乘兴去，空有鹿门期。

离别之年冬作于洛阳，感叹同李白相交游仙约会未能实现。

（7）《春日忆李白》（五言律诗，卷一）

> 白也诗无敌，飘然思不群。
> 清新庾开府，俊逸鲍参军。
> 渭北春天树，江东日暮云。
> 何时一樽酒，重与细论文？

翌年春作于长安，思念江南李白，尤盼重会面之日细细讨论诗文。

（8）《送孔巢父谢病归游江东兼呈李白》（七言十八句，古诗，卷一），同李白和"竹溪六逸"相交的孔巢父因病归江东（江南）之时，结末，杜甫托言寄李白："南寻禹穴见李白，杜甫问讯今何如？"

（9）《饮中八仙歌》（七言二十二句，古诗，卷二）：

> 李白一斗诗百篇，长安市上酒家眠。
> 天子呼来不上船，自称臣是酒中仙。

这是一首知名度很高的诗作。李白在京城时代，杜甫还在洛阳，或听说在长安的李白酒仙样子而作，或后年，杜甫自身从长安离开，集驰名长安的八仙事迹大成而作。其他人只有二、三句描叙，而对李白就用四句，值得注意的是，从中可以看出作为诗人杜甫的自我和他人意识之间的比重。

（10）《苏端薛复筵简薛华醉歌》（七言二十七句，古诗，卷四），在酒宴上，寄给其诗才与李白并称的薛华。简＝简寄，属赠答联想类型诗，这里举李白的"长句"（恐怕是长篇歌行类）来称对方，引人注目。

（11）（12）《梦李白》其一、其二（五言十六句，古诗，卷七），乾元二年（759）秋，作于秦州（甘肃省天水县）。思念因安史之乱连坐永王李璘之事被流放夜郎（贵州省北部）的李白，并寄予深切同情。而当时，李白已被赦免，在洞庭湖畔打发闲适时光，杜甫不知，仍以李白为拘押之人。

（13）《天末怀李白》（五言律诗，卷七），与上首诗作于同时，将李白命运与屈原相举，叙述来自秦州的问候。

（14）《寄李十二白二十韵》（五言排律，卷八），与上述（11）—（13）诗作年相同。由于是二十韵四十句的长篇排律，所记颇类李白性格与阅历的传记。如前所述，开头六句，先写同贺知章相会一系列事变，以下依次叙述，在朝廷宠遇——辞离长安后同杜甫相会——交游时友情——因才高被世间误解——由永王李璘事件被放逐——对王室的真情，最终以"老吟秋月下，病起暮江头。莫怪恩波隔，乘槎与问津"四句表露对李白现状的慰藉之情，以及对将来的希望之意。

（15）《不见》（五言律诗，卷十）：

> 不见李生久，佯狂真可哀。
>
> 世人皆欲杀，吾意独怜才。
>
> 敏捷诗千首，飘零酒一杯。
>
> 匡山读书处，头白好归来。

上元二年（761）作于成都，杜甫五十岁，李白六十一岁。当在李白死前二年，叙述了对李白境遇一如既往的同情，和对其才能的无限钦佩之感，并劝李白年老归乡回蜀，也许可以在蜀地以期再会。

以下二首是杜甫在李白死后所作，回顾了自己年轻时代同李白和高适的交游。

（16）《昔游》（五言三十六句，古诗，卷十六）：

昔者与高李，晚登单父台。
寒芜际碣石，万里风云来。

（17）《遣怀》（五言四十二句，古诗，卷十六）：

昔我游宋中，惟梁孝王都。
……
忆与高、李辈，论交入酒垆。
两公壮藻思，得我色敷腴。
气酣登吹台，怀古视平芜。
芒砀云一去，雁鹜空相呼。
……
不复见颜、鲍，系舟卧荆巫。

二诗都作于大历元年（766）五十五岁，在夔州。从高适死后第二年、李白死后四年看，正当与李白和高适交往二十二、二十三年之后，对亡友的依恋怀念之情，对失去青春的珍惜感叹之意，语调凄切真挚。此后四年，杜甫自身也故去。

就这些具体作品看，李、杜二人之间交游形式差异十分明显。杜甫自交游之初，一直对对方抱有心心相印的共鸣感，而与此相对，李白对杜甫的关心，只限于同杜甫直接交涉那一时期和其后不久的一段时间。即使考虑到作品散佚这一因素，晚年杜甫在社会上已颇有声名（唐樊晃《杜工部小集序》"《文集》六十卷，行于江汉之南"等），若有言及这样著名诗人的作品，可以说，通常是能得以妥为保存的，很难说是由于李诗散佚而致如此差异。应该看到，首先是由于其有关此类创作数量之少所致。

这点，还可以从"质"的方面来论及，这里所说"质"，并非历来多谈论的友情厚薄①，而是双方虽都把对方看作诗人，但两人之间出发点不同，正是由于二者出发点不同，才能看出二者相互交游在对己←→对他意识方面存在的更重要的差异。凡杜甫谈论李白之处，除（1）、（8）、（11）、（16）少数例外，不管以什么形式，都涉及李白诗文及其才能，特别如（7）《春日忆李白》和（13）《天末怀李白》、（14）《寄李十二白二十韵》、（15）《不见》等诸篇，一首诗全体或大半，论及作为诗人的李白，表明对杜甫来说，李白作为诗人的这一方面是不能有丝毫摆脱的。

与此相反，在李白寄杜甫的诗作中，就完全看不到这一侧面，其中所表现的对杜甫的亲切感，虽然不能把它看作对年轻友人的浅薄的东西，但对杜甫自负的个人诗才和家传文学素养，却全然未曾言及，二人相互言及对方时所表现的差异这点尤其引人注意。这质的、量的方面差异，当然是二人相互影响关系的缩影。

李白给予杜甫影响，可以从下面几点考虑：

①接近道教的求仙思想。与李白思想所显示出的儒、道、佛三教及其他方面多元并存情况相反，杜甫则呈现出以儒教价值观为中心，晚年较近佛教这相对的单一性。而正是这样的杜甫，在他生涯的某一时期，表示出对道教的求仙、游仙世界的特别关心。前面所引的言及李白作品中，尤其（1）、（2）、（6）等，体现了杜甫志在求仙的明显倾向；同时在别的诗中，还吟咏了当时实际接近道士的体验②。吟咏这种思想和生活的诗作，除同李白直接交涉时期及其稍后时期的较少篇章外，即使在其晚

---

① 有关李、杜交游的最近专著，小川昭一《杜甫与李白的朋友之交》（《全唐诗杂记》所收）论述甚详。
② 杜甫《昔游》："昔谒华盖君，深求洞宫脚。……东蒙赴旧隐，尚忆同志乐。伏事董先生，于今独萧索。"（《杜诗详注》卷二十）

年之作中 ①，也大都是与当年一时之举相关连的。应该说杜甫从李白那里接受这一影响是一清二楚的。对此已有人作了论述，是普遍看法 ②。

另外在②诗歌的政治性、社会性的自觉 ③、③个别诗句的转用 ④、④表现风格上昂扬、飞动感的共鸣等方面 ⑤，都可以指出杜甫受李白影响之处。应说明的是：虽然在具体论证过程中也不无问题，但大体趋势还是被认同的。

与上述情况相反，李白接受杜甫影响，就是作为个别事物也难得一见，二者间差异由此可见一斑。

那么产生这几个差异主要原因是什么呢？从直接、间接或内部、外部角度看，有哪些问题值得考虑呢？

第一，应考虑到二人基础条件方面及年龄差别。不能无视两人相会时李白四十四岁、杜甫三十三岁，有十一岁的年龄差，这是规定二者关系基础条件方面重要一点。

第二，应考虑直接条件方面，作为诗人的名声和完成度有差别。李白其时在长安已文名赫赫，而杜甫还是参加科举考试的无名生徒，作品大多是习作类东西，此前作品只有极少数传世，况且李白已较早形成诗人自己的诗风并将自己 type（风格）一以贯之，而杜甫其诗风和题材其后尚有几经变化倾向。因而，二者相会，即当代一流的成名的名流诗人与进修中的白面书生文学青年相交涉，此一趣景，不难想象。以上两点是历来屡屡论及的流行观点。进而还有下面两个更为内在的原因。

第三，应考虑到二者性格方面的差异，尤其是处理人际关系的方式、

① 见第 136 页注②及《忆昔行》："忆昔北寻小有洞，洪河怒涛过轻舸。辛勤不见华盖君，艮岑青辉惨么麽。……更讨衡阳董炼师，南浮早鼓潇湘舵。"（同上卷二十一）

② 郭沫若一反流行说法，引几种资料旨在证明杜甫对道教的关心乃是在同李白交游以前并贯穿其一生。见（《李白与杜甫》181—184 页）。但同李白交游之前之作（《题张氏隐居》二首、《巳上人茅斋》等）与其后之作（尤其是交游时之作），从有与无、强与弱方面看杜甫对狭义道教（参照注 2）关心完全有质的不同，相反，结果倒证明受李白影响之大。

③ 耿元瑞《有关李杜交游的几个问题》（《唐诗研究论文集》第二集《李白研究》所收），小川环树《李白跋文》（武部利男《李白》下所收，岩波书店）。

④ 铃木修次《秦州时代的杜甫诗》（《日本中国学会报》第二十三集所收）等。

⑤ 耿元瑞《有关李杜交游的几个问题》等。

方法的差异，不仅只是针对杜甫说，就是在李白整个的人际关系中，常常有一种距离，或称作留有余地，这同他在诗歌整体的风格方面也紧密相关。如不管其家族也好，友人也好，很少执着于某个特定的人并将其特定关系持续到最后的情况，在各种各样场面中，同各种各样人都保持着热烈的人际关系，对李白来说是第一要义，较少受制于先前既成情况。无论如何，李白与杜甫相比，李白具有更多职业诗人要素，因为他具有随着实际创作场景转换而轻易转换联想的 type（风格）。

第四，应考虑到与二者气质差异有关，言及自己周围的诗人的方式方法也各有差异。李白自信心很强，就是言及其他诗人（贺知章、孟浩然、王昌龄、贾至）时，也完全未涉及这些诗人的诗才和诗风（参照各诗人条），最终也只是以亲密友人相待。而只有一个例外 ①，对像崔宗之和崔成甫那样不能以诗人看待和一般人（特别是在《全唐诗》卷二六一中，只有一首诗）在社交辞令基本形式赠答诗中，其文才受到赞扬。与这一情况相反，杜甫不仅对李白，就是对高适和岑参、孟浩然、王维、薛据那些其他诗人，也都重点言及各自作为诗人的那一面（参照本书结语）。

依据二人这不同风格来看，李白对杜甫态度，并非将杜甫作特例；杜甫对李白态度，同样也未将李白作特例。从这个意义上说，二者相互言及对方所表现量与质方面差异，实在是一个必然。

六、贾至（718—772）

李白→贾至 =7 首
贾至→李白 =4 首

贾至是盛唐一般诗人，比李白年轻十七岁，比杜甫还年轻六岁。《新唐书》（卷一一九）中记载"擢明经第，解褐单父尉"、《唐才子传》（卷

---

① 李白《酬崔五郎》、《玩月金陵城西孙楚酒楼……访崔四侍御》等。

三）载"天宝十年（751）明经擢第，累官起居舍人、知制诰"，都记其为明经出身这点。《全唐诗》（卷二三五）小传也言及这点。照《唐才子传》说法，三十四岁明经合格 ①。

说到同贾至交涉确实资料，都集中在李白晚年——乾元二年（759）五十九岁秋，即几乎尽在流放夜郎中途被赦免之后，地点全在洞庭湖畔，当时被左迁为岳州司马的贾至（四十二岁），有机会在其任所与李白交游。

《巴陵赠贾舍人》：

> 贾生西望忆京华，湘浦南迁莫怨嗟。
> 圣主恩深汉文帝，怜君不遣到长沙。

《与贾舍人于龙兴寺剪落梧桐枝望浥湖》：

> 剪落青梧枝，浥湖坐可窥。
> 雨洗秋山净，林光淡碧滋。
> 水闲明镜转，云绕画屏移。
> 千古风流事，名贤共此时。

《陪族叔刑部侍郎晔及中书贾舍人至游洞庭》其一：

> 洞庭西望楚江分，水尽南天不见云。
> 日落长沙秋色远，不知何处吊湘君？

---

① 现代的事典和年表类，多举清徐松《登科记考》（卷八）开元二十三年（735）进士这一说。徐松依据《唐才子传·李顾》条记述"贾季麟榜进士及第"，但贾至字并不是"幼邻"。另外同为《唐才子传·贾至》自身条，正如先前所述是明经而完全不曾是进士（这点，布目潮沨、中村乔《唐才子传研究》已经指明）。徐松"此以进士，又应明经也"，并没有说明在诗人本人专传中为什么没有比什么都重要的进士科状元及第这一记述。另外，贾至在开元二十三年才十八岁，状元及第的年龄也太轻，而且如果被破例合格的话，在其本人条目中也会大书而特书的。从以上诸点看，李顾系记的"贾季邻"很可能是别人（或许是与贾至有很近血缘关系的同宗世一代人）。

前面七绝将贾至境遇同前汉贾谊比较。圣主（肃宗）恩泽比汉文帝深，虽然同样是被流放在湘水之滨，但并没像贾谊那样远到长沙，故不必怨恨眼下的不遇。

接着五律写与贾至同游湖畔龙兴寺，剪落梧桐枝，远眺东南方的浥湖水，在与诗题相吻合的景物描写中，体现了李白同贾至交游欢快之心。

最后"游洞庭"，是代表李白晚年七绝水平的最有名之作，记录同族叔及贾至秋夜泛舟洞庭湖情景。如第一首（日暮）、第二和三首（夜间）、第四首（过夜半）、第五首（夜明），以时间顺序为轴，井然而成。乾元二年四月（《通鉴》卷二二一），刑部侍郎李晔左迁，大约在去岭南的谪流途中，在岳州得与李白、贾至同游。下面是内容几乎完全相同的贾至三首连作。

《初至巴陵与李十二白、裴九同泛洞庭湖》三首（《全唐诗》卷二三五）：

其一

> 江上相逢皆旧游，湘山永望不堪愁。
> 明月秋风洞庭水，孤鸿落叶一扁舟。

其二

> 枫岸纷纷落叶多，洞庭秋水晚来波。
> 乘兴轻舟无近远，白云明月吊湘娥。

其三

> 江畔枫叶初带霜，渚边菊花亦已黄。
> 轻舟落日兴不尽，三湘五湖意何长。

诗题略有不同（李晔←→裴九），从当时李白屡屡泛舟洞庭看，很难说李白连作与贾至连作是同夜唱和，但其所吟咏诗材和诗境、秋夜、明月、湘娥、舟游等等几乎完全一致。裴九系何人不明，但从开头"江上相逢皆旧游"句看，他们交往，包括贾至，早在京城时代就开始了。

贾至还有下面《洞庭送李十二赴零陵》（《全唐诗》卷二三五）一诗：

> 今日相逢落叶前，洞庭秋水远连天。
>
> 共说金华旧游处，回看北斗欲潸然。

关于李白实际上是不是到过零陵（湖南省西部），并无明确资料来验证①，但依此诗题至少朝零陵方面出发。此诗约与前诗同作于乾元二年（759）秋，与送别相应，又回想从前同在长安时光，借眼下秋之落叶，寄托相逢又相别之人的飘零命运。

除此而外，表现二者关系作品还有《留别贾舍人至》二首，从"远客谢主人，明珠难暗投。拂拭倚天剑，西登岳阳楼"（其一）、"君为长沙客，我独之夜郎"诗句表现和诗题《留别贾舍人至》看，这首诗自然是李白于乾元元年（758）长流夜郎途上，即将于岳阳告别贾至时所作。

但关于这点，也不能无视有说服力的伪作说②。其主要论据是，贾至左迁岳阳乃在乾元二年（759）三月以后。因此，李白放逐夜郎当时（前年春或秋）贾至还未到岳阳。加之"其一"中所出现的不恰当的地名引用问题③，这系列之作有可能是后人伪作。

---

① 黄锡珪《李太白年谱》乾元元年（758）条，根据贾至这首诗和李白《赠卢司户》，认为李白实际到过零陵。詹锳《李白诗文系年》也持同样看法，只是认为作于第二年，即乾元二年。

② 关于这点，王琦《李太白文集》卷十五参照本页注③和乌丈伊里《李白》（岩波新书版，188页补注34）等各有论列，詹锳《李诗辨伪》（《李白诗论丛》，作家出版社所收）所论最详。

③ "徘徊苍梧野，十见罗浮秋"，作为广东山名尤成问题。"琦按：贾之谪在岳阳，去罗浮甚远，而太白行迹，亦未尝至广、惠间，何云'徘徊苍梧野，十见罗浮秋'耶？又太白旅寓岳州，约计只一二年。而贾之谪在至德中，召还故宫在宝应初，约计首尾，亦不至十年之久。所云'十见'，更指何人耶？恐是他人之作，而误入集中者，否则笔字之讹欤？"（王琦《李太白文集》卷十五）

七、其他诗人

在与李白有交涉的周边诗人中，从李白角度所言及他人的作品，大体上有以上五人①，以下就高适等其他诗人，很可能是涉及李白的诗作，从资料角度，略示一二。

高适（707—765？）

《宋中别周梁李三子》（《全唐诗》卷二一一）：

……

周子负高价，梁生多逸词。

周旋梁宋间，感激建安时。

……

李侯怀英雄，肮脏（刚直）乃天资。

据黄锡珪《李太白年谱》（天宝三载）和詹锳《李白诗系年》（天宝四载）提供资料，李白自长安放逐后，于天宝三至四载漫游梁、宋地方，并在此同杜甫和高适交游（在杜甫条下已细说）。"周子"、"梁生"二人虽不明，从这点看，也不能完全否定其中"李侯"可能指是李白。但高适还有《宋中别李八》（五言古诗），而且《全唐诗》和《高常侍集》（四部丛刊本）等现今流行高适诗集，也都将其以前后顺序相互排列。李白排行

---

① 除此而外，还有言及于逖《留别于十一兄逖裴十三游塞垣》（杂言古诗，二十四句），从李顾的《答高三十五留别便呈于十一》（《全唐诗》卷一三三）和独孤及《夏中酬于逖毕耀问病见赠》（《全唐诗》卷二四六）等看，大致即指《箧中集》中所收的于逖（《唐诗纪事》卷二七中，有"独孤及、李白皆有诗赠之，盖天宝间诗人是也"的记载。《全唐诗》卷二五九中有"于逖，开元时人，李白、独孤及皆有诗赠之，亦与元结友善"的记载。此外，可参照关于独孤及与李白的交游）。但他的诗现仅存2首（《全唐诗》卷二五九中引《箧中集》所收2首），由于缺乏成为文学史中论列诗人资料，在本章本文中，不将其作为论述对象，仅引该作品中直接关系于逖部分如下："于公白首大梁野，使人怅望何可论。既知朱亥为壮士，且愿束心秋毫里。秦赵虎争血中原，当去抱关救公子。"

第十二，李八则显系别人。而且高适还有《别李景参》、《同李九士曹观壁画云作》等，语及与李姓熟人交游诗并不少，要确认这首诗中"李侯"即李白，尚需再提供另外证据。

刘长卿（709—785?）

《将赴南巴至余干别李十二》（《全唐诗》卷一五〇）：

> 江上花催问礼人，鄱阳莺报越乡春。
> 谁怜此别悲欢异？万里青山送逐臣。

据黄锡珪《李太白年谱》（乾元元年，758年），潘州南巴（广东省茂名）县，刘长卿在至德年间，由于鄂岳观察使吴仲孺的诬奏入姑苏狱，稍后左迁南巴县尉（《唐才子传》卷二），来至余干城（江西省鄱阳县）同"李十二"相会，并与之别。此诗所咏正是此景，不只排行与李白排行一致，从地理角度看，"余干"也是李白晚年放浪范围之内。此处李十二，系李白可能性相当大。从作者贬谪途上这点看，第三、第四句，这"逐臣"定指刘长卿自身，因对方不同于逐臣境遇而悲欢有异。这对方，若指李白的话，那么当在乾元二年大赦后，与《唐才子传》中关于刘"至德中（756—758）……非罪系姑苏狱，久之，贬潘州南巴尉"的记载相吻合。

岑参（715—770）

《将进酒》：

> 岑夫子，丹丘生，
> 将进酒，杯莫停。

这是有名乐府诗《将进酒》中一节，这里"岑夫子"即岑参之说，最早为宋杨齐贤所倡①，继而为久保天随《国译汉文大成续·李太白诗集》卷二所继承。另外，清王琦《李太白文集》又将"岑夫子"认作《鸣皋歌送岑征君》和《送岑征君归鸣皋山》等诗中的"岑征君"，青木正儿《李白》注②也因袭此说。

这里，首先关于"岑征君"并非岑参这点，青木正儿注《李白》（集英社版，第112页）中有明确考证，几成定论。但就《将进酒》所说"岑夫子"到底为谁这一问题而言，若下结论的话，他是李白另外诗篇《酬岑勋见寻就元丹丘，对酒相待以诗见招》中的岑勋更为确切。缘何？①《将进酒》与《酬岑勋……》都是写李白、元丹丘、岑勋共饮的饮酒诗。②诗中所描写的"碧霄、绿云、素书、琼树枝"相当多的游仙素材切合与具有隐士或道士的性格元丹丘有深交人物环境，而且由此再进而言之，上述所谓"岑征君"，从作品各自共有的素材和联想看，几乎可以断定即此岑勋。

由此可见，岑参和李白现存诗中并没有显示二者交涉的直接资料，但这并不等于说两者在实际上没有交往。

独孤及（725—777）

《送李白之曹南序》："曩子之入秦也，上方览《子虚》之赋，喜相如同时。由是朝诣公车，夕挥宸翰。一旦樸被金马，蓬累而行。出入燕、宋，与白云为伍。……是日也，出车桐门，将驾于曹，仙药满囊，道书盈箧，异乎庄舄之辞越，仲尼之去鲁矣。送子何所？平台之隅。短歌薄酒，击筑相和。大丈夫各乘风波，未始有极，哀乐且不足累上士之心，况小别乎？请偕赋诗，以见交态。"（《全唐文》卷三八八）

这是送李白去曹南（山东曹南县南）诗序，以简洁文笔叙述李白于长安（秦）受玄宗信任时得意的时光，一旦放逐后漫游燕（河北）、宋

---

① "杜工部诗，多与岑参唱和。岑夫子必此人也。丹丘生，即元丹丘。"（《分类补注李太白诗》卷三所引。且有诗云："岑生多新语，性亦嗜醇酎。"）
② 郭沫若《李白与杜甫》（231—232页）推定此岑征君为岑参从兄，排行为四兄。

（河南）各地放浪自由的生活，而今即将去曹南之际，他还携求仙秘药，道教秘籍那种怡然自适心境，而决无庄舄、仲尼那样旅途失意之态。此文已被王琦集注本卷三十二所收，不管题辞还是内容，作为送李白的资料都没有疑问。独孤及是比李白小二十四岁的著名诗人。当是李白放逐长安后二至三年，天宝六、七载（李白四十几岁，独孤及二十岁前后时）所作，但"请偕赋诗，以见交态"所记二人诗，现已无可见。

在与李白同时代的诗人中，表明在李白周边并与其交往的作品以及具有这一可能的诗作，大致如上所述。除此而外，还有同时代的任华、魏万（颢）、崔宗之、崔成甫等与李白交往的诗①，但在今天看来，他们都不能以诗人论列。实际，他们的这些诗也大都因李白缘故而得以保存。而他们其他作品又极少，难以作为"诗人的自我与他人"专题论列。

八、结　　论

以上，从现存唐诗中，在管见所及范围内，摘引了显示李白同周边诗人的有关连资料，并就其所含有的同每个具体诗人关系的问题进行了考察。在此基础上，本章将这些具体个别的问题，总而论之，概括如下：

第一，在言及李白的周边诗人中，杜甫在质、量方面占据尤为重要的地位。

现存杜诗中，大体可以确认言及李白的有十五首，若以此为基数考察其他诗人，并与相比较，贾至（4首）、王昌龄（1首）、刘长卿（1首），首先量数极少。若像孟浩然和贺知章那种情况，李白只是提一下的诗人也算数，那么杜甫作品言及李白数量最多这点就尤为突出。

而且，杜甫这些作品：①年代方面，从三十三—四岁交游时开始，直到分别后追忆二十几年前之作，几乎坚持一贯。②样式方面遍及绝

---

① 任华《寄李白》（杂言古诗《全唐诗》卷二六一），魏万《金陵酬李翰林谪仙子》（五言古诗，同上），崔宗之《赠李十二白》（五言古诗，同上），崔成甫《赠李十二白》（七言绝句，同上）。

句、律诗、排律、古体诗各领域。③记叙内容极其多样，有交游生活的
情况和对将来充满希望的表白（《赠李白》、《春日忆李白》），有梦中相会
（《赠李白》），有堪称李白传的清楚记述（《寄李十二白二十韵》），有老年
时期对青春的回顾（《昔游》、《遣怀》等）。杜甫性格原本就对某事物的
具体方面具有深刻且持久关注之心，他对李白的关心更是异乎寻常强烈。
另外，换个角度，④从创作动机方面看，杜甫最初及以后与李白尤其是
与晚年的李白交往——鉴于李已成为社会政治的失败者，仍对他说充满
善意的好话这点，就很难说是出于利害关系的打算才与之交往。这充分
表现了杜甫在交游、友情扩展的人际关系方面的诚实态度①。

因此，如果说在周边诗人言及李白诗例中，杜甫的作品处于如此重
要地位的话，那么反过来则可以说，杜甫以外诗人言及李白的诗作质量
就尤为贫乏。这与下述第二个论点有关，在现存李白周边诗人作品中，
大体上确实言及李白的——除杜甫外，只有贾至 4 首与王昌龄、刘长卿
各 1 首，共 6 首，从当时及后世李白文名之高来看，令人稍感意外。

所谓有关"李、杜交游"中杜甫作品之所以著名，我想我们往往因为
它是关于李白作品而使之知名度扩大，其实应该说乃是由于它表现了杜甫
尤为深沉的友情，才闻名于遐迩。通观杜甫全部作品可知，除高适外，再
难有人在诗作数量之多，表达对李白友情之深方面与杜甫相匹敌的。

第二，当然，要探讨李白同那些从资料上看不出有什么交往的诗人，
尤其同高适和王维关系究竟怎样，确实很难，若从李白事迹和经历看，
只能在长安出仕翰林供奉的在职时期（四十三—四十五）确定何时同高
适交往。

就同王维关系而言，假如将资料所载贺知章激赏和玄宗信任一事打
相当折扣的话，那么至少成为翰林供奉的李白文名，在长安时已为人所
周知这点还是很明显的。另一面，当时享有盛名的宫廷诗人，首推王维，
实在难以理解二人都不关心对方的存在。正如同还有王昌龄那样与已故

---

① "吾是知文章以气为主，气以诚为主，故老杜谓之诗史者，其大过人，在诚实耳"。（宋惠洪
　《冷斋夜话》卷三）

去的孟浩然颇相类友人，或像有关晁衡（阿部仲麻吕）各种作品① 中所表明那样，可以说在这一时期，很清楚李白、王维具有可相互交往接近的公共场所。此外，李白与高适的关系，也正如杜甫《昔游》和《遣怀》诗所表明，大体可以确定，高适同杜甫一样，作为人数极少的李白伙伴中的一员，一定具有同李白直接交往的体验。

与上述这一情况同时，以现存资料，从哪方面都难得见到表明李白与王维、高适交往之作。不用说，要考虑到可能散佚这点；但一般说，同这些著名诗人相关作品通常是能得以较好保存的。另外，也很难设想，相互言及的作品，各都已散佚。事实是，现行的《王右丞集》中，王维言及钱起、祖咏、裴迪、贾至、王昌龄、孟浩然、储光羲、李顾、张九龄、皇甫冉、綦毋潜、薛据（划者，是同时也有言及王维之作）；《高常侍集》中，高适就言及杜甫、皇甫冉、储光羲、綦毋潜（划者，是同时也有言及高适之作）。言及同时代诗人的诗作为数也决不少。此外，王维还被杜甫和岑参所言及；高适还被李顾、刘长卿、独孤及等言及，王维和高适同其他诗人之间相互交游资料也就更加多样化了。

值得注目的是从几个方面看：王维和高适，尤其是王维，同李白之间为什么没有言及和被言及的作品留下来？若从李白同王维之间所显现的气质和诗风明显差异，从李白晚年同高适之间产生政治立场的对立② 等点来考虑这一问题，则或可有解。因至今仍无确实资料，也只能暂且点到为止。

---

① 王维《送秘书晁监还日本国并序》，李白《哭晁卿衡》。

② 就安史之乱初期所表现出来的肃宗（李亨）与永王（李璘）对立而言，其远因、近因、经过等，未必明了。但李白以得在活跃永王幕府下而自负（《永王乐巡歌》11 首等），以及因受永王败北牵连入浔阳狱被放流夜郎结局，也是确凿事实。与此种情况相反，高适成为肃宗朝谏议大夫（至德元载，756 年），同年 12 月，当永王"叛乱"之际，又以御史大夫、扬州大都督府长史、淮南节度使兼采访史直接讨伐永王，翌年二月永王败北，以后直到 765 年五十九岁时没（李白死后三年），无论外任还是内任，几乎都为唐朝重臣（新、旧《唐书》、《通鉴》等）。永王事件后，李白政治生命便宣告结束。处于杜甫所咏"世人皆欲杀，吾意独怜才"情况下的李白，与高适相比，在政治方面，确是弱者与强者、被讨伐者与讨伐者关系（参见松浦友久《关于安史之乱中李白》上、中、下《中国文学研究》第十二、十三、十五期，早稻田大学中国文学会，1986 年、1987 年、1989 年）。

第三，李白与杜甫在言及周边诗人时，也表现出极大差异。正如在关于杜甫交游部分已论述那样，在李白言及杜甫的作品中完全看不到李白将对方作为诗人的描写辞句。而且，对文学史上所认定的诗人贺知章、孟浩然、王昌龄、贾至等，李白在言及他们的作品中，也完全未从诗人角度来论列他们。

杜甫情况则不同，不仅对李白，就是对周边别的诗人，也大多是展示他们各自作为诗人方面的情况。如言及高适的诗作，现存至少有 15 首①，其中就有 10 首是以不同形式展示高适的诗人方面特点②。其中，《追酬故高蜀州人日见寄》（《杜诗详注》卷二十三）、《寄彭州高三十五使君适虢州岑二十七长史参三十韵》（同上，卷八）、《寄高三十五书记》（同上，卷三）《闻高常侍亡》③（同上，卷十四）等，都是以言及这点为一首的表现中心诗作，可见杜甫对高适这位当代有名诗人是深知其地位所在的。此外，涉及岑参的有《九日寄岑参》（卷三）、《奉答岑参补阙见赠》（卷六）、《寄彭州高三十五使君适虢州岑二十七长史参三十韵》（卷八）、《寄岑嘉州》（卷十四）等，涉及孟浩然的有《遣兴》五首其五（卷七）、《解闷》十二首其六（卷十七）等，涉及王维的有《奉赠王中允维》（卷六）、《解闷》十二首其八（卷十七）等，涉及薛据的有《秦州见敕目薛三据授司议郎……远喜迁官兼述索居凡三十韵》（卷八）、《解闷》十二首其四（卷十七）、《别崔潩因寄薛据孟云卿》和《寄薛三郎中璩》（卷十八）等，对这些李白和高适以外的诗人，杜甫在涉及他们的诗作中也多从他们各自诗人方面特点着眼。将某位诗人所具有的独特要素、个别特点进行具体细致描写，这乃杜甫创作艺术手法一大特点，而这一特色也确实在他

① 阮廷瑜《高常侍诗校注》（中华丛书编审委员会）作为"同时诗人赠答"，举李颀以下五人 19 首，记述了出自杜甫的 15 首。其中，像《答高三十五留别便呈于十一》（李颀）被收录诗例，成为关于高适与其周边诗人交游情况的珍贵资料。

② 除本文中所举 4 首以外，下面 6 首也可以看作相类似之作：《送高三十五书记十五韵》（《杜诗详注》卷二）、《送蔡希鲁都尉还陇右因寄高三十五书记》（同上，卷三）、《奉简高三十五使君》（同上，卷九）、《酬高使君相赠》（同上，卷九）、《寄高适》（同上，卷十一）、《奉寄高常侍》（同上，卷十三）。

③ 举《寄高三十五书记》为例："叹息高生老，新诗日又多。美名人不及，佳句法如何。主将收才子，崆峒足凯歌。闻君亦朱绂，且得慰蹉跎。"

所涉及的诗人身上得以发挥。

在对周边诗人态度方面，李白、杜甫形成明显对照。但若就当时每一位诗人对自己周边诗人态度而言，如王维和王昌龄，对周边诗人态度类似李白；相反，高适和岑参则类似杜甫，各有各自不同的倾向，未必只是李白或杜甫才有这种特殊的观察角度。甚至也可以说，正是李白与杜甫这种对所言及诗人不同的态度，才使那些诗人们以各自典型面目取得文学史上相应的位置。

那么，李白在言及其周边诗人时为什么不涉及他们作为诗人那一方面呢？关于这点，就以对周边诗人的态度与李白极类似的王维和王昌龄来说，李白与他们也有气质和创作风格的不同，再加上社会的政治立场的不同、交际范围的不同等诸多要素相交织，其原因不易明确想定。但若就李白实际状态略加推测，现存超过 20 首言及周边诗人诗作毫无例外的共同之点是，至少作为结果是，表现了李白对诗以及作为诗人的自我颇为自负的评价。而且，对过去的诗人曾有过"古来相接眼中稀"(《金陵城西楼月下吟》) 之吟的李白 ①，除对谢朓表示例外敬意外，对其他先辈诗文几乎没有再表示过内心的共鸣感，因而对同时代的诗人，就他们诗人方面而言，也依然是"相接眼中稀"，或许因为是"同时代"的"诗人"，也就更是如此。

---

① 参照第二章《李白诗歌中的谢朓形象》及第 138 页注①。

第七章 关于李白"捉月"传说
——兼及临终传说的传记意义

一、引 言

李白晚年在长江采石矶醉酒入水捉月沉溺而死——这一传说已成为李白诗风和人品的象征而广泛流传于世 *。

在一般中国诗人中，可以说李白是传说最多的一人，"捉月"传说只就其描绘了诗人一生中临终场面这点而言，也已具有独特的传记方面的意义。本文拟就"捉月"这一传说的形成、流传以及对李白诗歌与生平传记具有怎样意义，从而占据什么位置这一问题，进行探讨。并且与杜甫和李贺临终传说比较，可以发见其相互间不同等一系列问题；通过不同的临终传说差异之处的比较，"捉月"这一传说所体现的文学史性格特征也就更为明确。

二、关于"捉月"传说文献的再确认

现今流行有关"捉月"著述 ①，大都以五代王定保《唐摭言》为最早。但清王琦《李太白年谱》（王注本，卷三十五）中宝应元年（762）条中，只记有：

---

* "传说"虽无一定的定义，但本文乃侧重包含各种"流传之说"的广义传说，尤其像非现实性很强的奇谈、幻想、空想之类传说。而相反，现实性较强的事件、学说则在其次。

① 王瑶《李白》106 页（上海人民出版社，1956 年版）、詹锳《李白诗文系年》152 页（作家出版社，1958 年版）、武部利男《李白》（上）8 页（《中国诗人选集》，岩波书店，1957 年版）、小尾郊一《飘逸诗人李白》251 页（集英社，1982 年版）、安旗、薛天纬《李白年谱》（齐鲁书社，1982 年版）、裴斐《李白的传奇与史实》（《文学遗产》中国社会科学院研究所，1993 年第三期）等。

《摭言》曰：李白着宫锦袍，游采石江中，傲然自得，旁若无人，因醉入水中，捉月而死。

由于只照引未被确认的原典，至少在现行的《唐摭言》诸本中，不见这一记述①。或许，乾隆年间王琦所用的《唐摭言》原文中可能有这一条②，因有这种可能性，所以从王注本再转引此条时也应注明③。

接下而来，作为现存的确实的最早资料也是为王琦注所引的北宋梅尧臣（1002—1060）诗。

《采石月赠郭功甫》：

采石月下闻谪仙，夜披锦袍坐钓船。

醉中爱月江底悬，以手弄月身翻然。

不应暴落饥蛟涎，便当骑鱼上青天。

青山有冢人谩传，却来人间知几年。

……

（四部丛刊本《宛陵先生集》卷四十三）

此系每句皆韵七言古诗。省略部分六句，系吟咏郭功甫（祥正）现状。换"王·忌……羊"韵*。

而宋胡仔《苕溪渔隐丛话·前集》（卷三十七《郭功甫》）中，除"採石"作"采石"外，第一句的"闻"作"访"④。清厉鹗《宋诗纪

---

① 关于这点，由合校本《唐摭言校勘记》（《唐摭言》，上海古籍出版社，1978 年版）确认。

② 王琦注本自序中记有"乾隆二十三年（1758）岁次戊寅正月望日"，跋中记有"乾隆己卯（1759）秋九月"字样。

③ 除笔者自己有关著作已注明此点外，其他如大野实之助《李太白研究》211 页（早稻田大学出版部，1959 年版）、冈村繁《李白的政治自负及其本质》（《东洋学集刊》，东北大学中国文史研究会，1983 年 10 月）、罗联添《唐代诗人轶事考辨》（《唐代文学论集》下，学生书局，1989 年版）中都注明这一点。

* 据朱东润《梅尧臣集编年校注》卷二十四（上海古籍出版社，1980 年）载，皇祐六年，即至和元年（1054），五十二岁，"丁母忧，居宣城……岁暮，诗人郭祥正来访。"梅诗当作于此时，其文字各本稍异。

④ 但《苕溪渔隐丛话》（前集卷三十七）《郭功甫》项开头引《王直方诗话》所引本文，"采"、"闻"照旧。

事》（卷二十《梅尧臣》）在此诗题"月"字后有"下"字，"赠"字下无"郭"字，第六句"鱼"作"鲸"。王琦年谱中只引开头六句，基本与《宋诗纪事》相同，但第一句"闻"字作"逢"字。作"访"和"逢"，均易懂，在听到评论和转述情况下称"闻"也通。第六句，从后面讲到的传承关系看，显系"骑鲸"所本。由廖德明校点的《苕溪渔隐丛话》（人民文学出版社，1981 年版）已据徐钞本、明钞本改作"鲸"。

此外，郭功甫自己也有同样吟咏之作传世：

> 骑鲸捉月去不返，空馀绿草翰林坟。（《采石渡》[①] 七言古诗，二十句中第十一、十二句）

郭功甫（《宋史》卷四四四中本传中"甫"作"父"），采石矶当涂人，晚年隐居李白墓旁青山，著有《青山集》[②]。此外，据梅尧臣这首诗说，郭乃其母梦李白而后生，堪称李白后身[③]，仅此，便可看作是"捉月传说"早期传承者。

这二者诗作[④] 特别引人注目之处，即以采石矶、饮酒、江月、溺死等一连串要素为基础，使李白关于"捉月而终"传说故事以完成形态出现。就是加上属于空想、奇闻类的"骑鲸"要素的话[⑤]，作为这一故事的流传，可以说也并非是先前所完全没有的附加要素。

一般的传说都带有这样性格，即由读者和听众的期待和需求而逐渐

---

① 清曹笙南《李翰林姑苏遗迹题咏类钞》卷六（光绪八年，1882 年），当涂县南寺巷集文堂聚珍本。这里据《李白与当涂》120 页（马鞍山市当涂县地方志办公室，1987 年）所引原文。
② 清厉鹗《宋诗纪事》（卷二十七《郭祥正·小传》）。
③ "郭祥正，字功父，太平州当涂人，母梦李白而生。少有诗声，梅尧臣方擅名一时，见而吟曰：'天才如此，真太白后身也！'"（《宋史》卷四四四《文苑传·郭祥正》）此外，参照《宋诗纪事》（卷二十《梅尧臣》所引《采石月下赠功甫》附注）。
④ 参照第 151 页注④所引《王直方诗话》。
⑤ 最早继承"骑鲸"一语用例，见晚唐贯休"宜哉杜工部，不错道骑鲸"（《观李翰林真》二首其一，《全唐诗》卷八二九）。此外，还有杜甫《送孔巢父谢病归游江东兼呈李白》（仇注卷一），最后第二句"南寻禹穴见李白"的异文"若逢李白骑鲸鱼"，也是继承此一语。第 150 页注①所标裴斐论文已指明。

形成，其期待、需求在大体得以满足阶段以后，传说的基本方面也大都不再变化。而关于李白这一传说故事却是在一开始就以完成形态出现①。

在北宋前期梅尧臣之后，是北宋中期赵令畤（德麟）《侯鲭录》（卷六，稗海本）所记：

> 世传太白过采石，酒狂捉月。窃意当时薰殡於此，至范侍郎（传正）为迁窆青山焉。

值得注意的一点是："捉月溺死"被当作传记方面事实、实例而论列。

随后，南宋前期洪迈（1123—1202）的《容斋随笔》（卷三）作了更详细论述!

> 世俗多言"李太白在当涂采石，因醉泛舟于江，见月影俯而取之，遂溺死，故其地有捉月台"。
>
> 予按：李阳冰作太白《草堂集序》云："阳冰试弦歌于当涂，公疾亟，草稿万卷，手集未修，枕上授简，俾为序。"又李华作《太白墓志》，亦云："赋临终歌而卒。"乃知俗传良不足信。盖与谓杜子美因食白酒牛炙而死者同也。

洪迈以博学与考证著称，据其开头"世俗多言"一语，可见在这一时期，关于李白"捉月"传说已成世间周知话题。在此应注意的是，与梅尧臣、郭功甫的诗和《侯鲭录》记述相比，虽都具有作为传说的完整形态，但同时又与杜甫食牛肉白酒而死传说一样，被当作应予以否定的世俗之说。

王琦按语本身，及其所引《千一录》——除只在论证重点稍有转移外，已很清楚地表明将"捉月"传说当作世俗之见的态度。王琦首先由

---

① 关于这一点，松浦友久《关于韩愈〈伯夷颂〉的二、三问题——伯夷故事的形成与继承》一文有具体论述（见1969年3月《东洋文学研究》第十七号，早稻田大学东洋文学会编）。

《旧唐书》、《新唐书》本传及李阳冰《草堂集序》完全不见有"捉月"传说这点而作出如下判断：

> 岂古不吊溺，故史氏为白讳耶？抑小说多妄，而诗人好奇，姑假以发新意耶？

即因古时有溺死者为不吉的习俗 ①，故可能史家为李白之溺死避讳，或小说一类东西本多虚妄，由于诗人好奇，故假借"捉月"传说以抒发新意。而且更有《千一录》下面一段记述：

> 杜子美之没，旅殡岳阳，四十余年，乃克襄事于首阳。元微之之"志"详矣，李太白卒于当涂，以集托族叔邑令阳冰。阳冰之"序"明矣。而稗家之说，乃云皆以溺死。二公生同声，而没亦同毁。岂相嫉者流言，而志奇者不察耶？

这里就李白与杜甫溺死之说推测其之所以出现这"生同声、死同毁"现象的原因 ②，乃是因嫉妒二人才能者所散布的流言，不被志奇者所明察而致。

不管是善意的（为君讳）也好，恶意的（相嫉者流言）也好，贯穿其中的是明确的"溺死"乃不祥之死意识，从而为大诗人之死打上了负面印记。

由于关系到中国知识阶层某种生死观，这种负面的印记就具有很强的传承性，在近年的论著中仍时时被论及 ③。但至少将涉及诗人李白临终

---

① 参照《礼记·檀弓》（上）"死而不吊者三：畏（①犯法狱死②非罪而死③兵刃所杀），厌（被重物压死），溺"。
② 关于杜甫溺死一说，参照本稿第（五）部分。另外，关于《千一录》，瞿蜕园、朱金城《李白集校注》（下）丛说中，引作方弘静《千一录》，想是《内阁文库汉籍分类》等中《素园存稿》二〇卷，明方弘静所记之，但该书却未见。请指教。
③ 郭启宏《李白之死考证》（《光明日报》，1991 年 9 月 7 日）。

之事的"捉月溺死"传说当作负面印记来论列并不妥切。下面将以此为中心稍加详说。

三、"捉月"传说的构造与功能

从现存确实史料看，正如上述，有关李白临终"捉月"传说最晚在北宋前期（梅尧臣）时已形成。此外，如果王琦所引《摭言》有某种史料依据的话，而非误引，那么其形成期可追溯至五代时。

但无论哪种情况，从现存唐代有关史料均无记述这点来看，是在李白没后，经百年以上时间逐渐形成较为妥当。至少可以肯定在李白没后并没有立即轰传。理由是如果正值李白去世之后便已成为人们周知话题的话，那么旨在宣扬李白诗及生涯的李阳冰"序"、范传正"碑"等，至少也能以"一说"、"或说"、"俗说"而言及。以"捉月"传说为褒，不用说，自当言及；相反，以为贬，那么为否定这世间周知的俗说也更当有所言及。

上述这一事实意味着，"捉月"传说实际是在经过一段时间对李白"诗与生平"把握达到一定程度的客观化、相对化后才形成的。主要是由于文学史、鉴赏史很容易以"最具特色要素的典型概括"这一形式来表述对某位诗人的认识。"捉月"这一传说，如何集中概括了李白这位诗人特色，若从"故事结构"角度来分析其传承流变，则很容易理解[1]。

姑且不论李白自身主观如何，仅就历史的客观的角度来看，李白诗歌主要题材是"羁旅"、"饮酒"、"月光"，如果从李白诗中排除这种题材，毫无疑问，李白诗之所以成为李白诗的特色——感觉、构思、意象就要完全彻底改变了。这足以证明它确是李白诗歌中不可或缺的部分。

关于这点，可参看杜甫"饮酒"之作，其虽有 270 余首之多[2]，而质

---

[1] 早先我对此问题看法要点，见拙著《李白——诗与心象》（社会思想社，1970 年。中译本，张守惠译《李白——诗歌及其内在心象》，陕西人民出版社，1983 年）。

[2] 参照村上哲见《杜甫的饮酒历史及其诗》（吉川幸次郎注《杜甫》II，筑摩书店，1972 年 8 月）。

的方面，却并不像李白那样成为不可或缺的部分。其主要代表之作也很少言及酒①。尤其是，如果从杜甫作品除掉"饮酒"题材，杜诗之所以为杜诗的特色并无决定性变化。若说杜诗不可或缺的主要题材是什么，那么当以"望乡"、"贫穷"、"忧国"等为是。

由此来考察"捉月"传说构成要素，那么，其①旅寓之地采石矶、②醉心饮酒之乐、③乘兴捉江月，这正是将李白诗主要题材加以有机融合，典型概括。这一传说之所以在后世诗人和读者心目中，成为李白诗及其平生的象征，其原因主要在此。

不仅如此，作为李白临终传说"旅寓——饮酒——捉月——溺死"的传承，贯穿李白诗及其人生基本方面，也即人们对李白超俗性、天才性、客寓性这些抽象的基本看法，借其"捉月"而死这一人生临终场面而使其具有具象的可视化。这也是这一传说的功能所在。

不用说，这与李白实际人生和具体作品中所体现的世俗的、凡人的、非客寓事迹和态度并不矛盾，即使这些要素成分再多，与其他诗人相比，李白作品及其人生的总体仍给人以明显的超俗性、天才性、客寓性之感。正是这种感觉或说这种诗的真实，成为诗人作品论、传说论必定涉及的最重要的要点。

归纳上述所说，即"捉月"传说之所以成为李白诗及其人生鲜明的象征的直接原因，是将"羁旅"、"饮酒"、"月光"这些主要题材加以集中概括、典型加工所致。进而言之，是由于将构成"李白诗人形象"基调的一系列抽象观念、形态上的东西，借人生临终场面使其可视化、形象化。

四、诞生传说、作风传说、临终传说的系统对应

这样一来，我们不能不觉察到一个饶有趣味的问题，即临终传说

---

① 参照吉川幸次郎《杜甫与饮酒》(《吉川幸次郎全集》卷十二，筑摩书店，1968 年）。

"捉月入水而死"的传承，与另外二个也同样象征李白超俗性、天才性、客寓性——诞生传说"太白星"的传承，以及创作风格传说"谪仙人"的传承之间，有一个系统对应问题。

李阳冰《草堂集序》（762）和范传正《新墓碑》（817）已有李白之母梦太白星（金星、长庚星）而生李白这一诞生传说记载。

> 神龙之始，逃归于蜀，复指李树而生伯阳。惊姜之夕，长庚入梦，故生而名白，以太白字之。世称太白之精，得之矣。（《草堂集序》）
>
> 公之生也，先府君指天枝以复姓，先夫人梦长庚而吉祥。名之与字，咸所取象。（《新墓碑》）

若就这两则传说的实际而言，决非在怀孕妊娠或诞生其时其地，周围人们由其胎儿、婴儿便预测到他将来能成为中国的代表诗人。因而，这"太白星"传说与李白诞生"复姓李姓"（指李树而生伯阳，指天枝以复姓）的传承同样，是在李白才能和名声在社会上的影响日益扩大过程中，逐渐创作形成的，这样看还是较为妥当的。同时，也就意味着它与大体以史实为基础的"谪仙人"传承，构成传说来龙去脉并不相同。

但若从现存史料看，至少李白其名、太白其字，是其本来所有。大致情况很可能是这样：A，其父或双亲很注意少年时期李白的非凡资质；B，或许在其行成人礼阶段，在其正式名字"白"时，确定其字为太白，借太白星含意以愿其大有所成。可以说，A是基于事实（非凡性）的一种必然认识；B虽是一种推测，从"名白，字太白"相关这点看，也是很有可能。

不管哪种情况，最重要的一点是，成人后的李白，明确地显示了与"太白星在地上化身的"这一评价相应的资质和实际成就，而又正是这一点，使象征李白超俗性、天才性、客寓性的诞生传说，为具有说服力的传记论所采用。《草堂集序》所说"世称太白之精，得之矣"，表明至少在李白晚年，这一传说已很普遍化了。

另一方面，与此相对应的"谪仙人"传承，情况则是这样：正当李白作为国家级诗人出现在长安诗坛之际，诗坛长老贺知章便对其人格、诗风作出"谪仙人"这一评价，因而关于"谪仙人"传承，就明显地具有确切史实依据。但其评价内容谪仙这一人物形象构成：①来自上天（超俗性）；②暂时流谪人间（客寓性）；③仙人（天才性）；三种印象无不源自④李白自身言行所具有的自由放纵、恣肆汪洋（放纵性）这一特色（参照注 ① 所标明论文）。

再进而言之，"谪仙人"这一传说与"太白星"传说——天上太白星（超俗性、天才性）在人间化身（容寓性）这一基本构造是同质、同种的传承。说二者具有很高同质性是指"太白星"传说产生是以"名白"为契机，"谪仙人"传说是在他出仕长安以后逐渐酝酿而成 ②。若说及关于诞生时的传说与登上中央诗坛时的传说，二者之间主要差异，也只是年代先后关系不同。

若以这诞生传说与人格、诗风传说二者为前提来考察其临终传说"捉月"的传承，那么后者明显与前二者相对应，即三者共同将以超俗的、天才的、客寓的为基调的李白形象推向系统完成阶段。

不用说，形成这一系统传说的意图，就形成者（个人或集体）来说未必有很强的自觉性，但形成者自觉意图的有无、强弱，属另外问题；而传说一旦形成，由于其本身的构造便发挥出各种各样的表现功能。而

---

① 参照松浦友久《关于李白在长安的体验——以"谪仙"之称为中心》(上、下)(《中国文学研究》第九期、第十期，早稻田大学中国文学会，1983 年 12 月、1984 年 12 月）。

② 如晚唐孟棨《本事诗》(《高逸》第三）中所载贺知章称"谪仙人"这一重要评语，到五代王定保《唐摭言》(卷七）、《知己》中就变为"李太白始自西蜀至京，名未甚振，因以所业贽谒贺知章。知章览《蜀道难》一篇，扬眉谓之曰：'公非人世之人，可不是太白星精耶？'"——具有"太白星精"的意象，所以这一推测或较切实际。

此外，晚唐裴敬《翰林学士李公墓碑》(武宗会昌三年，843 年）有一段记载："或曰，太白之精下降，故字太白，故贺监号为谪仙，不其然乎？"将"太白之精"传说作为"谪仙"之评的前提，但这是在两种传说同时并存的晚唐时期，是李阳冰撰的"序"和范传正撰的"碑"的原样继承。重要之点是，"太白精下降"与"谪仙"都是说及相同性质（天才性、超俗性）话题的用语。

这种表现功能极弱的传说纵使形成，最终也难以广为传播，为人所接受，其原因主要在于，读者由具体作品获得了一个关于该作品作者的"人物形象"，便产生一种期待感，而这一期待感又与眼下所提供的有关该作者传说中所构成该作者形象不吻合。如《新唐书·杜甫传》中所记有关杜甫与严武不睦的传说（杜甫傲慢无礼几为严武所杀），即属此例。

> 甫……性偏躁傲诞，尝醉登武床，瞪视曰："严挺之乃有此儿！"武亦暴猛，外若不为忤，中衔之。一日，欲杀甫及梓州刺史章彝，集吏于门。武将出，冠钩于帘三，左右白其母，奔救得止，独杀彝。

而今我们纵观文学史有关情况可知，人们并不介意"捉月"这一传说是在李白没后百余年才逐渐形成这一点，仍把它看作是李白诗及其生平象征，看作是正面形象而诵读不尽，吟咏不绝①。至于溺死本系不祥之语，属应忌避的负面印象，则被更强有力的正面印象所掩盖了，这就是文学继承史中实际状态。

那么，这"捉月"传说的魅力中核是什么呢？正如本文第三节中所揭示两个功能：①将李白诗歌主要题材典型化；②将对"诗人李白"观念形态方面认识基调予以可视化、形象化这二者相辅相成，从而构成更为鲜明的印象。也即：李白的超俗性、天才性、客寓性，由于他在长江采石矶饮酒、捉月入水溺死而轮廓鲜明，具有可视化、形象化。换言之，超俗的客寓人间的天才诗人与其在自家宅中平凡的衰老病死结局不相适应，他应在酒兴之中同万里长江明月溶为一体，以保持其永恒的生命。"捉月"传说就表明了这一点。而宋梅尧臣的吟咏"骑鲸上青天"(《采石月下赠功甫》)和元萨都剌的吟咏"不作天仙作水仙"(《采石怀李白》)②，就描绘了太白星之精的"谪仙人"李白顺江月之光诱导，奔向遥远太空

---

① 具体作品例子，有王琦注本卷三十二至卷三十三的"诗文"，或第152页注①所引《李白在当涂》三及《历代文人咏怀李白在当涂遗迹》等，多有收录。
② 《采石怀李白》(四部丛刊本《萨天锡诗集》后集，七言律诗)。

或探寻水底的情景。这被诗人屡屡吟诵的、附加的幻想意象也充分证明了这一点。

五、关于杜甫、李贺临终传说

关于李白临终传说的地位及其意义已经言明，而给人以同样印象的杜甫与李贺临终传说就不能不引起我们的关注。

《旧唐书》、《新唐书》中《杜甫传》所记"牛肉白酒"的临终传说，虽然是基于《明皇杂录》①那样小说杂记类材料②，但实际还是以杜甫自身作品为内因③，而且还由记载唐代历史的两部正史明确记录在册，因而其传承，在读者接受上，远比"捉月"传说更具可信性，并且至今它还以史实之见作为一说并存于世④。但是，与几乎并非史实，纯在读者鉴赏接受过程中所产生的"捉月"传说相比，杜甫临终传说的形成过程中却有相当的不同之处。

> 乃溯沿湘流，游衡山，寓居耒阳。甫尝游岳庙，为暴水所阻，旬日不得食。耒阳县令知之，自棹舟迎甫而还。永泰二年，啖牛肉白酒，一夕而卒于耒阳，时年五十九。（《旧唐书》卷一九〇下）

> 溯沅、湘以登衡山，因客耒阳，游岳祠，大水遽至，涉旬不得食。县令具舟迎之，乃得还。令尝馈牛炙白酒。大醉，一夕卒，年五十九。（《新唐书》卷二〇一）

---

① 《明皇杂录》曰："杜甫后漂寓湘、潭间，羁旅憔悴于衡州耒阳县，颇为令长所厌。甫投诗于宰，宰遂致牛炙白酒以遗甫。甫饮过多，一夕而卒。集中犹有《赠聂耒阳诗》也。"（《太平御览》卷八六三《饮食部·炙》所引）

② 如清初黄生《杜工部诗说》（卷十一《诸体》）等，即持此见，可以说是有关文献中普遍之说。

③ 后述"聂耒阳，以仆阻水，书致酒肉……"（仇注卷二十三）。这也是以《杜工部诗说》为首有关诸论所持普遍看法。

④ 如清初钱谦益《杜诗笺注》（卷八），金启华《杜甫诗论丛》（上海古籍出版社，1985年），还有不仅仅是狭义学术专著的郭沫若《李白与杜甫》（人民文学出版社，1971年）也是这种立场。

另一方面，关于李贺临终传说的"白玉楼"的传承，是由晚一代的李商隐《李贺小传》(《李义山文集》卷四)记载李贺姐姐之言，因而传承的来龙去脉(即李商隐所记，李贺姐姐所言)本身具有较高可信性，内容方面与李贺好幻想形象相对应，但较"捉月"传说和"牛肉白酒"传说缺乏现实性。

> 长吉将死时，忽昼见一绯衣人，驾赤虬，持一板书若太古篆或霹雳石文者，云"当召长吉"。长吉了不能读，欻下榻叩头，言阿婆老且病，贺不愿去。绯衣人笑曰："帝成白玉楼，立召君为记。天上差乐，不苦也。"长吉独泣，边人尽见之。
>
> 少之，长吉气绝。长(常)所居窗中，勃勃有烟气，闻行车嘒管之声，太夫人急止人哭，待之，如炊五斗黍许时，长吉竟死。
>
> 王氏姊非能造作谓长吉者，实所见如此。(李商隐《李贺小传》，四部丛刊《李义山文集》卷四)

将杜甫与李贺二人临终传说比较一下，首先给人以这样一个感觉，随着时代变化，关于杜甫的主要话题"牛肉白酒死"→"溺死"→"舟中病死"也在相应变化，而关于李贺"白玉楼"的传说却是一以贯之，没有变化。

若进而言之，何以如此，其原因不外乎是传说，尤其是关于临终传说，其形成之时即反映了人们对该人物的评价和印象。因而，当既成的临终传说同新时代对此人的评价和印象不吻合时，传说自身就被改编或变形。

关于杜甫的临终传说，正如众所周知，与杜甫作品本身有关，也就是说，从下面一段记述看，是在其没后不久形成的。

> 聂耒阳以仆阻水，书致酒肉，疗饥荒江。诗得代怀，兴尽本韵。至县呈聂令，陆路去方田驿四十里，舟行一日。时属江涨，泊于方

田。(清仇兆鳌《杜诗详注》卷二十三)

这首古体诗的诗题与正文清楚记载因江水暴涨，宿泊于方田驿的杜甫：①被洪水阻后九日，耒阳聂县令才得以致书及酒肉以救其饥；②呈诗给县令以致谢意，其诗曰"耒阳驰尺素，见访荒江渺。……知我碍湍涛，半旬获灏溔。"无疑，杜甫亲笔所述其晚年饥寒衰老的水乡生活具体情况，为《明皇杂录》和《旧唐书》、《新唐书》的关于杜甫临终传说，提供了直接素材，尤其是作为正史的《旧唐书》、《新唐书》将"旬日不得食"作为"酒肉饱死"的重点依据来记载，说明：①其记叙与杜甫自己亲笔所记"疗饥荒江"相一致；②自中唐至宋初的杜诗读者们并不以杜甫这样形象为非，至少大体舆论大趋势都是如此。

上述趋势一直持续到南宋中期，直到形成否定"酒肉饱死"传说的"溺死"说。清仇兆鳌《杜诗详注》引唐人李观《杜传补遗》(近年研究已指明应系"宋人李观"所作①)，其中记载另一种传说，耒阳聂侯为欺骗玄宗捏造虚假报告，实际杜甫是因大水溺死：

（A）唐杜甫子美，诗有全才，当时一人而已，泊失意蓬走天下，由蜀往耒阳，依聂侯，不以礼遇之，子美忽忽不怡，多游市邑村落间，以诗酒自适。

（B）一日，过江上洲中，饮既醉，不能复归宿酒家。是夕，江水暴涨，子美为惊湍漂泛。其尸不知落于何处。

（C）泊玄宗还南内，思子美，诏天下求之。聂侯乃积空土于江上曰"子美为白酒牛炙，胀饮而死，葬于此矣"，以此事闻玄宗。

（D）聂侯当以实对天子也。既空为之坟，又丑以酒炙胀饮之事。子美有清才者也，岂不知饮食多寡之分哉。诗人憾之，题子美之词，皆有

---

① 胡传安《两唐书杜甫传》补正（下）(《大陆杂志》第三十卷第十一期，1965年)、黑川洋一《关于〈唐书〉杜甫传中的传说》(《杜甫研究》，创文社，1977年)、陈文华《唐宋杜甫传记资料考辨》第三篇（文史哲出版社，1987年）等指出：《杜传补遗》即成于南宋中期《分门集注杜工部诗序》中所收为"皇宋李观撰《遗补传》"。

感叹之意。知非酒炙而死也。

（E）高颙，宰耒阳，有诗曰"诗启天宝大，骨葬耒阳空"，虽有感，终不灼然，唐贤诗曰："一夜耒江雨，百年工部坟。"独韩文公诗，事全而明白，知子美之坟空土也，又非因酒而死耳（宋李观《遗补传》,《分门集注杜工部诗》四部丛刊本）。

（A）、（B）、（C）是关于杜甫临终传说部分，（D）、（E）后半二段皆为记述者评语，虽然"耒阳——聂县令——大水"这地域、人物、背景三者与"酒肉饱死"传说相同，但在这"溺死"传说中却完全未提牛肉白酒一事。只说耒阳杜甫墓，是聂县令为应玄宗诏积空土而成。

杜甫死于 770 年，比玄宗之死 762 年要晚 8 年，仅此一点可知这一传说的虚构性。后半一系列的评语表明，记述当时传说杜甫系溺水而死的人们认为"牛肉白酒死"传说有损杜甫形象，因而力图予以洗涮、否定。

（E）结末一段中所说"韩文公诗"，在南宋中期撰的蔡梦弼会笺《集注草堂杜工部诗外集》(附录酬唱)、《分门集注杜工部诗序》，继其后，徐居仁编、黄鹤补注《集千家注分类杜工部诗》(卷头序、碑、铭) 中，都收有韩愈《题杜工部坟》、《题子美坟》七言古体诗①。正如李观所称赞"事全而明白"那样，诗的内容和评价与《遗补传》"溺死"传说内容相同，由此可见，《遗补传》明显是依据这首诗而记叙"溺死"传说的。但韩愈诗文集中无此诗，采录者蔡梦弼自己也认为"此……惟载于刘斧《摭遗小说》二十卷《逸》。……乃后之好事俗儒，托而为之，以厚诬退之，决非退之所作也明矣"，此诗纯系伪作，根据有关论文（见第 162 页注①）考证看，此诗当作于北宋至南宋期间，是构成杜甫溺水而死传说的主要一环。

这"溺水"的传说，正如引用并批判这一传说的仇兆鳌所感叹："此说欲'辩牛酒饮死之诬，而反坐以涨水漂溺之惨'，与李观《遗补传》，同出俗子妄撰耳。"但因不测洪水而死，与因自己饮食招至"酒肉饱死"

---

① 仇兆鳌《杜诗详注·附录·诸家咏杜》中题作《杜子美坟》并注，见"分类千家注本"。

相比，确是进一步的修正。而这一修正却体现了这传说形成者的意图。

　　归根到底，在宋——元——明——清的杜甫为"诗圣"这一至高评价中①，关于杜甫之死，既非"饱死"也非"溺死"，而是于舟中"病死，衰老而死"这一说占主导地位。当然，也有像清初钱谦益那样的注释者强调"饱死"一说的史实性："牛肉白酒，何足以为诟病。"但就注释史上大趋势看，还是以仇兆鳌为代表的"病死"说成为定论而普遍流传，以至到今天情况也是如此（近人"病死"说，以闻一多《少陵先生年谱会笺》、《闻一多全集·唐诗杂论》中最为详尽）。

　　尤其是，详尽精细的《钱注杜诗》，批判了宋吕汲公《杜诗年谱》②、宋王得臣《麈史》③、宋黄鹤《集千家注分类杜工部诗》④等所倡导的"病死"说，一改而倡导复活"酒肉饱死"说，结果清初诸家注释，都将对《钱注》的再批判列为重点。如在黄生《杜工部诗说》（卷十一《诸体》）和仇兆鳌《杜甫详注》（卷二十三）中一系列考证文笔中，都能使人感受到那种力求否定对杜甫不利传承的执着信念。由此可见，关于杜甫临终传说的形成与流传，对杜甫传记论的影响意义是何等重要。

　　与此相对，关于李贺临终传说"白玉楼"，可以说自始至终基本上一以贯之，而没有变化。这意味着从李贺时代至今，对李贺的诗与人生的印象和评价基本上没有变化。"白玉楼中人"今天已成为一种比喻⑤，足

---

① 杜甫"诗圣"之称，实以李白"谪仙"、"诗仙"之称为前提而逐渐形成以与之相对应，其文学史上的意义，松浦友久《李白在长安的体验——以"谪仙"之称为中心》（下）（《中国文学研究》第十期，1984年12月）中有较详论述。

② 吕汲公年谱云："大历五年辛亥，是年夏还襄汉，卒于岳阳。"（四部丛刊本《分门集注杜工部诗》卷头诸本年谱中嘉兴鲁訔撰年谱："卒于大历五年。"）

③ "子美北还之迹，见此三篇（《回棹》、《登舟将适汉阳》、《暮秋将归秦留别湖南幕府亲友》），安得卒于耒阳耶？要其卒，当在潭、岳之间，秋冬之际。"（《知不足斋丛书》第三十集，王得臣《麈史》卷中《辨误》）

④ "鹤曰……今以诗考之，公是秋下洞庭，欲归襄阳，尚有《……别湖南幕府亲友》及《过洞庭湖》诗，其诬不足攻也。"（黄鹤《集千家注分类杜工部诗》，卷三十七）

⑤ 当然，应该承认，也有一定程度的variation（法语：变异）。"及贺卒，夫人（母亲）哀不自解。一夕梦贺来，如平生时。……夫人讯其事，贺曰：'上帝神仙之居也。近者迁都于月圃，构新宫，命曰《白瑶》。以某荣于词，故召某与文士数辈，共为新宫记。帝又作凝虚殿，使某辈纂乐章。今为神仙中人，甚乐，愿夫人无以为念。'既而告去，夫人寤，甚异其梦，自是哀少解。"（《宣室志》，《太平广记》卷四十九《神仙》）

　　这也同样表明，不论是"白玉楼"传说，还是"白瑶宫"传说，其传承本质是共通的。

以表明其传说具有很强的流传继承性。

"白玉楼"传说主要成因，无疑乃是源自李贺的性格与作品的个性。李贺性格特征：其"细瘦、通眉、长指爪"的外形描写（《李贺小传》），他的母亲曾感叹"是儿，要当呕出心始已尔"（《李贺小传》），已勾划出李贺的形象。而其作品个性，也就是由其作品，尤其如《秋来》、《神弦曲》、《感讽》其三、《苏小小墓》、《南山田中行》这些主要作品的特色所体现的特殊个性：即对冥冥世界——鬼的世界的共鸣与关注。

李贺性格特征与其作品的独特个性表现二者相得益彰，为"白玉楼"传说——它象征李贺具有与死后世界灵魂交往的能力——的形成与流传起到了决定性作用。而为保证"白玉楼"这一传说的 reality（真实），还将"绯衣神人"、"赤虹"、"奇怪的古文字"、"与冥宫文人相应的李贺文采"、"空中流动的车驾、音乐声"……等，作为众人白昼亲眼所见、所闻、所感之语记叙下来。

顺便说一下，从现存资料看，最早将他看作"鬼才"象征，是在李贺没后二百年的宋初钱易《南部新书·丙》中评语："李白为天才绝，白居易为人才绝，李贺为鬼才绝。"但南宋叶廷圭《海录碎事》（卷十八《文学·文章》）中有"唐人以太白为天才绝，白乐天人才绝，李贺鬼才绝"之语。由此看来，首次以"鬼才"一语评价李贺，很可能追溯到比《南部新书》还要早的时期。不管怎样，不用说，"鬼才"这一心象构造是构成"白玉楼"传说的基础，而更根本的东西是：与其说李贺诗中冥界描写和"白玉楼"传说是构成"鬼才"之评的直接母胎，莫如说是因以李白为"天才、仙才"形象为联想的出发点，从而要构成一幅"天、人、鬼"三者相对画面，才导致鬼才评语出现，更为确当。饶有深意的是，中间的"人才"不是杜甫而是白居易，它表明了当时批评史舆论的趋势所向。

六、结　　论

一般说，文学史中出现的"作者"和"作品"都具有这样一种基本性格特征，只有同读者关系才是决定其地位和意义的东西。

这里所说读者，包含①一般读者；②同类型的创作者；③研究者；进而④作者自身，所有读之者。

从历史角度看，关于李白"捉月"传说，关于杜甫"牛肉白酒"传说，关于李贺"白玉楼"传说，是中国文学史上象征诗人的诗风与人生的最著名的临终传说①。

若从各自临终传说是诗人各自诗风与人生象征这一角度来比较一下李白、李贺、杜甫三位诗人，那么，李白情况是这样的：正如上述所表明的，诞生传说（"太白星"传承）→作风传说（"谪仙人"传承）→临终传说（"捉月"传承），是系统的三个同质的传说，李贺的情况是这样的：没有相当于诞生传说之故事，而作风传说，则是极有个性色彩的"呕心"传承——持续作诗直到吐出心脏——成为他诗歌创作态度的象征。不用说，这与"白玉楼"传承同样，具有增强李贺"鬼才"形象之功能。

与此相对，杜甫的情况则是这样，总体上缺乏传说故事性东西，有关诞生传说、作风传说这些对他来说应该有的传说却完全没有②。此外，就是极为重要的临终传说本身，由于它活画出杜甫晚年末期贫穷零落的情景，但为了与杜甫"诗圣"这一很高评价相适应，逐渐就有强烈的否定这一传说的感情和念头出现，以至形成另外一个关于临终的学说，并在其生平阐释史中（扩而大之到鉴赏接受史）占主导地位。若从杜甫作诗态度及传记史料看，像杜甫这样本质上缺乏传说性诗人，却有"牛肉白酒"这样鲜明的临终传说，便特别引人注目。对此，可能有下面两种相反解释：①这一传说，至少其源起，有一定程度的事实为依据。②纯

---

① 与这些传说具有同样的象征性而且在临终传说谱系中居源泉地位的，是屈原的"怀石自沈"传说（《史记》卷八十四《屈贾列传》）。关于中国文学史临终传说的谱系及其意义，另文再论。

② 杜甫有描写自己性格和诗风的诗句"为人性僻耽佳句，语不惊人死不休"（《江上值水如海势聊短述》，仇兆鳌《杜诗详注》卷十）、"晚节渐于诗律细"（《遣闷戏呈路十九曹长》，同上，卷十八）等，但却不见第三者关于杜甫性格及创作风格的传说流传。

属虚构，尽量将非传说的杜甫人生以传说化，具有很强的象征性 ①。

以上考察表明，关于围绕三者临终传说所出现的一系列的差异，不仅是各个传说的构造和功能的差异，也是三位诗人的诗风和个性的差异在鉴赏接受史上在综合整体感觉方面的鲜明反映。这一点，还可以将韩愈、白居易那样与临终传说根本无缘的诗人拿来作比较，从而得到进一步验证，以使问题探讨深入。

这就意味着，著名的传说，尤其是著名的临终传说——不管其史实真伪如何——都含有极大的传记论价值。只把它看作小说家的杂记，忽略了它，或将它作为批判、否定的对象，就失去一个可能含有丰富论述的内容领域。而传说及传说的形成、继承原因，仅就客观方面看，更多的是取决于"作品"和"作者"性格的本身。

---

① 再具体说，两种情况各有其含义，基于史实，就表明诗人的个性和创作风格很容易被传说化、故事化，而如果是虚构的，那么这虚构的传说故事也表明诗人的个性和创作风格很容易被假托。

第八章　李白诗歌心象及其样式
——李绝、杜律比较

一、引　言

在从内容与表现形式关系方面考察作品时，一般说，诗歌要比散文更需从形式方面着眼。特别是在各种语言的传统形式——古典诗中，尤其如此。诗歌形式作为诗歌的基本条件，由于所选择的诗型的不同特点，对其情感表现过程本身就有决定性影响。不仅如此，某种诗型只要被采用达到一定限度，其作品形式必然形成感动客体化和古典化表现的模式。这一倾向在中国中世诗尤为明显。

根据这一古典诗论的共有前提，本章以李白诗歌心象同表现样式的关系为主，综合探讨绝句、律诗的艺术特征。即探讨李白诗歌心象与表现样式方面的内在关系究竟是怎样，这一内在关系又具怎样意义等问题。若这一探讨成功，那么不仅唐代诗歌表现形式的完美程度如何得以证明，而且唐代两位主要代表诗人李白、杜甫作品的个性特色也有了一个有力佐证 *。

二、早期文献中有关评论及其倾向

论及李白作品心象同表现形式关系的评论已早有先例。如与李白同时代的杜甫，已在其七言诗中说："近来海内为长句，汝与山东李白好。"（《苏端薛复筵简薛华醉歌》，《杜诗详注》卷四）同样刘全白在李白死后约三十年（790）所写碑文中称"尤工古歌"（《唐故翰林学士李君碣

---

* 本章论旨简化为小文《出神入化的李白绝句》附于后。

记》)。还有半世纪后元稹所说"时山东人李白，亦以奇闻取称，时人谓之李、杜。予观其壮浪纵恣，摆去拘束，模写物象及乐府歌辞，诚亦差肩于子美矣"[①]。这是较早的就狭义的诗歌风格（壮浪纵恣，摆去拘束）与广义的形式方面（模写物象，乐府歌辞）来谈问题的。还有孟棨《本事诗·高逸第三》中记载关于李白的一条逸话：

> 白才逸气高，与陈拾遗（陈子昂）齐名，先后合德。其论诗云："陈、梁以来，艳薄斯极，沈休文（沈约）又尚以声律，将复古道，非我而谁与？"故陈、李二集，律诗殊少。
> 尝言："兴寄深微，五言不如四言，七言又其靡也，况使束于声调俳优哉。"

这里所引李白自身诗论，有什么直接作品（以及文献）作依据难以确定。此外，虽然就《本事诗》这种文章特点说，记叙内容的正确性颇成问题，但孟棨《本事诗》撰于九世纪后半叶[②]，约在李白死后120年，对李白的见解，还是具有一定程度的参考价值。如根据李白《古风》第一首"《大雅》久不作，吾衰竟谁陈？……自从建安来，绮丽不足珍"，推定李白为崇尚复古主义、古典主义的诗人，其律诗少（或比重不大）也正是由于这一主导思想的选择结果。宋代《沧浪诗话》等没有对此发表直接看法。明代诗话一类有颇重盛唐诗的趋势，故对此有许多见解问世。王世贞《艺苑卮言》(《历代诗话续编》) 卷四引李攀龙话：

> 李于鳞评诗，少见笔札，独选《唐诗序》云："……太白五七言绝句，实唐三百年一人。盖以不用意得之，即太白亦不自知其所至，而工者顾失焉……"余谓七言绝句，王江陵与太白争胜毫厘，俱是神品。

[①] 元稹《唐故工部员外郎杜君墓系铭》(《全唐文》卷六五四）等。
[②] 若据《本事诗》孟棨自序"光启二年"(886)，当在李白没后124年。

　　……五言古、《选》体及七言歌行，太白以气为主，以自然为宗，以俊逸高畅为贵。……其歌行之妙，咏之使人飘扬欲仙者，太白也。……五七言绝，太白神矣。七言歌行，圣矣。五言次之。太白之七言律，子美之七言绝，皆变体，间为之可耳，不足多法也。

另有稍后的明胡应麟《诗薮》多次论及这点：

　　李、杜才气格调、古体歌行，大概相埒。李偏工独至者绝句，杜穷变极化者律诗。（内编卷四，近体上，五言）

　　太白笔力变化，极于歌行；少陵笔力变化，极于近体。李变化在调与词，杜变化在意与格。然歌行无常镬、易于错综；近体有定规，难于伸缩。调词超逸，骤如骇耳，索之易穷；意格精深，始若无奇，绎之难尽。此其稍不同者也。（同前）

　　太白五言沿洄汉、魏、晋，乐府出入齐、梁，近体周旋开宝，独绝句超然自得，冠古绝今。（同前）

　　太白五七言绝，字字神境，篇篇神物。于鳞谓："即太白不自知，所以至也。"斯言得之。（内编卷六，近体下，绝句）

　　杜陵、太白七言律绝，独步词场。然杜陵律多险拗，太白绝间率露，大家故宜有此。（同前）

　　盛唐，长五言绝，不长七言绝者，孟浩然也；长七言绝，不长五言绝者，高达夫（高适）也。五七言各极其工者，太白；五七言俱无所解者，少陵。（同前）

　　太白七言绝，如"杨花落尽子规啼"等作，读之真有挥斥八极，凌属九霄意。贺监谓为谪仙，良不虚也。（同前）

　　太白诸绝句，信口而成，所谓无意于工而无不工者。（同前）

　　杜之律，李之绝，皆天授神诣。（同前）

而后胡震亨《唐音癸签》所引《诗薮》评语，表明他对此问题的关注。清代则有二例引人注目：

> 杜诗根据："……若五七言绝句，用实而不用虚，能重而不能轻，终与太白、少伯（王昌龄）分道而驰。"（仇兆鳌《杜诗详注·凡例》）

> 青莲集中，古诗多，律诗少。五律尚有七十余首，七律只十首而已。盖才气豪迈，全以神运，自不屑束缚于格律对偶，与雕绘者争长。然有对偶处，仍自工丽；且工丽中，别有一种英爽之气溢出行墨之外。如"洗兵条支海上波，放马天山雪中草"（《战城南》）、"天兵照雪下玉关，虏箭如沙射金甲"（《胡无人》）。……何尝不研练，何尝不精采耶？惟七律，究未完善。……盖开元、天宝之间，七律尚未盛行；至德以后，贾至等《早朝大明宫》诸作，互相琢磨，始觉尽善；而青莲久已出都，故所作不多也。（赵翼《瓯北诗话》卷一）

此外，直到现在还有很多人直接或间接从这点来论述李白的（参照本书第九章第二节）。据早期文献中所载各种关于李白的评论可见，李白诗表现形式倾向：①绝句（特别是七绝）、古体（特别是歌行体）最出色；②律诗（特别是七律），同其他一流诗人相比要逊色。从具体事实上看，诸家批评中所指出的这两点，确应首肯。只是，正如众所周知，作为上述诸家评论，应以有关各种诗型特色系统的论证为依据，但却缺少这本不应欠缺的论述。不用说，有这样一个原因，即中国历代学者和文人往往将各种诗型之间不同特色等问题，归属于评论之外作者生理范围方面的体性资质问题，而同时，由于对体性资质的理解又较为容易简单，就难免不自觉忽视了应当作为理论依据的诗型演变重要过程，这也是不能忽略的原因之一。

三、律诗、绝句论

毫无疑问，从作品实例看，近体诗这一形式是在唐代确立的。但究竟何时何地所谓沈、宋体成为一种标准 *，却仍是一个复杂问题。再如律诗与绝句时间上孰先孰后 **、影响与被影响、作者间异同等问题都有再探讨之必要。特别是面对同一主题，李白、杜甫作品，仅从资料角度看，在近体诗确立过程中，处于什么位置；在韵文发展史上又占据什么地位，都值得认真探究。虽然有如此诸多问题可进一步探讨，但从现在唐诗整体看，应当说近体这一形式大致在盛唐末期已告成了①。实际其作品所体现的近体诗的基本特征已作为古典诗歌的基准，被后来的诗歌创作所继承。因此关于中世纪诗歌中的律诗、绝句，仍是这一时期的中心问题。

用"近体"这一普通词语概括律诗与绝句的原因，从原则上看，不用说，是由于其诗句属于律体。除律诗八句、绝句四句，律诗至少有两联需对句这些必要条件外，在"二四不同"、"二六对"、"下三连"、"孤平"、"失粘"等声律禁忌方面，律诗与绝句二者只有受其约束力强弱之

---

* 而又沈、宋之流，研练精切，稳顺声势，谓之为律诗。由是而后，文变之体极焉。(《唐故工部员外郎杜君墓系铭并序》,《元氏长庆集》卷五十六）

沈、宋裁辞矜变律，王、杨落笔得良朋。当时自谓宗师妙，今日惟观对属能。(李商隐《漫成五章》其一）

及之问、沈佺期，又加靡丽，回忌声病，约句准篇，如锦绣成文。学者宗之，号为"沈宋"。(《新唐书》卷二〇二）

五言至沈、宋，始可称律。律为音律法律，天下无严于是者，知虚实平仄不得任情而度明矣。二君正是敌手。(《艺苑卮言》卷四）

** 关于这点可能有各种各样见解，从考察"绝句"名称产生由来看早期关于绝句评说，可举胡应麟之说："绝句之义，迄无定说，谓截近体首尾或中二联者，恐不足凭。五言绝，起两京，其时未有五言律；七言绝，起四杰，其时未有七言律也。但六朝短古，概曰歌行，至唐方曰绝句。又五言律在七言绝前，故先律后绝耳。"(《诗薮》内编卷六，近体下，绝句）还有，王力《汉语诗律学》第一一第三节，以及第三十二节，都是关于这点参考资料，多有所见。

① 关于这点，作为几乎同一时代的一个判断，可以看一下《河岳英灵集》(唐殷璠撰）序文这一资料："自萧氏以还，尤增矫饰；武德初，微波尚在；贞观末，标格渐高；景云中，颇通远调；开元十五年后，声律风骨始备矣。"另外，从五律形式方面来证实这一问题的有高岛俊男论文《关于初唐时期五言律诗形式与平仄配置》(《日本中国学会报》第二十五集）。

别，而大体上是共通的。因此，像《韩昌黎集》和《白氏长庆集》那样将绝句和律诗分为一类就是很自然的。至少在以一句为论述单位时，律诗同绝句没有区别。

另外，从律、绝之间的对立要素比较这点来说，由于二者作为近体自有其共通性，若首先确定最具有近体诗特征的律诗的规格，然后以绝句同它对比以求得绝句的明显特征，应说是有效之法。二者除有八句与四句的量方面差异外，大体还可归纳三点：

（律诗）　　（绝句）

① 对偶性 ←→ 单一性

② 整合性 ←→ 偏在性

③ 完结性 ←→ 对他性

从①至③顺序看，意味着由部分的外在形式方面的对立，朝着整体的、内在心象方面的对立发展移动。不用说，这一对比情况，由于文学及其样式与作者之间的微妙关系，在具体的主题区分不明确的作品里也可能有少许明显例外情况。但重要的是，从唐诗整体所具有的最基本特色来说，或就主要作品群而言，它是成立的。

律诗与绝句对立的最明显的基本要点，即对偶性要求不同。律诗对偶性明显表现是：在主要部分必须是二组对句。不用说，"对句"＊是称呼具有对偶关系的诗句单位，尤其是律诗中的对句表现，两句同位部分语义、词性、声律都要求有紧密的对应关系。作为律诗的基本形式，中间两联对句之间，也要求有以平仄对应为中心的各种对偶关系。这些都显示了在律诗结构中，对偶性及作为其形态化的对句是至关重要的。这种纯粹的对偶特性，在全诗结构中，显示了极为明显的整合性。中间两联对句除具有：①自身为对句；②相互对应关系外；③还具有在前后皆为散句，一经其作为对偶核心便独自承担对偶化，从而组成整合构造这一重要功能。因而，作为"散句——对句——对句——散句"律诗基本

＊ 不用说，这里所说的对句中，不包含与单句（即奇数句）相对的对句（偶数句）意义上的用法。

八句，如以 A 表示第二字为平声句，以 B 表示第二字为仄声的话，那么就有平起式（ABBA、ABBA）、仄起式（BAAB、BAAB）两种图式，构成了严格平衡的整合世界。尤其是：①根据声律配合原则不用拗体；②根据押韵原则不用仄字韵；③表现景物与心情的各个具体素材配置要整齐和谐。这三点是律诗与绝句区分的主要方面。

律诗这种对偶性和整合性作为一种引人注意的特点，使之整首诗具有强烈的自我完结性。这里有必要首先确定"对偶"的原本表现功能究竟怎样。不用说其表现功能之一，即因语句对比而造成的"语义明确化"。在诗赋和骈文甚至于散文中，依据对偶这一表现形式来解决古典作品中难解之处的例子是很多的。由于对偶句式有明确化这一特点，所以在对偶表现部分，较难解辞句也就减少。但这里须指出较难解辞句之所以减少，不是关于语义解释阶段功能所致，而是作为对偶构造内在思考的强烈自我完结性所致。例如，典型对句：

鸟下绿芜秦苑夕，
｜｜｜｜｜｜｜
蝉鸣黄叶汉宫秋。（许浑《咸阳城东楼》）

其中"秦苑"一语，由于以"汉宫"为其对应语，那么针对"汉代宫殿"的"秦代御苑"这一语义就明确化了，同时"秦苑"一语原本具有的意象联想便被限定只与"汉宫"有关。在这里，三国、六朝、隋唐都排斥在联想之外。依据对偶后一方诸多语义联想要切合前一方这一点，在适当表现范围内确定鲜明的对偶词语同时，这一组对偶词语就已在一定的表现范围里，以其语义形象，相辅相成，相得益彰，从而构成了一个完整的境界了。许浑诗句中"绿芜"与"黄叶"、"鸟下"与"蝉鸣"的关系正是这样。若以图式整理，以 A 作为其单一性素材本身标志，那么作为 A 的对偶词语的联想，就有 B、C、X、Y、Z 等项可供 A 选择，若以 B 为 A 的对偶，那就同时否定选择其他素材 C、X、Y 的可能性，不然的话就会出现所谓另外的"二者间自我完结性"的因素①。那就不是对偶关系而是对比关系。如果用较为明确的字母形式来说的话，即 A、B 为对偶关系，而 C 以下的诸词语因素最终都排除同 A 对偶可能，若 C 下诸多词语仍有可能作 A 的对偶词语，那么作为 A、B 这一对偶的所谓"强烈的自我完结性"（即其意象构成的完美程度）势必受到减弱，这即前面所论及的"对偶"的第一功能——语义明确化，在实际表现范围能自我完结所造成的结果。

所谓对偶关系，是在其原本就有的"语义明确化"第一功能之上，就两句整体关系而言，形成对句，也就具有相对独立完整意象，即自我完结性，进而，对偶关系也就以其本身独立意象构成整首律诗，这是顺理成章的。另外，从另一角度说，一首律诗的整体结构，以两句为单位有"首联、颔联、颈联、尾联"等称呼，并有所谓"起、承、转、合"术语②称呼律诗构造，这都是律诗自我完结特色的旁证。

律诗这诸多特色同绝句相比就更为明显。首先，律诗具有对偶性，

---

① 对偶表现中，除这种以各自分别为个体单位的二者来作对比手法外，也有将同一物（单一物）一分为二而对比的合掌对比手法。就是这种情况，也照样是由于将这单一的、不明确的该素材本体的表现范围分割成两个方面来描写而明确化，同时也由于规定制约不再描写这以外的方面，而达到自我完结。

② 现在，起承转合，一般也看作是关于绝句的技法。但这术语用例本身，从现有资料看，以元杨载《诗法家数·律诗要法》"起承转合，破题，颔联，颈联，结句"（《历代诗话》）本为最新，而其直接对象则是律诗。杨载进而言及绝句"……大抵起承二句固难，然不过平直叙起为佳，从容承之为是。至如宛转变化工夫，全在第三句，若于此转变得好，则第四句如顺流之舟矣"（同上）。这里，表明了绝句吸取律诗手法过程。值得注意的两点是：①对"第一句"、"第三句"，不称"转向"、"结句"；②"如顺流之舟矣"这一说法，暗示了绝句的对他性、非完结性。

此外，唐代的绝句，原本同起承转合无直接关系，这可从同时期的诗式类、诗话类完全没有言及这点可以推测到。从小稿所论的"对他性＝非完结性"这点，也同样可以说明这一问题。

前人涉及这点的，有烟中荷泽（滕荷泽）《太冲诗规》（《日本诗话丛书》）第九卷所收，将起承转合看作宋人臆说，搜集了未成其起承转合之形的唐人绝句。同书《七绝句结构》条，和山本北山的《作诗志彀》，尤其是后者（可以说是意在同祖徕学派唱皮调）涉及绝句本质的立论，很有价值：

起承转合，中国言律之式，《冰川诗式》曾有"律诗有起、有承、有转、有合"云云，且"合"字尤不宜绝句……试看唐诗……唐人初不知起承转合云云，故其诗至佳境往往不合起承转合（《作诗志彀》，日本《古典文学大系本·起承转合》条）。

参照明梁桥《冰川诗式·五言律诗》条："律诗，有起、有承、有转、有合。起有破题……承为颔联……转为颈联……合为结句。"

绝句具有单一性。绝句单一性，即在形式上少有对句。当然，像后面所述杜甫四句全对的例子并不是没有。但那是文学史上少见的例外，而且在一首诗中用一组对句情况，其对偶性，从律诗特点角度看，是属非正宗的另一种。进而言之，绝句原本没有对偶要求，所说以两句为单位的"联"的概念——前联、后联，在唐诗所有各种样式中也并没有被固定下来，由此可见绝句的非对偶性特征。绝句这种单一性在诗歌素材的表现手法和联想过程中也有所表现。以有定论的绝句典型之作王昌龄诗为例："寒雨连江夜入吴，平明送客楚山孤。洛阳亲友如相问，一片冰心在玉壶。"（《芙蓉楼送辛渐》）主题是赠别友人，由寒雨洒满长江之夜→彻夜送别宴会→夜尽天明，象征离别之孤寂的楚山→别后至彼地，对洛阳的思念→对亲友的传言，接连不断的单一素材句式，以其非对偶性手法，表现种种委婉含蓄之情，而其单一句式结构始终如一。而像杜甫吟咏送别主题律诗《送远》第二联、第三联："亲朋尽一哭，鞍马去孤城。草木岁月晚，关河霜雪清"，虽然与王昌龄所咏主题同为离别，但在表现形式上杜甫这种以整齐二联、三联对偶构造为轴的表现形式，同王昌龄那种非对偶的单一性句式表现形式有着极明显不同。

绝句这种单一性，若就全诗整体均衡这点看，却给人以某种偏在的感觉（相对于律诗而言），即具有一种偏在性特点，而在素材和联想的比重配置上，集中体现了这种偏在性。例如，绝句诗中若用一组对句的话（初、盛唐时绝句这种情况很多），若从律诗意义的整合性角度看，与其说它具有律诗整合性，莫如说由于"散——对——散"结构形式中，需以二、三句对偶来保持全诗平衡更确切。而这恰恰又是由于具有先验思考特点的中国语言的对偶性（所说对偶性，并非指律、绝间形式方面，而是就语言方面）规定所致，即在第一句、二句之间，或三、四句之间应是互相对应形式。由于将较密集性的对句与扩散性散句同样对待，而不突出加强对句部分，因而客观上在素材构思形式上就容易产生失去平衡的偏在性。另外，在全诗皆为散句情况下，哪一部分是形象主体动人心弦的中核呢？还以王昌龄诗为例，是第四句"一片冰心在玉壶"，体现了绝句单一性特点①。然而若以绝句的偏在性转为整合性的话，那么最终四句就不得不全为对句，而这样一来，作为绝句本身存在的理由就没有了。因此，这一偏在性仍是绝句内在不可少的一个特点。

绝句除单一性、偏在性这两特点外，还有与律诗完结性相对应的第三个特点，即一种对他倾向——非完结性。如同律诗的完结性体现在对一首诗心象的整体联想的形式上一样，绝句的对他性，也需从心象整体方面来考虑才能更明显。首先绝句第一特征，即构造上单一性，与律诗构造上对偶性相对应，因此绝句本身已具有非自我完结倾向。诗句自我完结功能表现强弱，与是否为这一诗句所含语义本身安排一个特定的有完结性适当对偶句有关，安排了，自我完结功能则强，反之则弱。而且若没有安排，那么在阅读欣赏时，读者就会有各种各样的联想余地。其结果，在通常所谓绝句作品中，在不断追求完结形象的过程中所展现的对他性，总给人某种茫然无尽之感——这却是并非刻意求工而致。至少在作者创作心象功能方面给人以这种感觉。另外，绝句第二特征偏在性，由于在词语和韵律安排方面，并非如律诗那样均衡而是有所侧重，即侧重于其中一句，所以其偏在性也就要求读者有一种顺应其不间断的识别程序感觉。律诗中靠对偶句式这一整合构造而保持作品均衡感，在绝句中就更多求诸读者的联想，由此可见，这正是绝句非自我完结这一特色的明证。我们读李白和王昌龄的绝句代表作，总会觉得其中有一种 calling（呼唤）感，引人思索回味，探究不已，这正是绝句之所以为绝

---

① 全散句的绝句偏在性（感动中核的偏在），有像"洛阳城里见秋风，欲作家书意万重。复恐匆匆说不尽，行人临发又开封"（张籍《秋思》）、"客舍并州已十霜，归心日夜忆咸阳。无端更渡桑乾水，却望并州是故乡"（贾岛《渡桑乾》）那样，通常多体现在第四句；有像"白发三千丈，缘愁似个长。不知明镜里，何处得秋霜"（李白《秋浦歌》其十五）、"春城无处不飞花，寒食东风御柳斜。日暮汉宫传蜡烛，轻烟散入五侯家"（韩翃《寒食》）那样休现第一句；也有像"秦时明月汉时关，万里长征人未还。但使龙城飞将在，不教胡马度阴山"（王昌龄《出塞》）、"两人对酌山花开，一杯一杯复一杯。我醉欲眠卿且去，明朝有意抱琴来"（李白《山中与幽人对酌》）那样体现在第二句；还有像"旧苑荒台杨柳新，菱歌清唱不胜春。只今唯有西江月，曾照吴王宫里人"（李白《苏台览古》）那样体现在第三句。

句的明显的对他性所致①。关于绝句，特别是李白、王昌龄绝句这一对他性、未完结性，前人有所涉及。

"绝句之源，出于乐府，贵有风人之致。其声可歌，其趣在有意无意之间，使人莫可捉着。盛唐惟青莲（李白）、龙标（王昌龄）二家。"（王琦《李太白文集》卷三十四所引李维桢评语）

"七言绝句，贵言微旨远，语浅情深，如清庙之瑟，一唱而三叹，有遗音者矣。开元之时，龙标、供奉（李白）允称神品。"（沈德潜《唐诗别裁·凡例》）

"七言绝句以语近情遥，含吐不露为主。只眼前景、口头语，而有弦外音、味外味，使人神远，太白有焉。"（沈德潜《说诗晬语》上卷）

当然，绝句这些特征，与其字数仅为律诗容量 1/2 这一限制有关。由于受到严格的字数限制，就不能不使作品带有强烈的象征性、暗示性即对他性的诸种特色，这是各国文学史，特别是韵文史所显示的普通倾向性。但绝句并非仅仅由于字数的限制才显示出以上诸种特色，更主要的是由于其单一性和偏在性，这二者才是造成绝句基本特色的原因。试以杜甫对偶性、整合性很强的《绝句》四首其三为例，便可从另一面确认这点。

> 两个黄鹂鸣翠柳，一行白鹭上青天。
> 窗含西岭千秋雪，门泊东吴万里船。

这首著名绝句十分明显是全句成对句形式。而且"两——一"、"西——东"、"千——万"等数对、色对、方向对是很明了的，属所谓的"地名对"、"正对"。另外，全诗平仄、粘法完全合乎律体。总之，是对偶性、

---

① 指明绝句"对他性、非完结性"功能，这就同所谓"起承转合"构造相矛盾。但正如注第175页注②部分所述，从时代方面说，这是宋以后用语；从内容方面说，原本是以律诗为对象用语，用来论说唐代绝句特点不甚适宜。因此，甚至可以说，近世的绝句，正是由于将原本应属律诗的起承转合作为自己的规格，才削弱了其重要的对他性这一特色（使绝句趋向律诗化），其结果，使近体诗的比重更移向律诗方面。

整合性很强，换言之，单一性、偏在性很弱的绝句。这首绝句因此显示了极强的完结性。以"一行白鹭"对"两个黄鹂"，就明确排除其他对偶形象；进而"鸣翠柳"、"上青天"对偶，就确定了诗前半部表现范围。后半部两句关系也同样如此。首先"千秋"、"万里"本是具有广漠时空感的诗语，但在"窗含←→门泊"、"西岭←→东吴"这一组整齐严正的对偶组合中，其原有广漠时空感被封闭在一定范围之中。而且，由于前后二句之间又互相补充，使全诗语意完足，其诗意表象被明显确定在一首范围之内，诗境也即在这一首范围内构筑。如果同李白绝句"故人西辞黄鹤楼，烟花三月下扬州。孤帆远影碧空尽，惟见长江天际流"（《黄鹤楼送孟浩然之广陵》）相比较，杜甫绝句中就没有或缺少那种追求飞扬流动之感，也即没有那种偏在的单一的类型特色。总之，杜甫的这首绝句以其完整的对偶性和整合性，给人以自我完结的形象感 *。应该说这是律诗的特征，而不是绝句的特征。

这样看来，一般绝句最终有较多的单一性、偏在性、对他性，而对偶性、整合性、完结性很强的绝句，与其看作绝句的例外乃至异质，莫如说它更符合律诗性格为宜。总之，这一连串相对立特性，即是绝句和律诗相互区分的基本条件。

四、古诗论

人们常说的古诗，有乐府系杂言与律诗系齐言两种不同类别。另外，在由律、绝样式而产生的近体诗意识之前，并没有充分明确古体诗本身的古体意识。但同时，实际上在唐代古诗中却含有某种程度朦胧的为唐代古诗所共有的性格特征。在这里首先要探讨上述律、绝之间对立要素在古诗中如何表现，同时顺便探讨与律、绝共通的近体要素在古诗中，

---

* 　但像王之涣《登鹳雀楼》"白日依山尽，黄河入海流。欲穷千里目，更上一层楼"那样全句对偶，对偶的一方是两句表达一个意思的所谓"流水对"，若以这一标准来看，可以说在全句对偶同时，仍有对他性、非完结性。

与古体要素有怎样的对应关系。

第一个问题大致可以认定，律、绝间互相对立要素在古诗中以未分化、半独立形式并存。首先，对偶性（律的特征）同单一性（绝的特征）在古诗特别在长篇古诗中，基本上都是同时并存的。例如初唐张若虚《春江花月夜》和刘庭芝《代悲白头翁》、中唐白居易《长恨歌》和元稹《琵琶歌》诗中对偶部分，与用单一手法写单一素材的散句部分，大都无例外地同时并存①。另外，从一首诗整体上看，在同一作品中，律、绝对立要素的第二点整合性与偏在性，第三点完结性同对他性，也分别作为对偶与单一这两要素的异质部分共存于古诗之中。如《长恨歌》：

夕殿萤飞思悄然，孤灯挑尽未成眠。

●●○○●●○　○○●●●○⊙

迟迟钟鼓初长夜，耿耿星河欲曙天。

○○○●○○●　●●○○●●⊙

从押韵到粘法，几乎完全保持近体诗歌韵律整合部分。同时

翠华摇摇行复止，西出都门百余里。

●○○○○●⊙　○○○○●○⊙

六军不发无奈何，宛转蛾眉马前死。

●○●●○●○　●●○○●●⊙

写从长安出发到杨贵妃死，一连串素材（平仄、粘法到仄字韵都非整合韵律），作为单一的散句构造与前面整合韵律部分同时并存。若以这两组四句各自为一独立单位，那么二者都各自构成一个独自小世界。从音律到心象，二者之间差异是相当明显的，前者体现了律的整合、对偶、完

---

① 但韩愈的古体诗中，由于以非近体性为其第一义，所以几乎没有含平仄的、近体的、整合的对句表现。

结，后者则相反。以上所述情况，并不限于五古、七古的律诗系齐言诗，在三、五、七言并用的乐府系杂言诗中也大致同样如此。关于杂言，五言句式也好，七言句式也好，通常以二、四偶数句为配置单位，在各自小单位内，以其局部的整合处于整体的偏在之中。最终，除像所谓五言短古那样短篇，大体以单一性、偏在性、对他性为其基调外，律、绝之间相互对立的要素，在古诗中一般都同时并存，或在一首中并存。

　　其次，有必要将以律、绝所共有的近体诗特征同以齐言、杂言所共有的古体诗特征相比较。除以字数、句数、平仄、押韵形式上的明确对立不同而外，大致还可归纳成"均质性"、"多样性"两点不同。如《登幽州台歌》：

前不见古人，后不见来者，
○●●●○　　●●●○○
念天地之悠悠，独怆然而涕下。
●○●○○○　●●○○●○

这首短篇古诗，在句形和平仄押韵方面，很明显并不具有近体诗的"均质性"和"紧密性"，而其选用的"念天地之悠悠，独怆然而涕下"辞语，则表现了它的非近体性。由于散文中用的虚词"之"、"然"、"而"，同近体诗凝练语感印象相悖，所以律诗和绝句（除追求特殊神韵情况）大都不用。另外，特别是诗中每句节奏，明显系散文化的构造。

前不见古人，后不见来者。
1　　4　　　1　　4

念天地之悠悠，独怆然而涕下。
1　　5　　　1　　5

不用说，前半是五言句式，因五言诗一般节奏连想是 2、3，2、3，这里由于需同后半六言句散文性极强的句式节奏相对应 ①，所以仍是 1、4，1、4 才更自然些。

原本五、七古齐言古诗中，像这样包含散文性节奏是少见的。古体诗比近体诗含有更多散文性特点，这是人所共知的 ②。正是这种散文化，直接造成古体诗韵律结构的多样性特点 ③，同近体诗那种结构均质性、紧密性特点形成鲜明对照。

古诗这一基本特征，即多样性，如果以近似赋的"铺陈性"，和近体诗中所缺乏而在古诗中却常见的"叙事性"来说明的话，就较易理解了。在创作过程中，心象韵律的多样性正好借助于易于表现多样性的铺陈，描叙手法才得以充分表达。在唐代主要古诗作品中，古体诗各种技法，特别是描绘复杂事物、心象及其变化的各种表现技法，都同古体诗本身这种多样化功能有关。④

五、李绝、杜律论

正如开始所言李白古诗、绝句出色之作很多，而很少律诗佳作。对此，自古至今尚无异议。而且，在传统的李、杜比较论中，涉及杜诗艺术形式层面时，仍然认为古诗和律诗是其上乘之作，而绝句稍差 ⑤。也就是说，绝句集大成者是李白，而律诗则是杜甫，这也即流行观点。至于古诗出色代表者是谁，不是没有论及于此，就是着重从唐诗发展趋势方

---

① "念·天地·之·悠悠，独·怆然·而·涕下"（陈子昂《登幽州歌》）这一六言节奏，同"采菱·渡头·风急，策杖·村西·日斜"（王维《田园乐》七首其三）的节奏明显不同，而具有古体诗散文性要素。

② 参照小川环树《唐诗概说》144—145 页。

③ 松浦友久《关于散 sǎn 与散 sàn 的二三个问题——动词用法中上去声对立意义》（《中国诗学》173 号）。

④ 关于第三、四节的论旨在《中国诗歌原论》（大修馆书店，1986 年），中译本《中国诗歌原理》（孙昌武、郑天刚译，辽宁教育出版社，1990 年）第七篇《诗与诗型》中有详细的论述。

⑤ "盛唐长五言绝，不长七言绝者，孟浩然也。……五七言各极其工者太白，五七言俱无所解者少陵。"（胡应麟《诗薮》内编卷六，近体下，绝句）"唐人诗，无论大家名家，不能诸体兼善。如少陵绝句，少唱叹之音。"（清沈德潜《唐诗别裁·凡例》）

面大致略说一下。另外，在明胡应麟"杜之律，李之绝，皆天授神诣，然杜以律为绝，……李以绝为律"（《诗薮》内编六，近体下，绝句）的论述中，李绝、杜律也属同一系列而与古诗却无干系。

这里的问题是应探求"李—绝"、"杜—律"这一结合的必然性问题。李绝、杜律对比概念的成立，必须以绝句与律诗之间没有共通特性而有明显对立差异特性为前提。先前论述的律、绝间相互对立的差异要素，在考察李、杜诗歌心象特色中，是极为重要的人手之点。

如今论及李白绝句，都首先注意到李白主要作品多数采用这一形式，以《早发白帝城》、《望庐山瀑布》、《黄鹤楼送孟浩然之广陵》为首，还有《苏台览古》、《越中览古》、《赠汪伦》、《峨眉山月歌》、《春夜洛城闻笛》、《山中与幽人对酌》、《长门怨》二首、《闻王昌龄左迁龙标遥有此寄》、《与史郎中钦听黄鹤楼上吹笛》、《客中行》、《清平调词》三首、《陪族叔刑部侍郎晔及中书贾舍人至游洞庭》五首、《秋下荆门》（以上七绝），《独坐敬亭山》、《静夜思》、《玉阶怨》、《怨情》、《劳劳亭》、《自遣》（以上五绝）等，绝句在李白诗中所占比重，特别其中代表作之多，远在古诗之上。另外，传统上也将李白与以绝句为其擅长形式的王昌龄，看作唐代绝句创作的最高峰。

这里应强调的是，李白绝句，特别是七绝最富于前面所论述的绝句的典型特色。如《早发白帝城》：

> 朝辞白帝彩云间，千里江陵一日还。
> 两岸猿声啼不住，轻舟已过万重山。

《春夜洛城闻笛》：

> 谁家玉笛暗飞声？散入春风满洛城。
> 此夜曲中闻《折柳》，何人不起故园情？

这二首诗一以写景为主,一以抒情为主。前首诗中飞流急驰的长江同后首诗中的洛阳,前诗中的昼与后诗中的夜等,所写景物本身截然不同,但作为绝句类型诗所具有的单一性、偏在性、对他性仍都明显可见。这两首诗都不能看成仅仅是散句的单纯连结,其意蕴尚需在深层探求。前者所写:早晨从白帝城出发→对遥远白帝城的思念→野猿之声不绝于耳→如箭般飞逝的小船,在这以单一、非对偶性手法描写过程中,突出了水流之速,而每句中所选用的素材意象,都是独立的,不像律诗中对偶手法那样,为对方所设定、所安排。也正因为如此,全诗无形中就蕴藏着诗人自己的形象。读罢全诗最后一句"轻舟已过万重山",便似乎使人看到诗人李白自始至终乘舟在急流中飞驰而去的身影,也就是说,由于诗中各个具体词语意象,都集中于突出长江急流之速这一点上,它们之间都是单纯地、直接地与此题旨相关连,因此作为最后一句终了,也并不给以完结之感、封闭之感。后一首诗描写了洛阳春夜听到笛声所引起的共鸣感,也是以同样单一的、非对偶性手法展现了对其笛声的(即明显偏在性)关注之心。

像上述所说绝句的这种单一性、偏在性、对他性特征,在《赠汪伦》、《黄鹤楼送孟浩然之广陵》、《峨眉山月歌》等篇中,也都表现得十分明显。而《苏台览古》中,现在同过去对比语句"而今唯有西江月,曾照吴王宫里人"这并不严密的对句,也表现出明显的绝句散在性特色。而这一诗句结构类型,原本期待的对句表现样式,也并不是对偶样式对句。同杜甫《漫成》"江月去人只数尺,风灯照夜欲三更。沙头宿鹭联拳静,船尾跳鱼拨剌鸣"比较看,明显不同点是,杜诗中将原本毫无干系和对偶关系的语词素材,也以严密的对句关系纳入绝句之中。

关于绝句的绝句性与非绝句性区分的具体标准,最终以一首诗中"对句"有无或多寡而确定。而且,对句少正是李白绝句可动性大、绝句性高的一个主要因素,从具体作品看,现在李白绝句140首①(占约1000

① 《万首唐人绝句》(宋洪迈)中收录李白七绝67首、五绝69首。绝句与短古的界限虽未明确规定,但同一书中收录的内容,可以看作是表明中国人关于传统古典诗绝句概念及其范围一种资料。

首诗 14%）中，尤其是七绝，很少有对句。特别是在 70 首七绝中，像
《永王东巡歌》（11 首连作）①、《上皇西巡南京歌》（10 首连作）②、《宣城见
杜鹃花》③那样名作是虽属多用对句一类，但前二者是在同政治权力有直
接关连的情况下，具有公开显示其技巧以便获得更高信用的目的，显系
应制诗一类作例；后者是作为一种配合语调效果的机智作例，也并非李
白七绝普遍共通的基准（也可以说，其他诗人理所当然用律诗创作应制
诗，李白竟用绝句，李白特色由此可见一斑）。除特殊主题需用外，在七
言绝句中用一对严密的对句，只不过四例：《酬崔侍御》、《东鲁门泛舟》
其一、《陪族叔刑部侍郎晔及中书贾舍人游洞庭》其四、《春怨》④。杜甫七
绝与李白相反，主要作品多用对句，而且其中几乎是全对形式⑤。

　　只是李白七绝这种少用对句倾向在五绝中稍有不同，如《独坐敬亭
山》"众鸟高飞尽，孤云独去闲"、《夜下征虏亭》"山花如绣颊，江火似流
萤"、《见京兆韦参军量移东阳》"潮水还归海，流人却到吴"、《紫藤树》
"密叶隐歌鸟，香风留美人"、《越女词》其五 "镜湖水如月，耶溪女如
雪"、《巴女词》"巴水急如箭，巴船去若飞"、《秋浦歌》其六 "愁作秋浦
客，强看秋浦花"等，系反映李白思想感情的主要作品，明显可见其中
用了一组对句，甚至也还有《杜陵绝句》"南登杜陵上，北望五陵间。秋
水明落日，流光灭远山"那样全对形式。

　　但这里应指出①李白 50 首绝句中，散句形式居多⑥，②与杜甫五绝相

---

① 11 首连作中，全对 1 首，单对 4 首，没有对句的对偶表现 4 首。其全对一首："雷鼓嘈嘈喧
　武昌，云旗猎猎过浔阳。秋毫不犯三吴悦，春日遥看五色光。"（其三）
② 10 首连作中，全对 1 首，单对 3 首，没有对句的对偶表现 2 首。其中全对 1 首："锦水挡流
　绕锦州，星桥北挂象天星。四海此中朝圣主，峨眉山上列仙庭。"（其七）
③ "蜀国曾闻子规鸟，宣城还见杜鹃花。一叫一回肠一断，三春三月忆三巴。"
④ "白马金羁辽海东，罗帷绣被卧春风。落月低轩窥烛尽，飞花入户笑床空。"
⑤ 以已引用的《绝句》（两个黄鹂鸣翠柳）、《漫成一绝》为代表，还有《绝句》"堂西长笋别开
　门"、《解闷》十二首（其四）、《夔州歌十绝句》（其二、其三、其五）、《承闻河北诸道节度
　入朝欢喜口号绝句十二首》（其二）等。除此外，用一组对句的几乎有四十几首，再加上全对
　的，使用对句的作品约占七绝半数。而李白全对 3 首，单对 11 首，计 14 首，不过占 67 首
　七绝的 21%，但由于杜甫没有应制体的绝句，另一方面李白对句的用例集中在应制作品
　中，应该说，二者在关于一般七绝的对句使用方面，实质性差异是很大的。
⑥ 全对 3 首，单对 25 首，计 28 首，占五绝总数 69 首的四成。

比，李白五绝用对句比率极低 ①。

造成五绝和七绝之间用对句多少方面差异的关键，恐怕还是在于五绝、七绝这两种诗型各自形成的过程就不同。人所共知，不论绝句还是律诗，在其作为唐代近体这一体裁样式以前，就已有与其相类似的作品问世。最早可追溯到六朝齐、梁时期。也就是说近体诗的历史，若从有类似样式作品这点看，在李、杜之前，或沈、宋以前，已大约有二百年传统。但有一点需再强调，即它们几乎都是五言诗。总之，五绝和七绝，在成为近体诗主要样式的初、盛唐以后，创作日见增多。五绝，与其类似的作品问世已有二百年的传统；相反，七绝以近体形式始行于唐代，是真正的唐代近体诗体。这种不同，在对于重视传统性、古典性的中国中世诗来说，具有多大意义，我们今天恐怕难于想象。若作一结论，即李白五言绝句使用对句较多，不外乎是有意无意受到五绝形式的早期作品，特别是谢朓以后作品大都使用一组以上对句的影响 ②。这就意味着，没有先期作品影响的七绝，对李白来说，正是可以白手起家，以自己独有的绝句艺术形象表达心象构成的诗型。

当然，也应考虑到李白的律诗。但无论从量方面 *，或者更主要从质的方面看，李白对律诗诗型并不得意。

李白较为著名的律诗有《登金陵凤凰台》（七言）及《送友人》、《秋登宣城谢朓北楼》、《谢公亭》、《夜泊牛渚怀古》、《对酒忆贺监》其二、

---

① 杜甫全对 14 首，单对 11 首，计 25 首，占五绝总数 30 首的八成（参照第 185 页注⑤、注⑥）。即就此数量看，不论五绝还是七绝，杜甫使用对句程度，都各是李白二倍。

② 谢朓《玉阶怨》（夕殿下珠帘，流萤飞复息。长夜缝罗衣，思君此何极）、《金谷聚》（渠碗送佳人，玉杯邀上客。车马一东西，别后思今夕）、范云《别诗》（洛阳城东西，长作经时别。昔去雪如花，今来花似雪）、陈子良《送别》（落叶聚还散，征禽去不归。以我穷途泣，沾君出塞衣）。其他，还有张融《别诗》、庾肩吾《咏长信宫中草》、虞世基《入关》（以上单对），孔稚珪《游太平山》、薛道衡《人日思归》（全对）等为数极多。在类似五绝形式的早期作品中，不用一组以上对句的，几乎是例外。

* 一般依据诗型的作品分类，多数情况是围绕具有中间性格作品如何处理而显示出不同分法，李白情况也同样。明胡震亨《李诗通》分法是：律诗系列作品，五言律 93 首，五言小律（五言六句的近体）2 首，五言排律 20 首，七言律诗 7 首，七言小律（七言六句的近体）1 首（参照花房英树编《李白诗歌索引》16—18 页）。关于绝句、五绝、七绝各有 48 首，这是将乐府系绝句另行对待结果，若从统一分类基准来计其数（参照《中国诗选三——唐诗》，社会思想社，24—25 页），五绝、七绝各 70 首（参照第 184 页注①）。

《赠孟浩然》、《沙丘城下寄杜甫》、《渡荆门送别》、《访戴天山道士不遇》、
《江夏别宋之悌》（五言）等。这里既有因记录了同谢朓、杜甫、贺知章、
孟浩然等人的关系而著名，也包括习作期的不成熟之作（如《访戴天山
道士不遇》），很难就其作品本身律诗特点作出评价。而即使反映李白嗜
好和感情的主要作品《送友人》、《秋登宣城谢朓北楼》和《登金陵凤凰
台》等，其中具有鲜明李白个性特色本身也同律诗诗型特点多有扞格之
处。胡应麟所说"李以绝为律，如'十月吴山晓，梅花落敬亭'等句，
本五言绝妙境，而以为律诗，则骈拇枝指类也"（《诗薮》内编卷六，近体
下，绝句）①，主要指出了李白律诗从语意素材到对句意境都具有非律诗性
的特征。但却没有具体地从形式角度加以说明。如《送友人》：

> 青山横北郭，白水绕东城。
> 此地一为别，孤蓬万里征。
> 浮云游子意，落日故人情。
> 挥手自兹去，萧萧班马鸣。

这里，从"此地一为别"和"萧萧班马鸣"看全诗并不合乎律诗声律，
同时，首句即对偶句式，颔联却是散句，律诗的整合性因此而丧失。就
全诗而言，简直可以看作是送友人主题一组五言绝句连作，不过绝句的
前两句都是对偶句罢了。而绝句中离别之情感，由于颔联"此地一为别，
孤蓬万里征""一"与"万"数字对应，使本为散句句式而形成对偶句
式，受到某种程度压抑。另外还有《对酒忆贺监》其一，首联、颈联不
用对偶句式，仅在颈联用一组对偶句式。李白少有的著名七律《登金陵
凤凰台》中首联"凤凰台上凤凰游，凤去台空江自流"，同一"凤"字语
辞反复出现，这与七律首联一般写法就大相径庭②。应注意的是，这诸种

---

① 《观胡人吹笛》："胡人吹玉笛，一半是秦声。十月吴山晓，梅花落敬亭。悉闻出塞曲，泪满
　　逐臣缨。却望长安道，空怀恋主情。"（王琦《李太白文集》卷二十五）
② 参考"太白《鹦鹉州》一篇，效颦《黄鹤》可厌。'吴宫'、'晋代'二句，亦非作手"。（王
　　世贞《艺苑卮言》卷四）

非律诗特点，恰都为绝句所容许，同时或可以简单说，正是这一手法造成了具有绝句偏在性、对他性特点。这也就是说，李白律诗在运用律诗形式同时也部分并用了绝句的要素，这是很明显的。

　　而在另一方面，杜甫律诗显示了律诗可能达到的最高水准，自古已有定评。若以本章所说律诗诸特点来对照，更可明了这一点。如《秋兴》八首其一：

　　　　玉露凋伤枫树林，巫山巫峡气萧森。

　　　　江间波浪兼天涌，塞上风云接地阴。

　　　　丛菊两开他日泪，孤舟一系故园心。

　　　　寒衣处处催刀尺，白帝城高急暮砧。

这是一首自古就有定评的杜甫七律代表作，从内容到形式两方面都体现了杜甫自己所咏"晚节渐于诗律细"（《遣闷戏呈路十九曹长》，《杜诗详注》卷十八）的特色。虽还不能说此诗所有韵律都是律诗典型，但其中颔联、颈联两组对偶句式，所表现的借景抒情、委婉曲尽之妙，与《白帝城最高楼》、《近照》、《夜》、《咏怀古迹》等同一系列七律对偶句相比，仍可以说是杜甫诗作中对偶艺术的最高水平代表。这里正如"丛菊——孤舟"、"两开——一系"一组对句中所展现的，杜甫将并无共通关系语义的"菊"、"舟"和"开"、"系"，用具有鲜明对偶特点的"丛←→孤"和"两←→一"来修饰，从而使之组合为精确严密的对偶关系。同时，"寒衣处处催刀尺，白帝城高急暮砧"，这一给人以急促之感的偏在性散句，同首联"玉露凋伤枫树林，巫山巫峡气萧森"，也同样具有很强的偏在性散句相对应，顿时就给人以稳定的平衡感。也就是说，本属单一性、偏在性基调的首、尾两散句，由于中间两联是整合对偶的句式，以致首、尾两单句也一举转化为具有对偶、整合特性的句式。进而说，这也正是律诗内在的基本功能所在①。

---

①　不用说，律诗中有"全对"、"三对"，还有"单对"、"在双对的颔联、颈联以外的隔句对"等。但它们最终是作为以中间两联对偶这一基本形式的variation（法语：变调）而存在，同上述追求律诗基本特征的"整合性"并不矛盾。

　　另外，像以《登高》①为代表的具有特殊对偶句式的律诗，也正是将律诗的严密对偶性扩及全篇，使之具有整合的完结形象美，对此已有人作过出色探讨②，指出杜甫此诗中对偶手法较之以前显示了独特的技巧变化。杜甫如此执着沉溺于对应句式推敲，最终表明杜甫诗歌心象以极力追求对偶以及对偶所形成诗的整合性和自我完结性为前提。

　　如将李白律诗同杜甫律诗相比较，值得注意的差异是，除主要律诗《登金陵凤凰台》外，李白所作律诗全是五律＊。李白对律诗的对偶、整合、完结诸特点似乎有种不大适应之感。若此说不误，那么对律诗的这种不适应的异和感，在有先行作品可借鉴反映自己心象的五律和无传统借鉴、靠直接反映自己心象的七律二者之中，恐怕后者比前者要更强烈些。总之，与绝句情况相比，由于律诗没有像绝句那样有相类似的、系列作品的影响，所以不管是好的差的，都很容易集中体现出律诗基本特点。而且，因此作者本人个性心象特色，适应与不适应，也较为明显地表露出来。李白得意于七绝，不得意于七律；杜甫得意于七律，相对说不得意于七绝，各自具体作品也证实了这一推断。

　　如果说李白的绝句同杜甫的律诗，不论在韵律，还是在心象方面都呈现如此对立关系的话，那么具有如此对立性格的诗人，却都是古体诗，尤其是长篇古体诗出色的作者，这倒是值得注意的问题。关于这点，前一章论述古诗特征时所阐明的一条基本原则——律诗同绝句相对立之点

---

① "风急天高猿啸哀，渚清沙白鸟飞回。无边落木萧萧下，不尽长江滚滚来。万里悲秋常作客，百年多病独登台。艰难苦恨繁霜鬓，潦倒新停浊酒杯。"

② 高木正一《关于杜诗对句的一个考察》(《中国文学报》第一册)。

＊ 李白七律没有成功之作这一情况，有人远从七律流行的年代、地域来考察(参照《瓯北诗话》230页)。若这确实是其一个原因的话，那么七绝情况也几乎同样可以如此说，那就很难找出决定性主要原因。而尤为重要的是，即使有年代的、地域的因素，事实是，早已成形的七绝与七律，也仍是在李白与杜甫各自手中集大成而在以后的文学史尤为盛行。

　　"绝句，本自近体而意实远。欲求《风》、《雅》之仿佛者，莫如绝句。……少陵(杜甫)虽号大家，不能兼善，一则拘乎对偶，二则汩于典故。拘则未成之律诗，而非绝体；汩则儒生之书袋，而乏性情。"(明杨慎《唐绝增奇序》，《升庵全集》卷二)

　　"太白之七言律，子美之七言绝，皆变体，间为之可耳，不足多法也。"(王世贞《艺苑卮言》卷四)

　　"杜子美诗，诸体皆有绝妙者，独绝句本无所解。"(明杨慎《升庵诗话》卷十三)

可以在一首古诗中同时并存，就提供了一个直接解答。在近体诗形式成型以后的作品中，有一个特别显著的现象，即在长篇古体诗中，律诗的对偶性、整合性和绝句的单一性、偏在性尽管各自并非以完整的独立形式出现，但原则上却都被兼收并蓄。而特别是由于再加上近体诗所缺乏而为古体诗所看重的扩散性、铺陈性、叙事性几个要素，那么长篇古体诗体式，也就可以为李白、杜甫那样的异质的诗人所共用了。不用说，同时也不能不认为在古体诗体式成型过程中，正是由于李、杜作品本身的积极作用，其体式才达到最终完成地步。

但像李白《山中问答》"问余何事栖碧山，笑而不答心自闲。桃花流水窅然去，别有天地非人间"、王维《送别》"下马饮君酒，问君何所之？君言不得意，归卧南山陲。但去莫复问，白云无尽时"那样短篇古诗中，这种兼收并蓄律诗、绝句诸对立因素的包容性就比较淡薄。如果说它又有不同于古体诗基本条件之一的一种扩散感的话，那就是它具有几乎近于绝句特征。这种近似绝句的短古样式，李白尤为酷爱 ①，杜甫则几乎没有相当的作品，二人可以说是极为明显的两个极端。

六、结　　论

最后，探讨一下李白、杜甫诗歌心象的主要起因问题。通常在探讨作品与作者关系这一根本问题时，当今如心理学、计量学等各种方法都可以适用，但其结论最终大都归宿于一种先验因素，其实不能仅限于此，还应进一步探讨关于作者个性，至少是个别性方面变化的可能。因此，就有必要探讨李白、杜甫诗所体现的心象与作为创作主体的李、杜各自一般性格之间，是否存在着内在的呼应关系。这里以这样一个假定为前提，即某一国文学史上代表诗型是那一国人们思考与感动类型的最集中突出的显示。一种诗型长期流行成为文学史主流，有两个原因：一是这

---

① 《子夜吴歌》、《王昭君》、《荆州歌》、《相逢行》、《玉阶怨》、《襄阳歌》、《友人会宿》、《山中问答》等为数很多。

一诗型本身必须与该语言的思考与感动形态相一致；同时，也即第二点，这一诗型的古典韵文（在文学史主流当然是古典诗型）同散文相比，其样式化、客体化程度高因而较易概括升华为思考与感动的类型。

因此，若将李白绝句与杜甫律诗所代表的心象特性作一比较的话，可以说，二者都是中国文学史具有代表意义的诗型。由于都运用了共通中国古典语语言素材，一方就不能不包含另外一方的某些要素。若追本溯源，由于中国古典语言乃是最适宜对偶性极强的句子的语言，因而，作为古典诗 ① 中最非对偶样式的绝句，不说其诗型方面特征，就其语言特征而论，仍是以其对偶性（相对于单一性）为其基本的语言构造特征。另外，从韵文史整体角度看，所谓古诗、绝句、律诗、排律，古典诗各种体裁，原则上都是以偶数句构成。对一般古典诗来说，对偶性不过是最基本的表现形式之一。进而言之，早在《论语》《老子》等广义古代散文、碑文、铭文等古代记载体的语言中，已经相当多地采用对偶形式了。可以说，对偶性也是古典语言最基本的表现形式。因此，除偶然例外，古代作品（上古作品）对偶形式已在音数律（音节数、韵律）与内容（语义、句义）二方面有相互对应偶合之要求，而中世作品，特别是唐代近体诗，由于再加上平仄对应这一声调方面音律性要求，便构成近体诗音节、韵律、声调三要素，因而就比一般古代作品表现出更强的整合性和完结性。

由于绝句、律诗间一连串相互对立要素，因此，即使使用如此共通的语言要素来建构其基础，仍难免于相互对立。而且，绝句这一诗型方面的单一性与语言方面的对偶性之间有一种相斥又相吸的特殊引人魅力，至于绝句本身的偏在性和对他性也是由此而派生的余情余韵。另一方面，律诗在语言方面的对偶性是根据诗型的对偶性要求锤炼凝聚而成，其所描写对象，因此就具有整合性和完结性的艺术效果。正如众人所指明：

---

① 关于中国诗史"古典诗"的定义，狭义的划分，含有唐代完成的"绝句·律诗·排律·古体诗"；广义划分，包括《楚辞》以下直到元曲（韵文部分）等文言系列的所有古典韵文为妥。这里指前者狭义的用法。

如果说对偶性强（思考的普遍特点）是中国语言，尤其是中国古典语言不同于其他诸种语言的最大特色的话，那么律诗就是体现中国语言思考与感动特色的最纯化的诗型。作为律诗集大成者的杜甫，同时又是中国诗的集大成者，被称作"诗圣"，从这个意义上说绝非偶然①。

而李白选择了绝句作为表现自己诗歌心象最适当的诗型，至少从创作实际结果可以推测，绝句这一思考形式与情感波动表现形式，同李白诗歌心象之间似乎有一种内在质的沟通，二者极为相近。绝句由单一构造而产生的偏在性，由偏在性而产生的对他性，换言之，即绝句具有的非对偶、非整合、非完结的印象给人浮动飘流之感。绝句这种浮动飘流之感，一方面显示了李白借此所寄托的强韧的精神品格、个性特色；另一面绝句这种飘流浮动感印象本身，在某些具体创作场合，也使李白心情更为昂扬激越②。

与此同时，杜甫思考与情感波动表现形式，从创作实际可以推测，正是以具有整合性与完结性的律诗来充分体现其心象的安定。杜律，特别是晚年七律所具有的那种敏锐情感与安定感二者的有机结合，可以说正是杜甫诗在表现其真挚而又执拗的伤感情绪时不断追求一种圆满的安定意境的结果。

首先，这当然与二者思想观、价值观不同有关。李白的理念思维或称自觉思维的世界，具有很强的非整合倾向。例如，在游仙诗中所表现出来的那种非现实的空想和幻想，是他终生思考并首先着力表现的一点。而杜甫则是较明确、具体的儒家思想，以恢复上至天子、下至士大夫庶

---

① 后世所谓李、杜比较论，除宋欧阳修和杨大年、朱子等外，有大致将李、杜并列的，如唐韩愈、宋严羽、清乾隆帝爱新觉罗·弘历；有将杜甫置于优先之位的，如唐白居易、元稹、宋王安石、苏轼等。不用说，其原因之一，乃是内容方面以儒教的伦理和诗风敦厚等要素为第一位；其原因之二，即在于杜诗的样式的、构造的思考形态，是更为纯粹的中国式的，中国语式的。对此，包括日本在内的诸外国未必同中国的评价一样，尤其是欧美语言圈内的评价，大多倒是相反。由于杜诗这种彻底纯粹的中国式思考，使人感到反倒妨碍在世界范围内——将其转化为其他国家语言样式思考和感动，因而影响其在世界范围传播广度。《李太白与德意志近代诗》(《东西诗话》所收，玉川大学出版社)论述李白诗歌在欧美，尤其是在德意志的被介绍、欣赏情况，可作为这一看法的旁证。
② 关于李白诗多样意象的流动感，参照本书第三章。

民各得其所整然权力机构体系为理想，相比而言，李白世界观则是儒、道、佛、游侠、幻想、空想的杂家混然组合，至少可以明确认定，李白对整合的、完结的思想体系追求意识是相当淡薄的 ①。

其次，说到作为日常思维或感觉思维的基础——家族关系构成方面情况，杜甫作为当时知识层一员，一贯热心维持家族构造的整合与完结。即使由于安史之乱流浪各地，自己、妻、子、仆人，作为所谓读书人的圆满家庭形态，原则上仍保留着，成为一种象征。而李白则不然，其家庭生活远非整合、圆满、完结构造的类型。从《李太白年谱》（王琦）到《李太白年谱》（黄锡珪）、《李白诗文系年》（詹锳）等有关李白经历的众多资料考证得知，李白从二十岁前后漫游戴天山、峨眉山、岷山，过着隐逸、游侠生活以来，中间除二、三处短暂结婚生活外，李白几乎没有与妻子、仆人相聚合构成一个圆满、整合的家庭环境。

第三，就作品而言，表现对饮酒的一种极端爱好之吟，比什么题材都更能体现李白诗歌的特色，而这同他追求可飘浮流动的非整合感觉倾向分不开。这恐怕是难以否定的。此外，"送别"、"离别"等在离别诗中所占数量和质量的比重都很大 ②。离别题材本身有一种内在的丧失感和欠落感→非完结感觉→对他倾向的感觉，离别诗的这种感动功能和各种距离感 ③，在李白诗歌的心象世界产生了绝妙的艺术效果。

从这几方面为李白作一总结的话，从中可以看出诗人李白的体性资质，可发现构成李白诗的心象形式，极其清楚地显示了李白在日常享受方面的嗜好和选择是追求非整合的、非固定的东西。李白，对文学来说最出色的是诗，对诗来说最出色的是绝句，进而言之，绝句这一样式，以其更为偏在的、对他的，向所谓"李绝"方向完成过程中，李白这一体性资质和心象的形式，恐怕是经常起有力影响作用的内在因素吧。

---

① 正确对待李白思考和价值观问题的必要条件，是具体而系统的处理作为理念建树方面的公开发言同涉及实际行为和个人嗜好之间的微妙交错关系。参照本书第五章《李白思考形态》。

② 参照本书第三章第二节。

③ 参照本书第三章第五节。

[附] 出神入化的李白绝句

与杜甫成为中国诗人代表的同时，李白的名字也为今日世界所知，相应于杜甫被称为律诗名手，李白则获得绝句第一人的评价。特别是到了明代，由于经历了所谓宋词、元曲时代而确立唐诗乃古典诗意识以后，在诗话类的典籍中屡屡可见将诗人与其诗歌创作样式相结合的说法。此后数百年，李白的绝句与王昌龄相提并论，被称作"神品"（王世贞《艺苑卮言》）。"神品"，以现今日本语来说，就是超一流作品。

众所周知，绝句与律诗及排律同属唐代所谓"近体诗"。其中，排律除有十句或十二句量的不同外，与律诗特点一样几乎没有变化。问题在于，由四句组成的近体诗（绝句）与由八句组成的体诗（律诗）相比较，除四与八这数量以外，是不是还有内在质的不同？

结论是：律、绝间内在质的不同是相当大的。

绝句决不是二分之一律诗，反过来说，具有二分之一律诗特点的绝句中，就缺乏绝句原本表现的功能。

绝句之所以为绝句的第一要素，即有针对律诗"对偶性"的单一性。律诗表现中核，通常是八句中的中间四句构成两组对句。这就出现这样一种情况，其前后各一组"散句"也由于以中间二组"对句"为轴，而各自组合在对偶的结构中。不用说，像《春望》（杜甫）那样用三组对句的诗作并不稀奇。此外，也还有像《登高》那样，全篇皆为对句的用例，但是具有这种结构特点的作品，最终仍不过表明律诗对偶性比重之大的材料，一旦排除对偶性，律诗就不成立，也就是说，这是律诗不可缺的条件。

与此相反，对绝句来说，对偶并非不可欠缺，甚至可以不要。初、盛唐五言绝句较多，乃是由六朝时期类似先行作品影响所致，并非唐代绝句本色。此外，像杜甫那样七言绝句之作中多有四句全对的，也完全是文学史的特例而远离七绝通例。明代胡应麟曾指明"杜甫以律诗手法作绝句"，尤其是七绝，像《早发白帝城》、《望庐山瀑布》（李白），《出塞》、《芙蓉楼送辛渐》（王昌龄），《江南春》、《泊秦淮》（杜牧）等作品那样，基本形式特点是四句中关联主题的每个素材，必须都是散句（非对偶句）的形式，单一的接续而下。

绝句区别于律诗的另一个明显要素，即它有针对律诗的"完结性"的所谓"非完结性＝对他性"。律诗表现中核是对偶性，那对偶性乃是律诗不可欠缺的条件。作为所谓造型方面的特征很容易理解，若不忽略这一点，从中就产生作为心象方面特征的自我完结性格。正如众所周知，对偶构造的首要功能，以杜甫律诗（《春望》）为例，"感时花溅泪"其对句为"恨别鸟惊心"。"感时"与"恨别"、"花"与"鸟"、"溅泪"与"惊心"以外的意象全被排除，若以图式而言，现有素材"A"，若用B作其对偶者，那么由二者构成表现范围就明确化了。同时，"C"以下直到"X"、"Y"、"Z"的各种意象联想都被否定了，至少被抑制了，也就是说，其意象已自我完结。反过来说，正是由于否定或抑制了对其他的联想而造成的自我完结，才使得A对B的对偶结构得以成立。对偶这东西，原本就具有自我完结功能，以这种关系要求一句整体（对句），进而要求一首整体（律诗），具有强烈的自我完结性也就是理所当然的。律诗的主要特点倾向是：作品自身严谨结构和鲜明意象，要比飞动的流风余韵更重要。

与此相反，绝句的"单一性"则缺乏意象完结性。仍以上述"对偶"为例，现有素材"A"，由于绝句仅仅单一提示"A"的原样并未给它以确定对偶一方，它本身表现范围则是很不固定、很不明确的，是留有回旋余地的。但也正因为如此，与素材"A"的联想相对应者就有"B"、"C"或"Y"、"Z"多种选择的可能。总之，作为绝句的意象，此时尚未像律诗那样构成自我完结状态。

此外，五绝中有许多这样例子——诗中即使用了一组对句，而绝句的对句由于不在前半部分二句，就在后半部二句，结果，就在由对句而构成整合部分和由散句而构成的非整合部分之间，很容易产生一种

unbalance（不平衡感）。如李白《独坐敬亭山》：

> 众鸟高飞尽，孤云独去闲。
>
> 相看两不厌，只有敬亭山。

在前半二句，乃是稳定的对句表现；后半二句，乃流动的散句表现之间，韵律也好，内容也好，明显不同，由这种不同而产生的不平衡感，乃是由缺乏意象完结性而产生。

非自我完结性在追求相应的完结性过程中，流露出对他性意象，即所谓具有对他的表现功能，应该说正是这一点，乃是绝句与律诗不同的内在的心象特征。

这里有三点很重要，应注意：（1）所谓"起承转合"这一词语，原本是用于说律诗的。（2）将它转用于说绝句，乃是南宋末至元、明以后的现象。（3）这一转用固定过程，也是绝句的"律诗化"而"独特性减少"的过程。

李白的绝句，尤其是表现其风格的七言绝句，几乎毫无例外地表现了强烈的单一性与对他性。

《黄鹤楼送孟浩然之广陵》：

> 故人西辞黄鹤楼，烟花三月下扬州。
>
> 孤帆远影碧空尽，唯见长江天际流。

离别之际，从黄鹤楼顺流东下的友人→联想到遥远的繁华地扬州→远去的孤帆→很快溶于彼岸→视野开阔的长江流域。这里，是典型的排斥、否定对偶性与完结性的绝句世界，从第一句至第四句每一个个别素材，以单一手法相连结，不用说完全没有后代所谓"起承转合"之法，尤其第四句意象，李白并未拘于水流之真，只不过将那遥远天空和无限水流来作眼下送别友人的难以言状的寂寥之感的象征。

《陪族叔刑部侍郎晔及中书贾舍人至游洞庭》五首其一：

> 洞庭西望楚江分，水尽南天不见云。
> 日落长沙秋色远，不知何处吊湘君？

正如中野重氏在题为《一缕情》中所言："读'洞庭西望楚江分……'时，我虽未见过洞庭湖，不知何故，这其中所流露的一缕情思也引人泣下。"（《唐诗概说》月报）这里所说的"一缕情思"，并非所有唐诗作品中都有，也只限于"秦时明月汉时关，万里长征人未还"（王昌龄《出塞》）、"谁家玉笛暗飞声？散入春风满洛城"（李白《春夜洛城闻笛》）一类，具有遥远时空以广阔联想的作品。读"洞庭西望楚江分，水尽南天不见云"，确有这种感觉。"日落长沙秋色远，不知何处吊湘君？"从迷漫夕阳之光的水面直到遥远长沙的秋色，进而又联想到古代传说中的湘君，这流转飘浮的"联想"的感觉并未随最终一句而消歇，而是溢于言外，绵远深长，体现了对他性的、流动的心象形式。这正是绝句的特征，这不外乎是所说的由于以有限之语表无限之意，切绝其句而成"绝句"。古诗侧重于心象原样展开的表现形式，律诗则限定心象展开范围并于其中追求整合化与完结化，绝句既不是古诗也非律诗，李白绝句之所以给人出神入化神品之感的内在原因，恐怕也在此。

第九章　李白乐府诗论考
——以艺术表现功能完成为中心

一、引　　言

　　诗人心象与表现样式之间具有密切关系，而中国古典诗歌中唐诗部分则是考察这一问题的最恰当的领域。其依据：①一般说，中国中世诗歌已涉及字数、句数、平仄、押韵各种要素，这一时期的诗歌已受到相当严密的韵律制约。②特别是唐诗，由于古体同近体、绝句同律诗、杂言同齐言、乐府诗系同徒诗系等诸种相对立要素的复合，从而组合成各种各样诗型，具有特定的色彩和感觉。③为世人所公认的李、杜、白所代表的具有个性或个性强烈的诗人们，作为在精神生活和社会生活中确认自我的证据——他们都集中精力把自己的个性倾注于诗歌之中。

　　作为李白论的一环，由上述观点出发，有必要对李白乐府诗有关诸问题作一探讨。如果我们确认李白是唐代乐府的最突出一位作者，而李白主要作品又集中在绝句和乐府系列上这一事实①，那么，在阐明李白乐府诗中呈现诸问题以及乐府诗鲜明性格关键的同时，也就是对李白诗歌本体鲜明性格关键的阐明。

二、早期文献中有关评论及其倾向

　　很早就有人指出，李白乐府诗中有很多出色之作：

　　　　……至如《蜀道难》等篇，可谓奇之又奇，然自骚人以还，鲜

———————

① 参照本章第二节先行诸说。

有此体调也。(唐殷璠《河岳英灵集》卷上)

从序文中年代表记"起甲寅，终癸巳"(天宝十二载，753年)看，当时李白五十三岁，这是同时代人对此问题的评价，很值得注意。还有两条逸话，虽有繁简之别，但也都与此有关：

> 在长安时，秘书监贺知章，号公为"谪仙人"，吟公《乌栖曲》云："此诗可以泣鬼神矣。"(唐范传正《唐左拾遗翰林学士李公新墓碑并序》)
>
> 李太白初自蜀至京师，舍于逆旅，贺监知章闻其名，首访之。既奇其姿，复请所为文。出《蜀道难》以示之。读未竟，称叹者数四，号为"谪仙"，解金龟换酒，与倾尽醉。期不间日，由是称誉光赫。贺又见其《乌栖曲》，叹赏苦吟曰："此诗可以泣鬼神矣。"故杜子美赠诗及焉。曲曰："姑苏台上乌栖时……"或言是《乌夜啼》二篇，未知孰是，故两录之。《乌夜啼》曰"黄云城边乌欲栖……"(唐孟棨《本事诗·高逸第三》)

从同一碑文"以元和十二年(817)正月二十三日，迁神于此，遂公之志"这点看，前者系李白没后五十五年所记，后者最晚写于其后一二四年。二者都记录了李白同贺知章相会，时在天宝元年(742)秋，李白四十二岁。这里值得注意的是，为当时前辈长老贺知章所感叹的，即震动长安诗坛的成名之作《蜀道难》、《乌栖曲》(又作《乌夜啼》)都是乐府诗这一点。关于此事真伪，由李白在此后一年怀念贺知章的诗中可见①。首先应肯定这次相会本身是事实，因此，同此机缘相关的作品《蜀道难》和《乌栖曲》的存在也同样是事实。另外，即使此系后人伪托，那么这一伪托存在的本身，也显示了李白同乐府诗的紧密结合关系。

---

① 《对酒忆贺监二首并序》、《重忆》、《金陵与诸贤送权十一序》。

在宋代诗话中，与绝句和律诗的情况一样，几乎没有直接将乐府作为论述对象的例子。降至明代，在评论唐诗的大趋势中，对乐府的评价才日益增多，屡见不鲜。

太白古乐府，窈冥惝恍，纵横变幻，极才人之致。然自是太白乐府。（王世贞《艺苑卮言》卷四）

青莲拟古乐府，以己意己才发之，尚沿六朝旧习，不如少陵以时事创新题也。少陵自是卓识，惜不尽得本来面目耳。（同上）

太白《蜀道难》、《远别离》、《天姥吟》、《尧祠歌》等，无首无尾，变幻错综，窈冥昏默，非其才力学之，立见颠踣。（胡应麟《诗薮》内编卷三，古体下，七言）

李、杜歌行，虽沉郁逸宕不同，然皆才大气雄。……有能总统为一，实宇宙之极观。第恐造物生材，无此全盛。（同上）

太白《远别离》旧是难处，范德机知其调之高绝，而不解其意所从来。（同上）

太白笔力变化，极于歌行；少陵笔力变化，极于近体。（同上，卷四，近体诗上，五言）

六朝乐府虽弱靡，然尚因仍轨辙。至太白才力绝人，古今体格，于是一大变。（同上，外编卷一，周汉）

太白五言沿回魏、晋，乐府出入齐、梁，近体周旋开、宝，独绝句超然自得，冠古绝今。（同上，内编卷四，近体上，五言）

乐府则太白擅奇古今，少陵嗣迹《风》、《雅》。（胡震亨《唐音癸签》卷九所引胡应麟说）

太白于乐府最深，古题无一弗拟，或用其本意，或翻案另出新意，合而若离，离而实合，曲尽拟古之妙。（同上，胡震亨自说）

拟古乐府，至太白几无憾，以为乐府第一手矣。谁知又有杜少陵出来，嫌模拟古题为赘剩，别制新题，咏见事以合风人刺美时政之义，尽跳出前人圈子，另换一番钳锤，觉在古题中翻弄者仍落

古人窠臼，未为好手。"尽道胡须赤，又有赤须胡"，两公之谓矣。（同上）

古诗窘于格调，近体束于声律，惟歌行大小短长，错综阖辟，素无定体，故极能发人才思。李、杜之才，不尽于古诗，而尽于歌行。孟襄阳辈才短，故歌行无复佳者。（同上）

李乐府从古题本辞本义妙用夺换而出，离合变化，显有源流。（同上，卷三十二）

清赵翼指出：

青莲工于乐府。盖其才思横溢，无所发抒，辄借此以逞笔力。（《欧北诗话》卷一）

……皆蕴藉吞吐，言短意长，直接《国风》之遗。少陵已无此风味矣。（《瓯北诗话》卷一）

诸家之评说，从最高的赞叹（与杜甫乐府和李白自身绝句相比较而言）到种种批判之语，评价的高下程度是有出入的。另外，由于评论者对乐府同歌行关系没有统一规范①，因而在作为评论对象的作品范围方面，多少就有些冲突。但即使上述评价互有出入，而对李白乐府及乐府系列作品主要的质的方面作了如下肯定与共识：①在唐代乐府诗中具有代表性。②在李白全部诗作中，乐府占有重要地位。确实，李白乐府类诗作，具有不同于绝句的意味，给读者一种 Impact（撞击）感。这究竟是什么原因，虽然历代评论家在论述李白时几乎无例外都要涉及到乐府，但都未能对此作出说明，而在古典诗歌古典性考察中，这仍是必须作出回答的一点。

---

① 如王世贞《艺苑卮言》卷一中："七言歌行，靡非乐府。"与此相对，胡应麟《诗薮》则以歌行为广义乐府。乐府专指狭义乐府，有一定程度差别。

李白乐府诗的地位，另外还可以从量的方面加以说明 ①。现依据先行诸家之说从现存堪称李白诗集大成的清代王琦《李太白文集》卷三一六（《分类补注李太白诗》本，卷数相同）中作为"乐府"收录：四言1首，五言80首，七言13首，杂言55首，计149首。系狭义的乐府诗。因而，如再加卷七、卷八所收《古今体诗》（歌吟）81首及其他部分所收歌行体作品，李白乐府系列作品约可增至240首左右，约占其现存1000首作品的四分之一，在李白全部诗中比重大体可以确定。

三、关于论述唐代乐府诗的两个前提

论述李白乐府诗，第一个必要前提是乐府诗的唐人视角，即唐代诗人而不是汉、魏、六朝诗人，具有怎样的乐府意识。初看，这一问题未免过于寻常，若细究，乐府这体裁，从汉至唐，名称虽一，但在内容方面，仅从《郊庙歌辞》到《新乐府辞》的变化反复 ②，就不容忽略，仍须再论。因而这里有两点可从原则上再明确一下：①年代方面，李白乐府诗创作时期是以盛唐末为中心。②内容方面，以占李白乐府诗大部分的古乐府系作品为中心。

另一个前提是从现今视角所认定的乐府诗样式特征，究竟是不是文学史中唐代乐府诗的样式？当今对唐诗样式的区分，一般说将乐府视为与古体、近体有别的一种样式，或作为古体诗一类来对待，这是极普通常识。将乐府归于"歌行"类（或将"歌行"类归于乐府）和将乐府划归古体诗是同样分类，同样都是正确的。上述分类当然并不否定乐府中有近体作品，只是因乐府涉及古诗、绝句、律诗、排律各体，所以很难处理，为表示诗体大势，只能作出这样权宜之分。不过诚如明王世贞所

---

① 岛田久美子《关于李白乐府》（《中国文学报》第九册）、武部利男《李白》下（岩波书店）、大野实之助《李白东武吟——乐府史中的位置》（《中国古典研究》第十三号）、《李白的乐府》（《无限》第二十二号）等，尤以《无限》所收大野论文最为详细。
② 据《乐府诗集》分类（下同）。

说："古乐府选录歌行，有可入律者，有不可入律者，句法字法皆然。"（《艺苑卮言》卷一）或如胡应麟所说："世以乐府为诗之一体。余历考汉、魏、六朝、唐人诗，有三言、四言、五言、六言、七言、杂言、近体、排律、绝句，乐府皆备有之。……是乐府于诸体，无不备有也。"（《诗薮》内编，卷一，古体上，杂言）这些特意针对乐府诗体的直接正面解说，恰恰表明在中国近世的通常观念中是将乐府视作古体，或者说，至少是把乐府视为具有独立性诗体。而且这种观念根深蒂固，不易动摇。

对乐府体这种模糊认识，何处寻其原因？我以为与如下两种因素有关：其一，是由于前期中世诗（汉、魏、六朝诗）中乐府系与徒诗系（非乐府系）相对应①。其二，是由于后期中世诗（唐诗）中古体和近体相互对应，但后世对唐诗分类将二者原封不动地混合并用，再加上唐诗地位的权威性，从而形成牢不可破的流行观念。基于上述情况，我们现今若以平仄对应为唐诗基本的样式再系统整理的话，首先应着眼古体与近体这一大体区分，然后再划分为古诗、绝句、律诗、排律各种诗体，必要时还可以再作其下分类，把它归于乐府系和徒诗系图式中去。

四、唐代乐府诗的艺术表现功能

确定以上两种前提后，再考察唐乐府诗的艺术表现功能的一般模式时，就可以发现其共同特征，或更确切说其艺术表现功能，大致有以下三点：①对乐曲的联想；②感动的古典化、客体化；③表现意图的未完结提示。从①到③顺序，显示了从基础的、个别的转向派生的、复合的移动过程，因而对所有乐府诗而言，①是不可缺的功能，③则并非一定如此。

唐乐府诗的第一艺术表现功能——引发对乐曲联想，是唐代乐府诗性格中最基本的一点。"乐府"这一称谓，本从掌管音乐机关名称而

---

① 乐府题，不用说，虽有六朝和唐代所作之别，但都是在乐府系←→徒诗系这一既成的对立要素为前提的框架下的新种和变种，在这个意义上应该说，同样是前期中世诗的分类基准。

来，源起"略论律吕，以合八音之调，作十九章之歌"(《汉书》卷二十二《礼乐志》第二)。以后，包括六朝、唐代乐府诗，实际上不少是作为乐歌，这就是唐代乐府诗乐曲联想功能存在的主要原因。当然这种联想，依据乐府题有轻重、直接、间接之别。另从文学史角度看，各种乐府诗题，各种乐府篇章，何时被歌唱及诗与曲孰先孰后等问题，由于资料不足，难以解决。但尽管如此，现存每首乐府之作，其艺术表现功能与对乐曲联想关系密不可分这点是难以否定的①。无论是杂言还是齐言乐府诗，一般都各有一种内在的、流动的韵律节奏感，大体可以确定其主要原因即在此。

第二个艺术表现功能，在情感表达上所形成的感动的古典化、客体化。这在具有数百年乐府创作实践历史传统的唐代，尤为明显。如通常有悠久传承关系的乐府诗《战城南》、《巫山高》(均出自《鼓吹曲辞·汉铙歌》)，作于前汉以及近于前汉时期的各种各样古辞②，也就有鲜明的同汉代军乐乐曲直接相关的乐曲性格。但当时还没有充分形成"所采用乐府题目给作者或读者、或战役悲惨、或游子旅愁固定印象"这一艺术表现功能。若说到作为此乐府题表现功能较好的，用《战城南》的，有梁吴均、陈张正见、唐卢照邻；用《巫山高》的，有齐虞羲、王融及梁元帝、陈后主等一系列早期作品。由此看来，所谓这些乐府题目印象所形成的艺术表现功能，除新乐府外乐府，包括六朝前期《清商曲辞》(《吴声歌曲》、《西曲歌》等)、隋、唐的《近代曲辞》在内，其体裁类型到唐代已全部完成。总之，本来具有较多的各个时代的现代乐歌的乐府，到了唐代就成了较多有古典性的传统样式。

---

① 这点，乐府题同后世词的词牌有更多的共通之处：①都起源于作为乐曲的歌词。②在特定的乐府题和词牌中，都有内容、样式共通的作品。③词也被称作乐府。另外，乐府题同乐府诗往往有以其本意为共通内容相互紧密关系，即题意与诗意相通（除曹操《陌上桑》、曹丕《秋胡行》等个别诗作例外），与此相对，词牌则不然，是一个例外。这点表明乐府和词在形成过程中，乐曲性的强弱是有差别的。

② 《战城南》古辞，见本稿后面文章中《巫山高》："巫山高，高以大；淮水深，难以逝。我欲东归，害（梁）不为？我集无高曳，水何（梁）汤汤回回？临水远望，泣下霑衣。远道之人心思归，谓之何！"（《乐府诗集》卷十六）

　　一般说，这种功能追求在普遍化的古典化的构思中，使每个诗人的具体的心象和情念得以转化。作为个人体验的厌战感情和乡愁，"战役的悲惨"、"游子的乡愁"，个别的特殊部分被舍去，其具体形象转化为普遍而客体的心象，那时而粗犷、时而纤细不充分的情念，决没有原封不动照样被表现。最终，乐府诗所表现的只限于乐府题目所表现的，它的手法也只能在所规定的一定框架下应用变化。因此，感动的古典化，一方面具有平板化、类型化危险，同时，另一面也就对较多人们心象具有普遍的适应性和持续性。因而，作为唐代乐府诗创作惯例，当诗人具有某种感动体验时，就选择适当乐府题来表现它，这就不再拘限于这种具体感动体验的本来形态——实际是超越其具体感动之上——而是依据它所选择的这一乐府诗题所触发的诗人的感兴，在其中加以部分的变化和扩展，即成为自己的乐府诗作，这种模式是很多的。

　　第三个表现功能——表现意图的未完结提示，也即乐府诗中"比兴"（进而与此相关的本事、讽谏）问题。在诗歌阐释中何时持有探求比兴立场，有一部分从相当早就存在了。但这种思考的体系化，却是由于"汉代《诗经》学"发达①，根据《诗经》所谓"六义"说在汉代儒家解释中形成的。先秦以来，中国诗歌（尤其是民歌系列）中片段的非体系化存在的政治性、童谣性歌谣预言功能、讽刺功能，在汉代发达的儒家《诗经》解释学中渐次体系化。这也是对民歌系列（如《诗经》中《国风》）作品中潜在重要表现功能的确认。当然今日看去，民歌系列《国风》篇籍中，那要素原本是否存在应另当别论。但重要的是，有这样一个不可动摇的事实，汉、魏以后直到唐代的中世文学史中诗人们，是在由《诗经》诸作品确立的解释体系中，在中国诗歌所具有的理想境地学问以及文学传统中培育而成。由于《文选序》、《文心雕龙》、《诗品》、《与元九

---

① 首先在被称作汉代经学原型的《毛诗大序》中强调了音乐同政教关系。其次，一般说，《国风》系列作品中多比兴解释，其原因乃是随儒教的国教化，结果，民歌也就必然礼乐化。三是从《礼记·王制篇》到《汉书·艺义志》等汉代资料中，有的根据采诗官制度而主张讽谏、讽教功能。关于这点可参阅《支那文艺论薮》中所收青木正儿《对诗教发展过程中采诗官质疑》。

书》等当时主要文学理论对诗歌比兴的认定，对于中世知识分子来说，依据儒家理念来确认自我行为——也就是对诗歌创作、解释、欣赏的一种认同化——行为。这就意味着汉代以后中国诗歌依据于比兴讽谏的政治性，已成为应时的正式主张。但这里就产生这种情况，对以抒情作品为其主流的中世诗歌而言，全部作品都作这种比兴性格认定，将抒情诗的抒情功能固定化、形式化结果，就同诗的原本感情意念形式难以并立。因而，就作品主体而言，这种政治性的认定和包摄，渐渐就被集中、限定在被称作"乐府"的最为恰当的样式中了 ①。

那么，能否因此说乐府是最适于此的形式呢？恐怕不能。由于乐府诗具有较多的乐曲性、民歌性、叙事性性格而形成多而杂的特点，就使乐府这种类型具有包摄这一政治要素的非统一性（宽容性）。进而言之，尤以《相和歌辞》《杂曲歌辞》系列作品中，这种多样性特征同早期《国风》系列作品最为相似。

不过还有另外一面，如同《国风》系列中许多作品的实际情况表明那样，每首乐府作品，作为具有民歌色彩的抒情诗，也有其自身可供欣赏之处。当然，同时也并未将比兴的认定看作是不可欠缺的条件。且不论这一类型总体，单就每一具体作品，不用说，无须认定比兴性的场合是很多的。表现意图的复杂化（不统一化）所造成的抒情功能的稀释和扩散现象，就乐府系列抒情诗而言也并无例外。

在中世乐府诗，尤其是唐代乐府诗作品解释中，所认定潜在政治意图合适与否，乃至应当与否实难固定，最终结果就只能是呈现极不确定而且未完结的状态。若以此而言，无非是将创作中作者表现意图以其不

---

① 古风、古调、古意被普遍认为是包含有政治功能的一种类型（对中世诗人而言），古代诗歌中或多或少必定存在的这种功能，在古风、古调、古意的实际创作中被当作首要目的。因此，一般说来它比乐府含有更明确政治性。参考陈沆《诗比兴笺》。

与此相关，尤应注意的是，指明"效古"、"拟古"类同"古乐府"、"拟古乐府"类具有共通讽刺性这点的说法：

凡效古、拟古之作，皆非空言，必中有所感，藉以寄意。故质言之不得，则以寓言明之；正言之不得，则反其辞以见意。白之高旷，岂沾沾以早达自喜，夸娥眉而嗤丑女者哉。刺之深，讽之微也，真得古乐府之遗也。读者以意逆志，得其言外之旨可也。（《唐宋诗醇》卷八李白"效古条"，乾隆御批）

确定未完结的原样提示给读者 ①。明胡震亨引王世贞《艺苑卮言》卷一：
"乐府诗妙在可解不可解之间。一涉议论，便是鬼道。"（《唐音癸签》卷
三）关于"妙"一段话是很有魅力的趣语，那关于乐府"可解"与"不
可解"之间一段说得好，同本章所说表现意图不确定，未完结观点有着
共通之意。

　　由于"六义"观点整理出来如下状态：乐府诗容许直叙性（赋）、寄
托性（比兴）这两种性格并存，而且，应指出还有同时容许对二者作任
何一方的解释的特殊乐府类型。也就是说，其作品依据本事怎样、具有
什么比兴意图，所谓事实自身并不是第一重要的，倒是容许读者对这一
比兴内容推测的容许性和这种容许感存在，更为重要。由于存在这种容
许性，对比兴解释具有共感的读者，或明或暗、或多或少尝试依据自己
对儒家价值观理解来扩大解释——这也是确认自我尝试。而相反，对比
兴没有共感的读者，放弃这一容许性，可能以别的形式确认自我。换言
之，在比兴性或有或无这一结果上，具有更为重要意义的是达到这一结
果的过程本身。乐府体裁的这一"表现意图的未完结提示"功能，意义
正在于此。

　　据以上整理唐乐府艺术表现功能形式看①、②、③项，并不单独各
起作用，其相互影响情况还是很多的。问题是，它对李白发生怎样作用
及同其他诗人又有怎样关联。

五、李白乐府诗诸相

　　关于李白乐府诗中乐府题目全部用例及它们同先行作品辞句关系等，
已有人作过详细调查 ②。现就其基本乐府题目（照《乐府诗集》分类）使
用倾向看，其大部分（120首）是所谓古乐府、拟古乐府系列作品，属唐

---

① 历代注释中，对采用与乐府相似题材和样式的"歌吟"一类极少这种比兴解释之例，不少中
　世、近世注释中，还将这种潜在政治意图的有无、强弱作为乐府同歌吟的传统区分标准。
② 詹锳《李白乐府探源》（《李白诗论丛》所收）。

代新设《近代曲辞》(《清平调》3 首、《宫中行乐词》8 首）和《新乐府辞》(《横江词》6 首、《江夏行》1 首、《静夜思》1 首、《黄葛篇》1 首、《塞上曲》1 首、《塞下曲》6 首、《笑歌行》1 首）加在一起不过 28 首。

对此要略加说明。这组少数作品，其题目本身在唐以前是没有用例的，联想和表现方面多是宫中游乐、宠妃姿容美色、怀乡、思妇、边塞一类传统题材，其描述手法同样是传统的第三人称。如《新乐府辞》作品 17 首都属相对传统性强的《乐府杂题》，而并非狭义的新乐府，如《系乐府》、《新题乐府》、《新乐府》、《正乐府》等类作品。像《横江词》那样属《乐府杂题》，同时又以个别、具体手法直接表露作者的体验，尤属李白乐府之作的例外（《横江词》在《分类补注》本中属"歌吟"类，未按乐府对待。另外，这里还包含像《笑歌行》那样后考证为伪托之作在内）①。从上述各种倾向看，李白乐府整体，大致是传统的古典色彩很强的。胡震亨所说"太白于乐府最深，古题无一弗拟……曲尽拟古之妙"极为确当。

李白乐府同唐代乐府一般艺术表现功能关系怎样，需作进一步探讨。首先，在对乐曲联想的第一功能方面，联想强弱、浓淡就有极大不同。如《近代曲辞》中《清平调》，从关于这一曲调创作的诸多言论可知②，作为新曲调的歌辞，要考虑到实际歌唱，对乐曲联想就尤为直接。相反，属《鼓吹曲辞·汉铙歌》的《上之回》、《君马黄》等和不见于汉以前而属六朝时期的古辞同系列作品，如《宋鼓吹铙歌》中《战城南》、《将进酒》中间之作，并无显示其存在乐曲性资料。因此，可以说其创作，欣赏阶段对乐曲有联想仅是间接状态的想象。另外，难以确指的《子夜吴歌》(《清商曲辞·吴歌》) ＝晋代，《襄阳曲》(《清商曲辞·西曲》) ＝宋代，由于其处于比古辞制作要晚的六朝时期，对乐曲联想相对增强。李

① 苏东坡曰："今《太白集》中有'悲来乎'、'笑矣乎'及'赠怀素草书'数诗，决非太白作，盖唐末五代间，贯休、齐己辈诗也。"（王琦《李太白文集》卷七所引）

② ……上曰："赏名花，对妃子，焉用旧乐词为？"遽命龟年持金花笺，宣赐翰林学士李白，进《清平调词》三章……龟年遽以词进。上命梨园弟子约略词调，抚丝竹，遂促龟年以歌之。（唐李濬？《松窗杂录》，顾氏文房小说本几乎相同记述，又见宋乐史《杨太真外传》）

白3首《白纻词》，可作这一推断的旁证。

> 扬清歌，发皓齿，北方佳人东邻子。且吟《白纻》停渌水，长
> 袖拂面为君起。寒云夜卷霜海空，胡风吹天飘塞鸿，玉颜满堂乐
> 未终。

《白纻辞》乃是由晋代"白纻舞歌诗"为始的乐府题，此后，以宋《白舞歌》（1首）、齐《白纻辞》（5首）、梁《白纻辞》（2首）为首，到唐代以《白纻曲》、《白纻辞》、《白纻歌》等名称为题的作品很多。李白此作所写内容与《乐府诗集》（卷五十五《舞曲歌辞四·杂舞三》）中对此题古辞的内容说明"《乐府解题》曰：古词盛称舞者之美，宜及芳时为乐"完全一致，在辞句表现上，直接受鲍照《代白纻歌词》（"朱唇动，素腕举"……）影响，而其基本联想构思，显然与晋代舞曲有直接关系。从李白这首《白纻辞》中所写李白"且吟《白纻》（古代舞曲名）停《渌水》"，以及在另外作品中更具体地描写其游船亲历场面"醉客满船歌《白纻》"（《陪族叔刑部侍郎晔及中书贾舍人至游洞庭》其四）来看，再加上同时代王维"周郎陆弟为侪侣，对舞《前溪》歌《白纻》"（《同崔傅答贤弟》）诗句所写情景等等，可以说，起源于六朝的乐府系列作品要比起源于汉代的，通常要保持更严格的乐曲性。

李白乐府之作同样体现这种因起源不同而在乐曲性联想方面存在一定程度的差异，同时，又同这乐曲的联想有着千丝万缕的不可分离的联系。作为这一乐府在乐曲方面表现功能的最终结果，即在其乐府诗作中产生一种飘逸、富于韵律的动感。这种动感通常由于音律数的自由化（非拘束性）所致。因而其杂言作品要比齐言乐府，更明显体现这一倾向。李白乐府，如前所示，齐言诗绝对数居多。但主要代表作《蜀道难》、《行路难》、《将进酒》……等等，又多以杂言形式出现。这同王维乐府几乎尽为五、七言状态，如《从军行》（五言）、《陇头吟》（七言），以及杜甫大体以七言为中心状态，如《后出塞》（五言）、《哀王孙》（七

言，除《丽人行》等少数例外）相比较，确实大不相同。无疑这是造成李白乐府"窈冥惝恍，纵横变幻"（王世贞）、"无首无尾，错综变幻"感的原因。同时，也从样式方面保证了李白乐府的多样性、综合性。

感动的古典化、客体化这第二个功能，李白乐府也有最为典型的表现。如《乌栖曲》：

> 姑苏台上乌栖时，吴王宫里醉西施。吴歌楚舞欢未毕，青山欲衔半边日。银箭金壶漏水多，起看秋月坠江波。东方渐高奈乐何！

在《乐府诗集》（卷四十八《清商曲辞·西曲》）中，同题乐府作品，从梁简文帝（4首）以下到唐张籍（1首）共收有十余首，作为其吟咏的共通素材。第一，"夜"，第二"艳冶女性"，进而，与"夜"相关，不止于夜，还有从日暮到夜，以及到晓的时间推移过程的描写；与"女性"相关，有娼家和酒家女、民间采莲女、宫中女性等种种不同。总之，值得注意的是围绕着它们的这种种描写，为《乌栖曲》设定了一个特有的表现范围。

李白的这首《乌栖曲》中，援引很多先行作品中的语汇和联想构思。如"金壶夜水讵能多"（梁元帝第二首）"复直西施新浣纱"（梁元帝第三首）、"兰房椒阁夜方开"（梁萧子显，第六首）、"犹有残光半山日"（同上，第三首）、"一夜千年犹不足……天河未落犹争啼"（陈徐陵第二首）等都为李白所借鉴援引。值得注意的一点是：在这里它们已不只仅仅是作为先行诸作品的片段素材，而是与《乌栖曲》这一乐府题所具有的结构脉落"江南——吴王——西施——姑苏——欢乐——推移"相统一。总之，与其强调它并不只是接受先人作品的个别影响，莫如说是依据乐府题《乌栖曲》意象并沿着作品的诸要素所展示方向作了一个类型化，完成形象化即典型化再创造，更有意义。

这点，还可以从作品采用形式方面来证明。先行作品18首，除元帝的第六首一韵到底（入声）外，都采用换韵格，大部分是七七/七七四句形式。与此相对，李白采用七七／七七／七七七的七句换韵式。关于这点已有人指出："范况曰：'简文帝、徐陵二作，皆李白所本也。'但前者俱用两韵，韵各二句。李白诗用三韵，前二韵各二句，后一韵三句与前调异。"（詹锳《李白诗论丛》所收《李白乐府探源》）但这里同时又产生一个小小疑问，若就某一特定作品而言，李白到底对哪一作品从内容和形式两方面都有所继承？但就现存资料说，李白所直接继承的是陈朝岑之敬的七七／七七／七七六句形式的《乌栖曲》。而其实，与其说李白受了某一特定先行作品影响，莫如说李白继承了先行诸作品总体性格、总体艺术表现性更为确切。

这一倾向在《乌夜啼》中同样可见，与上述《乌栖曲》情况几乎相同。《乌夜啼》开始"黄云城边乌欲栖"，即七七／七七七七六句形式之作，与《乐府诗集》（卷四十七）所收的先行诸家《乌夜啼》之间同样有继承关系。但李白《乌夜啼》的乐府题也同样只是在素材和联想方面有新意，而决不是新方向的开拓。如果前举例中贺知章"此诗可以泣鬼神矣"（《本事诗》）的感叹属实的话，那么恐怕也只是因这一乐府题意象的典型化，即将普遍而漠然存在于当时诗人头脑当中的《乌夜啼》、《乌栖曲》的意象，按其原有的方向予以纯粹化、形象化，因此给人们以强烈的艺术感染力。从这个意义上说，贺知章的感叹不正是为其出色巧妙的艺术典型化而感叹的吗？

所谓乐府题意象的典型化，就作者思路而言，就是将自己的与某乐府题所共通的独特感受，沿着那一乐府题传统表现方向使之贯彻到底而致客体化而已，因此像《乌栖曲》和《乌夜啼》这样的闺情诗题材，从中世诗人有关女性描写的一般倾向说，原本就是易于客体化表现的领域。与此相反，与人的生死相关的"哀伤"、"悼亡"、"战乱"等领域里的题材，由于这一题材特征本身方面原因，使其客体化的手法比较困难；因而像《薤露》、《蒿里行》、《挽歌》、《战城南》、《从军行》等乐府题，依据乐府诗表现功能所产生的普遍的、古典的客体效果，就格外具有深意。

李白的《战城南》，就是显示这一特点的典型。特别与同样题材的用新乐府题的杜甫《兵车行》比较，这一性格更加明了。

《战城南》：

> 去年战桑乾源，今年战葱河道。
> 洗兵条支海上波，放马天山雪中草。
> 万里长征战，三军尽衰老。
> 匈奴以杀戮为耕作，古来惟见白骨黄沙田。
> 秦家筑城备胡处，汉家还有烽火燃。
> 烽火燃不息，征战无已时。
> 野战格斗死，败马号鸣向天悲。
> 乌鸢啄人肠，衔飞上挂枯树枝。
> 士卒涂草莽，将军空尔为。
> 乃知兵者是凶器，圣人不得已而用之。

此诗给人的第一印象是：具有杂言乐府的基本格调。这一基本格调大体看来是叙事倾向、换韵而引起的韵脚变化，与五言、六言、七言、八言、九言各种节奏组合等因素而形成。此诗主题描绘出征士兵的苦难与劝诫黩武，因此各部分描写手法也就颇为具体。如果设定主人公是一位士兵，那么未尝不可把全篇看作是其亲身体验的自我表白。尤其"野战格斗死"以下四句，更是对战死之后悲惨境况的细致而微妙的具体描绘。但不应疏漏和回避的正是有关此战争的具体性内容。在此又似乎没有必要坐实究竟是现实中哪个时期、哪次战役的体验。可以说，这里只不过是将自古以来国人通常想象体验的"朔北战役"的印象，沿着其固有可能发展方向加以提炼集中，而这被提炼集中而成的意象中又增添了带有某种实感的具体描写罢了。而这种手法同汉代以来古辞中有关战争描写手法又不无关系。

> 战城南，死郭北。野死不葬乌可食。为我谓乌："且为客豪，野死

谅不葬，腐肉安能去子逃？"水深激激，蒲苇冥冥。枭骑战斗死，驽
马徘徊（裴回）鸣。梁筑室，何以南，梁何北，禾黍而（不）获君何
食？愿为忠臣安可得？思子良臣，良臣诚可思，朝行出攻，暮不夜归。
（《乐府诗集》卷十六《鼓吹曲辞·汉铙歌》，括文中原文见《全汉诗》）

再细致考察一下李白《战城南》同早期吴均、张正见、卢照邻同题诸作
品关系，就可以看出，体现在吴、张、卢等作品 ① 中的主要基调，是在描
绘对"朔北战役"雄壮严酷同时流露出作者的一种共鸣感、认同感。而
几乎没有体现出在汉代古辞和李白诗中那种即物而发的悲惨的厌战、反
战气氛。若从语汇、联想和整体构成角度看，应该说李白更为直接继承
了汉代古辞。但另一面，李白《战城南》中"朔北战役"这一固定印象，
又正是源自吴均和张正见的作品。在这方面，李白仍是采用了将先行作
品的诸种要素加以集中提炼的典型化手法。

　　另一方面，杜甫《兵车行》却是采用同《战城南》不同的相当突出
的异质手法。

車辚辚，马萧萧，行人弓箭各在腰。
耶娘妻子走相送，尘埃不见咸阳桥。
牵衣顿足拦道哭，哭声直上干云霄。
道旁过者问行人，行人但云点行频。
或从十五北防河，便至四十西营田。
去时里正与裹头，归来头白还戍边。
边庭流血成海水，武皇开边意未已。

---

① 梁吴均："蹀躞青骊马，往战城南畿。五历鱼丽阵，三入九重围。名慑武安将，血污秦王衣。
　　为君意气重，无功终不归。"
　　陈张正见："蓟北驰胡骑，城南接短兵。云屯两阵合，剑聚七星明。旗交无复影，角愤
有余声。战罢披军策，还嗟李少卿。"
　　唐卢照邻："将军出紫塞，冒顿在乌贪。笳喧雁门北，阵翼龙城南。珥弓夜宛转，铁骑
晓参潭。应须驻白日，为待战方酣。"（三诗均见《乐府诗集》卷十六《战城南》）

君不闻汉家山东二百州，千村万落生荆杞。

纵有健妇把锄犁，禾生陇亩无东西。

况复秦兵耐苦战，被驱不异犬与鸡。

长者虽有问，役夫敢伸恨？

且如今年冬，未休关西卒。

县官急索租，租税从何出？

信知生男恶，反是生女好。

生女犹得嫁比邻，生男埋没随百草。

君不见，青海头，古来白骨无人收。

新鬼烦冤旧鬼哭，天阴雨湿声啾啾。

杜甫不是没有吟咏这种题材的古乐府系列的作品（如《前出塞》9首、《后出塞》5首即是），但那可以说是例外。杜甫诉说从军和战役的苦难的乐府，广义有《洗兵行》《苦战行》一类歌行体，狭义有《悲陈陶》《悲青坂》《无家别》《新婚别》一类新题乐府系作品。这种与李白异质手法是杜甫乐府诗整体性格的一大突出特色。而新题乐府《兵车行》又是这突出特色的最好代表。《兵车行》具有如下重要意义：扬弃古乐府题，开拓新乐府题，否定了作为乐府诗创作传统手法及其心象，而且与它相关联主题也成为乐府诗表现领域。换言之，在对乐府存在一种类型化共感同时，作为构成它的类型化手法及心象，却被《兵车行》所代表的手法及心象否定了。

《兵车行》不同于《战城南》的手法之一，即它所吟咏战役内容与具体特定历史事实相对应。一般认为此诗作于天宝十载（另有十一载说）冬，杜甫四十岁。写作上也有严格的时间、地点，文中所说"或从十五北防河"，指开元十五年（727）征兵出征对吐蕃作战。"且如今年冬，未休关西卒"，指在天宝九载（750）关西游奕使王难得攻击吐蕃[①]，从有

[①] 钱谦益《钱注杜诗》（卷一）、仇兆鳌《杜诗详注》（卷二）等。

"诗史"之评的杜诗基本作风角度看，也就不难理解何以如此对应了。至少读者依据《兵车行》字里行间所写，可以较直接地获取对这一现实的战役的了解。这就同李白《战城南》尝试将部分细写战斗与整体上难以确定为哪一次战役的泛写相统一手法，形成极鲜明对照①。

李白这种普遍化、集约化，进而言之，古典化和客体化的倾向，实际在乐府以外作品中也达到相当高程度。若从主题和素材方向看，这一倾向在离别诗②、闺情诗领域尤为显著。当然考其原因，这样一个事实可以确认，即只就盛唐诗一般情况而言，不论是"乐府"样式，还是"闺情"内容，其作者也无论是李白还是王维、王昌龄，这种倾向（古典化、客体化）是作为一种主要基调而普遍存在的。以《乌夜啼》《乌栖曲》为首的《长相思》《前有樽酒行》《玉阶怨》《王昭君》《白头吟》，堪称感动的古典化、客体化系列之作，而它们又都集中在李白的"闺情题材"的"乐府诗"中，也决非偶然。

乐府诗第三个表现功能——表现意图的未完结提示，在李白乐府中虽复杂，但很明了，与此有关言论最早有《草堂集》序文"不读非圣之书，耻为郑、卫之作，故其言多似天仙之辞，凡所著述，言多讽兴"。它出自李白晚年寄寓、病没之时将万卷草稿所托族叔李阳冰之手，仅此堪称第一手资料。其态度正如序文结尾部分"论《关雎》之义，始愧卜商；明《春秋》之辞，终惭杜预"所表明，乃是典型儒家诗歌观、文学观。因而，亲自编集李白作品的李阳冰称李诗"言多讽兴"，可以说是建立在李诗客观事实之上的恰当解释。

在此以后，关于李白诗，尤其乐府诗中比兴性（以及同此相关的本事和讽刺）的有无、强弱问题看法，各时代评注者反应不一。大致有如下三种不同：

---

① 即使对李白乐府本事的解释最为透彻的萧士赟《分类补注李太白诗》和陈沆《诗比兴笺》，也未曾就《战城南》具体本事尝试索解。另外，詹锳《李白诗文系年》由于以考证制作年代为主，也是一带而过。

② 参照本书第三章"李白离别之吟"。

（一）强调比兴存在。

（二）几乎不提比兴存在。

（三）持二者中间态度。

第一种态度以政治性为原则，对乐府诗作儒家的解释。以宋末元初《分类补注李太白诗》（萧士赟）为其代表①。第二种态度现代注释类居多：《李白》（田中克己）、《李白》（武部利男）、《李白诗选》（舒芜）等为代表。第三种态度，认为第一种态度政治原则论太过分，批判其对有关作品个别的论述往往牵强附会。而它所用认定标准同第一种态度又没有太大差别，只是有相对随意性，所认定有比兴之意的总数相当少。以清王琦《李太白文集》、爱新觉罗·弘历《唐宋诗醇》为代表。这三者差别，是各种各样的时代性和价值观的反映。作为李白研究史一环，这种情况本身虽饶有兴味，但若从中获得对李白乐府本来性格的正确判断，却并非易事。

通过对具体作品考察可知，李白乐府内容，大致有两种较大区别，即易于认定其比兴性和难于认定其比兴性。前者如传统诸家注释几乎一致认定有比兴存在的作品，如《蜀道难》、《长相思》、《古朗月行》、《妾薄命》、《梁甫吟》、《上留田》等，多是篇幅较长而且富于叙事性、典故性、议论性。后者系传统诸家注释对此大都无所言的作品，如《采莲曲》、《渌水曲》、《玉阶怨》、《静夜思》、《前有樽酒行》、《洛阳陌》、《折杨柳》等，一般都是短诗形，并有抒情性强、非典故性、非议论性等共通倾向，因而作品多系乐府题绝句。

若从表现意图未完结这点来说明上述情况的话，那么后者大都被排除在外。但实际，倒是在不属二者的多数中间作品中，以及同这种作品

---

① 萧士赟生平并不大明确。王琦《李太白文集跋》第二则注中："粹斋，名士赟，一字粹可，赣州宁都人。淳祐进士，萧立之之仲子。潜心笃学，入元遂隐居不出。"从对已亡南宋保全其节，而不仕异民族新王朝这点记载看，或许是受宋学名分论较强影响的学者。其注偏于儒教的讽谏说并非偶然。不妨推测，是不是他尝试将自己身受异族侵犯的心情，借注之机，寄托在遭受胡族安禄山等异族侵犯时期的李白心情之中。

芳村弘道《萧士赟与元版〈李太白诗分类补注〉》（日本《中国学会报》第四十二集，日本中国学会编，1990年10月）一文对此有详细论述。

相关联的后者中，显示了乐府诗所有的某一种潜在含意。至少，比具有类似内容的非乐府题（＝徒诗系）短篇抒情诗，保留了更多的这种潜在含意。另一方面，在属于前者的诸篇中，虽然对其比兴这点取得一致看法，但同时，在具体比兴内容方面，杨齐贤、萧士赟、乾隆帝、王琦等主要评注者一系列解释不尽一致。如乐府门类开头所收《远别离》却是一例。

> 远别离，古有皇、英之二女，乃在洞庭之南，潇湘之浦。海水直下万里深，谁人不言此离苦？日惨惨兮云冥冥，猩猩啼烟兮鬼啸雨。我纵言之将何补？皇穹窃恐不照余之忠诚，雷凭凭兮欲吼怒。尧、舜当之亦禅禹。君失臣兮龙为鱼，权归臣兮鼠变虎。或言尧幽囚，舜野死。九疑联绵皆相似，重瞳孤坟竟何是？帝子泣兮绿云间，随风波兮去无还。恸哭兮远望，见苍梧之深山。苍梧山崩湘水绝，竹上之泪乃可灭。

元代萧士赟首先否定先人之说："此篇前辈咸以为：上元间，李辅国、张后矫帝制，迁上皇于西内时，太白有感而作。余曰非也。"而且他指出："此诗大意谓，无借人国柄，借人国柄则失其权，失其权则虽圣哲不能保其社稷、妻子焉。"并推定其制作年代："……然则此诗之作，在于天宝之末乎？"在进而言及其比兴手法时，又指出"日"和"皇穹"，比作君主；"云"比作臣下；"猩猩啼烟兮鬼啸雨"，说的是小人得势后政治混乱状态；"尧、舜当之亦禅禹"以下，说的是国权下移至大臣，祸患必至。乾隆御批也与此立场相同："此忧天宝之将乱，欲舒其忠诚，而不可得也。"

与此相对，清沈德潜仍然持旧说："玄宗禅位于肃宗。宦者李辅国谓'上皇居兴庆宫，交通外人，将不利陛下'，于是徙上皇于西内，怏怏不逾时而崩。诗盖指此也。太白失位之人，虽言何补，故托吊古以致讽焉。"《唐诗别裁》（卷六，七言古诗）其中"君失臣兮龙为鱼，权归臣兮鼠变虎"一类讽喻表现和"我纵言之将何补？皇穹窃恐不照余之忠诚"一类直截的政治性倾向，尤其是全诗整体中流露出一种沉痛紧迫感，反复研读，我以为这首《远别离》决非只是"别离之歌"，但要寻找其具体本事，限定于天宝末到李白死年这段时间之中，就应设定还有完全不同的事迹。

李白乐府诗的这种性格，最集中体现在著名的《蜀道难》中。

> 噫吁嚱，危乎高哉！蜀道之难，难于上青天。蚕丛及鱼凫，开国何茫然。尔来四万八千岁，不与秦塞通人烟。西当太白有鸟道，可以横绝峨眉颠。地崩山摧壮士死，然后天梯石栈相钩连。上有六龙回日之高标，下有冲波逆折之回川。黄鹤之飞尚不得过，猿猱欲度愁攀援。青泥何盘盘，百步九折萦岩峦。扪参历井仰胁息，以手抚膺坐长叹。问君西游何时还？畏途巉岩不可攀。但见悲鸟号古木，雄飞雌从绕林间。又闻子规啼，夜月愁空山。蜀道之难，难于上青天，使人听此凋朱颜。连峰去天不盈尺，枯松倒挂倚绝壁。飞湍瀑流争喧豗，砯崖转石万壑雷。其险也若此，嗟尔远道之人胡为乎来哉！剑阁峥嵘而崔嵬，一夫当关，万夫莫开。所守或匪亲，化为狼与豺。朝避猛虎，夕避长蛇，磨牙吮血，杀人如麻。锦城虽云乐，不如早还家。蜀道之难，难于上青天，侧身西望长咨嗟！

此前后四十四句长篇，对其本事中心旨意的推定，历来众说纷纭，诸家学说据最早文献顺序整理有七种：

① 节度使严武有杀太尉房琯及诗人杜甫之意，友人李白忧虑此事而讽刺批判之——唐李绰《尚书故实》①、范摅《云溪友议》（卷二《稗海》等所收），宋《新唐书》（卷一二九《严武传》）等。

② 讽刺章仇兼琼（蜀政治家）——宋沈括《梦溪笔谈》（卷四第八十条）、胡仔《苕溪渔隐丛话》（前集卷五）所引《洪驹父诗话》、久保天随

---

① "陆畅，字达夫，尝为韦南康作《蜀道易》，首句曰：'蜀道易，易于履平地。'南康大喜，赠罗八百匹。南康薨，朝廷欲绳其既往之事，复阅先所进兵器，刻'定秦'二字。不相与者，因欲构成罪名。畅上疏理之云'臣在蜀日，见造所进兵器，"定秦"者，匠之名也。'由是得释。《蜀道难》，李白罪严武也。畅感韦之遇，遂反其词焉。"（《尚书故实》，丛书集成本）

《李太白诗集》卷二（《续国译汉文大成》）等。

③ 当安史之乱际，谏玄宗蒙尘往蜀——兀萧士赟《分类补注李太白诗》、清乾隆帝《唐宋诗醇》、陈沆《诗比兴笺》、现代俞平伯《蜀道难说》(《文学研究集刊》第五集《李白研究论文集》转载）等。

④ 是和古来就有的《相和歌·瑟调曲》(《乐府诗集》卷四十）之作，并无特定本事和比兴意图。明胡震亨《李诗通》（卷四）[1]、现代王运熙《谈李白的蜀道难》(《光明日报》1957.2.17，《唐诗研究论文集》转载）、高木正一《李白〈蜀道难〉》(《中国的名著》）等。

⑤ 送友人王炎去蜀——现代詹锳《李白〈蜀道难〉本事说》(《李白诗论丛》，作家出版社）

⑥ 歌咏祖国山川奇险与壮丽——现代樊兴《〈蜀道难〉的寓意及写作年代辨》(《唐诗研究论文集》第二集《李白》)。

⑦ 等待来自四川北部的友人或亲族劝其不去成都时所作——阿·瓦衣里《李白》(小川·栗山译，岩波新书版，73 页）

上述诸说，仅举其要，在各家说法同一系统中包含有几个不同意见的情形也为数不少。而诸说中就其合乎事实这一问题而言，都各有独立论文多方论证。但元初以来，广为传播最令人信服的，是诗句与史实紧密对应的第三种说法——为讽谏安史之乱蒙尘蜀中玄宗而作。但只因它对《河岳英灵集》(唐殷璠）中收《蜀道难》这一事实未能作出合理解释，此说现已难成立。《河岳英灵集》序文中标明收录作品年代“起自甲寅（开元二年）终癸巳（天宝十二载）”，比安史乱起的天宝十四载十一月约早二年，比玄宗入蜀蒙尘（翌年至德元载六月）早约三年，结果，萧士赟关于玄宗本事与李白忠诚说——曾以其圆熟周密且有权威广传后世[2]，也最终被否定了。如果说还有什么需要再稍稍强调一下的话，那就是关于诗歌本事、比兴方面的解释应切实可靠能经受住反复检讨。对上

① “愚谓《蜀道难》自是古《相和歌曲》，梁、陈间拟者不乏，讵必尽有为而作。白，蜀人，自为蜀咏耳。”(《李诗通》卷四，东洋文库藏明刊本）

② 海内外指明此点的学者大有人在，笔者见到最早的系久保天随《李太白诗集》(《续国译汉文大成》，1928 年）。

述除③而外，①、②、④、⑤、⑥、⑦六种说法也同样，就其是否真实可靠这点说（假如其中有一种说法是正确的），那么，对某一说法的肯定当然就意味着对其他诸说的否定，上述第三种说法的失误，不过证明了历来诸说是何等的随意和没有意义。

但这诸说是否真的是随意而无意义，尚可再论，至少仅从文学史角度看，这些评价并不确切。

作为创作阶段另一种事实，《蜀道难》的表现与构成，同《远别离》等情形相同，确实容许各种各样具有曲折含蓄之意的解释。而这容许各种感情移入的任意解释的容许性，换种说法，即与作品的表现意图相关的非固定的未完结性，正是《蜀道难》这类作品深具魅力的一个重要原因。假如《蜀道难》开头像白乐天《新乐府》50首那样，将本事相关部分加以明确自注，或进而以明了、固定不移儒家政治言论来阐释《蜀道难》诗句的话，那么"一夫当关，万夫莫开"、"所守或匪亲，化为狼与豺"、"问君西游何时还？畏途巉岩不可攀"、"锦城虽云乐，不如早还家"所表现的悬念，当各时代人们阅读、评论时，还能保持那么浓重的热情和关心吗？显然不大可能。李白乐府诗所具有的表现意图的未完结提示功能，正是其强烈动人效果所在。

将乐府诗那样非固定的、未完结的感觉同作为李白诗主要类型的绝句的未完结感觉①相比较，二者有相当大的不同，即绝句以其明确构造单一性、偏在性产生心象方面未完结感觉。也可以说，印象是从最终句之外显露出来的对他的流动感觉。与此相反，乐府诗情况不同，作者的表现意图在作品自身尚没有完全明确固定时，读者就可以依照乐府诗固有模式猜想到其结局，读者主观判断照旧可以在解释方面使其完结了。很明显，正是非固定和流动性，使乐府和绝句二者，不论是在情绪方面，还是在理念方面，造成读者接受过程更多的"补充"、"参加"这一必要的、共有的、未完结的性格。这就意味着，李白诗普遍基调——追求流

---

① 参照本书第八章《李白诗歌心象及其样式》。

动的、非整合的东西的机制倾向，同样，与李白、与乐府诗有内在的呼应［**补注**］，这也是无庸讳言的。

六、结　论

从以上几个侧面考察，李白乐府诗所示诸相，表明李白乐府之作，在古乐府、拟古乐府系列的韵文中处于一种达到顶点的完成状态。当然在乐府诗中，部分变化和发展也是常态，不但如此，也有像《丁督护歌》（《乐府诗集》卷四十五）、《豫章行》（同上，卷三十四）那样篇章，同先行作品相比，是语汇和主题方面变化极大的例子，但是，即使在这种例外手法里"一唱《督护歌》，心摧泪如雨"也好，"白杨秋月苦，早落豫章山"也好，其形式上仍保留了先行作品的部分要素，语汇和主题的变化，也是在以保留要素为核心基础上展开。因而除此而外，李白乐府诗的通常手法作品《远别离》、《蜀道难》、《乌夜啼》、《战城南》、《将进酒》、《行路难》、《长相思》、《前有樽酒行》、《关山月》、《杨叛儿》、《王昭君》、《白头吟》、《采莲曲》、《白纻辞》、《妾薄命》、《玉阶怨》、《从军行》等等，当然都是成为唐代拟古乐府、直接继承诸传统的代表作。从汉代以来庞大的作品群中，抽出真正有效因素作为唐代乐府再构成的能力，换言之，对中世诗古典性（并非《诗经》的、古代诗的）真切感受性和造型力，是使李白乐府诗达到如此完美程度的最基本原因。这就意味着作为乐府诗作者的李白，同作为乐府新境开拓者相比，明显地应属于具有更多古典的、传统的手法的集大成者。由此可以想象到，以后诗人想要在乐府诗创作方面沿着同一方向发展，是极其困难的。所谓"新乐府"必须以另一个系统运动试行，原因也在此。

杜甫乐府诗就其大的趋势而言，首先是以个别性、具体性、事实性为基本性格展现出来的。这一倾向，也是杜诗普遍倾向，已被认可，成为其乐府诗倾向也不算例外，这是易于理解的。而且，杜甫这些乐府诗诸性格，正如已经表明那样，都同乐府诗传统性格相矛盾。这就意味着，杜甫原本不大适合作乐府诗，相反倒是更适合作非乐府系作品的诗人。这也是杜甫放弃古题乐府、开拓新题乐府本身的一个必然原因。但杜甫采用乐府的样式，与其说是为了追求个别的、具体的印象化而切断了对乐曲的联想、感动的古典化、客体化，莫如说这种否定乐府传统作法，不过是并没有构成新的框架组合的古诗一般作法。虽然杜甫放弃了古乐府诗类型，但对乐府诗潜在的传统政治功能还是有共感的。而且，其政治性，就杜甫而言，并没有那种表现意图不确定、提示未完结状态。总之，杜甫所理想的乐府，必须是不仅保持明确的儒家政治功能，而且其整体又是依据个别、具体的手法构成。值得注意的是，杜甫诗歌的心象基调与律诗整合性，与其所象征的安定和完结倾向相关 [①]。另外，关于古乐府、拟古乐府系列作品同新乐府系列作品在表现意图完结和未完结方面的差异，明代胡应麟将李、杜分别作各自系列典型代表："乐府则太白擅奇古今，少陵嗣迹《风》、《雅》。《蜀道难》、《远别离》等篇，出鬼入神，惝恍莫测。《兵车行》、《新婚别》等作，述情陈事，恳恻如见。"（《诗薮》内编卷二，古体中，五言）

杜甫"三吏"、"三别"与《兵车行》、《悲陈陶》、《彭衙行》等乐府诗作，的确表明了杜甫的手法及心象。但它还只是手法及心象方面的新乐府，还未自立其新乐府之名。

杜甫的这一尝试——这里还含有一个与同时代元结的《系乐府》12首（《元次山文集》卷三）关系如何这样饶有兴味的问题 [②]——，在由盛

---

① 参照第 220 页注①。

② 元结《系乐府》12 首，其序"天宝辛未中，元子将前世尝可称叹者，为诗十二篇。为引其义以名之，总命曰《系乐府》。"由于天宝年间无"辛未"而是"辛卯"（天宝十载，751 年），系元结三十三岁时作（据孙望《元次山年谱》，古典文学出版社）。据此，《兵车行》的创作（天宝十载——十一载），是与元结编集同年或是早一年，又由于"辛未"有可能是"乙未"（天宝十四载，755 年）之误，所以很难由此来断定杜之《兵车行》与元结编集之先后关系。但除《兵车行》而外，"三吏"、"三别"（759）、《悲陈陶》（756）、《彭衙行》（757）等一连串新乐府作品，都很明显作于元结之《系乐府》之后。若考虑到对杜甫而言，元结是一位所谓尚古、载道之作的实际创作者和首倡者，就更有重大意义（参照伊藤正文《杜甫同元结〈箧中集〉的诗人们》，见《中国文学报》第十七册；川北泰彦《元结文学创作轨迹》，见《目加田诚博士古稀纪念中国文学论集》，龙溪书舍）。应该说在新乐府发展史上，元结同杜甫一样，都占有极其重要地位。尽管在元结给后人的直接影响究竟有多大这一问题上，还有较大分歧。

唐末期到中唐中期文学史中，进而被其后李绅、元稹、白乐天以具体的、有意识的形式所继承。

> ……况自《风》、《雅》，至于乐流，莫非讽兴当时之事，以贻后代之人。……近代唯诗人杜甫《悲陈陶》、《哀江头》、《兵车行》、《丽人行》等，凡所歌行，率皆即事名篇，无复倚傍。予少时，与友人乐天、李公垂辈，谓是为当，遂不复拟赋古题。（元稹《乐府古题序》，《元氏长庆集》卷二十三）

> 序曰：凡九千一百五十二言，断为五十篇。篇无定句，句无定字，系于意，不系于文。首句标其目，卒章显其志，《诗》三百之义也。其辞质而径，欲见之者易谕也。其言直而切，欲闻之者深诫也；其事覈而实，使采之者传信也。其体顺而律，可以播于乐章歌曲也。总而言之，为君、为臣、为民、为物、为事而作，不为文而作也。（白居易《新乐府序》，《白氏长庆集》卷三）

元稹序明确表明他们作为一个集团有意识学杜甫"新乐府"，白乐天从名实方面说明其所作"新乐府"的意图和功能。从实际上看，元、白各撰《上阳白发人》、《法曲》、《立部伎》、《胡旋女》、《缚戎人》，白所作《卖炭翁》、《新丰折臂翁》（同上）等等，①不依古题；②具有强烈个别性、具体性、现实性；③表现意图的固定化与完结化，已是全新的乐府诗①。

但这同时，随着古乐府向新乐府转换过程，由于乐府之所以成为乐

---

① 引人注目的是元稹《和李校书〈新题乐府〉十二首并序》（《元氏长庆集》卷二十四）："予友李公垂贶予《乐府新题》二十首，雅有所谓，不虚为文。予取其病时之尤急者，列而和之，盖十二而已。昔三代之盛也，士议而庶人谤。又曰：世理则词直，世忌则词隐。予遭理世而君盛圣，故直其词以示后，使夫后之人，谓今日为不忌之时焉。"从此序看：①《新乐府》20首为李绅所作。②元稹采用新乐府手法是明君盛世容许公开议论政治的必然结果。这两点是相当明确的。尤其是第②点，由当事者中一人说明从古乐府向新乐府（从传统手法向非传统手法）转化的理由，只此，便堪称饶有兴味的资料。但是，看一下杜甫、白乐天，甚至元稹自身的新乐府之作的内容和动机，明显的是对政治上和社会上的不正之风和混乱局面的批判，因此，元稹在这一"序"中所陈述的理由，更多的是儒家对以天子为中心当权集团的粉饰与变通。

府的三要素（①对乐曲的联想；②感动的古典化、客体化；③表现意图的未完结提示。）被有意否定，新乐府的手法也就越来越彻底，因而，这也就失去了作为乐府诗的创作的必然性。中唐以后，刘驾和皮日休部分之作可证明。刘驾所作，见《唐乐府十首并序》（《全唐诗》卷五八五）："《唐乐府》，自《送征夫》至《献贺觞》，歌河湟之事也。下土土贡臣驾，生于唐二十八年，获见明天子以德归河湟地。臣得与天下夫妇复为太平人，独恨愚且贱，蠕蠕泥土中，不得从臣后拜舞称于上前。情有所发，莫能自抑。作诗十章，目曰《唐乐府》。虽不足贡声宗庙，形容盛德，而愿与耕稼、陶渔者歌田野江湖间，亦足自快。"

这是宣宗大中三年（849），唐朝恢复了被吐蕃占有的秦、原、安乐三州（参照《通鉴》卷二四八），为歌颂此事而连作 10 首，取名《唐乐府》，意谓赞美唐之盛世。①不依古题；②个别性、具体性很强；③表现意图的固定化、完结化。这些完全属新乐府谱系，内容方面则是对朝廷权贵的赞美之辞宣传之歌，创作意图与客观效果差距很大，缺乏诗歌的艺术感染力，在文学史上处于近似被埋没状态（《乐府诗集》未收），应该说是理所当然的。

皮日休之作，见《正乐府十篇并序》（《全唐诗》卷六〇八）："乐府，盖古圣王采天下之诗，欲以知国之利病，民之休戚者也。……诗之美也，闻之足以劝乎功；诗之刺也，闻之足以戒乎政。……由是观之，乐府之道大矣。今之所谓乐府者，惟以魏、晋之侈丽，陈、梁之浮艳。谓之乐府诗，真不然矣。故尝有可悲可惧者，时宣于歌咏，总 10 篇，故命曰《正乐府诗》。"很明显，从乐府之所以为乐府三要素看（①对乐曲的联想；②感动的古典化、客观化；③表现意图的未完结提示），不是继承古系乐府，而是全面继承新乐府之作。即①不依古题；②个别性、具体性强；③表现意图的固定化、完结化。但从名称方面看，白乐天们所说"新乐府"是就乐府诗史非传统性这点而言，皮日休则相反，所谓"正乐府"是指恢复上古圣主真正的传统。同时，从皮日休序文中可知，当时所尝试的新乐府，同占主潮流的古乐府系——它是否侈丽浮艳另当别论——相比较，却是处于极为萧条状态。这就从另外一面证明了传统正宗的古乐府诗所能达到的水准已臻顶峰，并且极有影响，若再发展，必生变体。而作为新乐府，最终并没有成为创作上一种独立的类型模式被固定下来，也并没有占据唐代诗歌的主要领域。据《南部新书·癸》载："四明人胡抱章，作拟白氏讽谏五十首，亦行于东南，然其辞甚平。后孟蜀末，杨士达亦撰五十篇，颇讽时事。"这些作品均已散佚，足以证明本章所论述的，在新乐府样式方面，其新乐府创作手法同乐府诗的固有特征相矛盾这一观点。另外，其他如王建、张籍、曹邺、陆龟蒙、聂夷中、苏拯等，虽然都曾借乐府诗表现其政治讽刺倾向，但大体上，他们作品①拟古乐府系的乐府题；②间接寄托其表现意图，很难将其作为新乐府谱系的作品群来论列。

上述种种事实无疑表明了所谓乐府诗特点是什么，以及在文学史上的发展线索及其可能达到的水准。若纵观乐府诗史总体，可以说，李白乐府诗优秀之作，尤其是其乐府诗所体现的完美艺术表现功能，标志着唐代乐府诗所可能达到的最高程度水准。

[补注] 关于乐府诗的艺术表现功能，请参照《中国诗歌原论》（大修馆书店）、中译本《中国诗歌原理》（辽宁教育出版社）第八章《诗与音乐》中《论乐府·新乐府·歌行论》。

跋

正由于所谓文学研究，并非某个人的特定的专利，而是可能成为千百万人所掌握的学问，所以仅就其研究方法而言，谁都有可能构想任何一种客观批评方法，并确认各自方法的有效性。这样的方法，可能也应该是无数的。以德意志、法兰西为中心的发达的文艺学，在对文献学、出典论、传记行之有效的研究方法的探讨历史中，作了直接、充分、有益的尝试，的确有很多值得借鉴汲取之处。但是，这原是就欧美系语言及其作品而形成的理论，因而人们往往强调其用语和联想方面欧美的特殊性与地方性。不用说，那也是其理论的可贵意义和价值之所在，而如果把文艺学看作是基本上已经成为更多人所普遍认识的学问的话，那么，比如说，当然也就有必要采用其用语和联想来阐释汉字文化圈的文学、语言、作品。在绪论部分中所论述的有关"题材"、"样式"、"诗的三种区分"等几点意见，就是在文字—汉文字，语言—中国语与日本语，作品—中国古典诗方面进行探讨的结果，任何人都很容易觉察到每一个问题论述要点。

本书企图在"五律"和"七绝"那样明显可见的固定诗型中去感受某种不可见东西之流动，而在乡愁和惜别那样难以捕捉的抒情感觉中去发现其某种构造特征，这一构思是基于这样一个朴素真切的实感：正是在可视与不可视的微妙交流中才有真正的诗的艺术表现。其最终结果如何，是否得当以及得当程度如何，只能靠读者来判断了。

松浦友久　谨志

译后记

李白，属于中国，也属于东方，属于世界。他那傲岸不羁的性格，豪情满怀的放歌，千百年来，始终吸引着读者，激动着读者的心。似天风海雨，似电闪雷鸣，似五岳凌空，似银河落地。云蒸霞蔚，气象万千，其独特的魅力，逾时不衰，历久弥新，具有永恒的生命和价值。可以说，李白，属于历史，也属于现在，属于未来。很难设想，如果没有李白，中国古代诗歌领域会呈现怎样一个局面。

与李白的地位和成就相应，关于李白的学术研究也硕果累累，成绩斐然。但正如有的评论家所说，李白的鲜明个性容易被理解，其复杂的思想又容易被误解。其实，何止"个性"与"思想"，李白研究的诸多领域，也都有进行新探索的必要。日本著名学者松浦友久先生的专著《李白诗歌抒情艺术研究》，就是一部具有新意的力作。作者首先从理论上辨析诗歌特质，探索诗歌抒情艺术的普遍规律，并以此为指针，具体而微地剖析李白诗歌抒情艺术特征，从而揭示出李白之所以为李白的独特魅力所在。由于作者具有深厚的汉学素养，扎实的中国古典诗词功底，开阔的理论视野，严谨的治学态度，所以，行文游刃有余，笔触所及，往往新见迭出，精彩纷呈。其价值不限于某些具体的独到见解，还在于取得这一见解的方法论，这对李白研究，乃至中国古典诗词研究，无疑是一个有益的启迪。引起学术界注目和广大读者的兴趣，是可以想见的。

关于我同松浦友久先生交往，说来话长。早在八十年代初，我在研究生毕业留校任教后撰写《唐诗比较研究》专题课教材时，就很注意海外有关比较研究的专著。后来，承蒙我的导师辽宁大学中文系教授李汉超先生推荐，得见松浦友久先生赠与李先生的《诗语诸相——唐诗札记》一书。李先生学有素养，研究唐宋诗词，成果显著，造诣颇深，而且精通日语，同海外学者多有联系。在李先生悉心指导下，我研读松浦先生《诗语诸相》一书，获益匪浅，遂将全书译出，以备教学之需。其中疑难之处，曾写信向松浦先生求教，先生一一作复，答疑解难并慰勉有加。李先生则于北戴河疗养地抱病为我审校译稿，一丝不苟。两位先生奖掖后学之德，令我感佩不已，没齿难忘。译稿有三篇公开发表：《中国古诗与日本和歌中"断肠"比较》（《沈阳师范学院学报》1989.3）、《中国古诗与日本和歌中"蛾眉"比较》（《东疆学刊》1989.3）、《中国古诗与日本和歌中"猿声"比较》（《铁岭师专学报》1989.3，《古典文学知识》1993.2）。这些篇章一直作为参考教材，提供给本科生、研究生，深受欢迎。自此而后，我同松浦先生书信往来频繁，彼此相知日深。先生遂赠以《李白研究》并以译事相托。受命以来，倾心尽力，未敢稍懈，只因水平所限，进展迟缓，历经数载，方克告成。其中部分译稿曾先后在《北京大学学报》、《辽宁大学学报》、《景德镇教育学院学报》、《锦州师专学报》、《阜新师专学报》发表，引起一定的反响。这次出版，又统一作了修订。在翻译过程中，除了继续得到李汉超先生的关照外；还得到辽宁大学中文系高明阁先生、李承烈先生，辽宁大学日本研究所郭存爱先生、孟宪仁先生，辽宁大学外语系王润久先生、赵德裕先生帮助；还得到其他师友多方面的支持。这里，让我套用一句时下流行的俗语，向给予我关照、帮助、支持的师友，轻轻道一声：好人一生平安，来表达我内心由衷感激之情。

此外，在学术著作出版不景气，出书之难难于上青天的情况下，上海古籍出版社肯接受此书，实在不易。在此，谨向出版社的诸位先生表示深深的谢意和敬意。

书中注解序号与原书不尽一致，因根据中国读者阅读习惯，作了适当调整。原书行文中有的地方，插有带＊号的解说性文字，用小号字体排印，也根据具体情况，有的取消＊号，排印如正文。原书还附有所引李白诗目录索引，也删掉。增加两篇论文为第四章、第七章。以上属技术性处理，无关大局。翻译方面，一定有不少疏漏和失误，敬请读者不吝赐教，以便改正。

刘维治

1995 年 11 月 8 日于辽宁大学寓所

再版译者跋

日本著名学者松浦友久先生这部研究李白的专著日文原版，出版于1970年。二十五年后，中文版面世。又过了二十五年，现今上海古籍出版社决定将其再版重印，这是一件值得庆贺的事，表明经过半个世纪的时间考验，此书至今仍有借鉴意义。

我的翻译是得到松浦先生认可的。在一次学术会上，刚从东京与松浦先生晤谈归来的南开大学教授孙昌武先生对我说："松浦先生说你翻译得好。"孙先生与松浦先生交往甚密，松浦先生的《中国诗歌原理》(辽宁教育出版社，1990年)，就是由孙先生与郑天刚合译的。不久，松浦先生就委托我与尚永亮、刘崇德二位共同翻译了《李白的客寓意识及其诗思——李白评传》(中华书局，2001年)。在我呈送松浦先生审阅的译稿中，先生除了修正校改外，还在其中一个段落旁批有"译得真妙，谢谢！"六字。这让我信心倍增。此前此后，我陆陆续续翻译并发表了多位日本学者关于白居易、韩愈、王维、贾岛、陈子昂等的论文。

我为撰写《元白研究》书稿(人民教育出版社，1999年)翻译了下定雅弘、川合康三、冈田充博三位学者关于白居易的论文，缺元稹的，当向松浦先生求助时，先生嘱其学生梅田雅子为我搜集材料并绘制《日本关于元稹研究论文资料一览表》赠我，以补缺憾。

著名学者、杰出李白研究专家裴斐先生去世之际，有关部门为编辑《裴斐先生纪念集》(民族出版社，1998年)向松浦先生约稿。先生遂将《关于对偶表现的本质兼及诸说比较》一文寄我，由我译出，寄给编辑部。文末附先生情真意切的短语，回忆与裴先生十余年深厚交谊，表达对裴教授豁达开朗的品格、明晰独到见解的钦佩和敬仰，"通过著作，相互交流，受先生之教益匪浅"。惺惺相惜之情，溢于言表，读之令人动容。

松浦先生的李白研究之所以取得重大成果和突破，有一个很重要的原因：他不是仅就李白而研究李白，而是如古人所说，"八面受敌"，将其放在更广阔的时空中，上下求索。追本溯源，见其传承所自；探幽发微，显其独特无二。所以当山东大学张忠纲教授邀请我和日本九州大学静永健博士为《杜甫大辞典》（山东教育出版社，2009年）撰稿时，松浦先生本书中《李绝杜律比较》自然入选。在《李白的客寓意识及其诗思》中，松浦先生竟拉来18、19世纪欧洲音乐家莫扎特与贝多芬与8世纪的李白与杜甫作比较。这出人意表，惊世骇俗的笔触，席卷天下，包举宇内的气魄，堪称太白遗风。这种触类旁通、多角度的格局和眼界值得称道和学习。

2005年樱花时节，我在东京庆应大学召开的日本第三届宋词研究会、第九届宋代文学座谈会上，见到了松浦先生弟子左藤浩一，他向我出示数码相机中松浦先生墓地的照片，令我感慨不已。我与先生文字交往近二十年，一直未能谋面。松浦先生英年早逝，学术界齐叹可惜，同声哀悼。我也吟诗二首，权作心香一瓣，遥祭先生在天之灵。这两首诗发表在我翻译日本静永健博士的《白居易写讽喻诗的前前后后》（中华书局，2007年）的《译者跋》中。今转录如下：

（一）

我来东京御花园，君去九天会谪仙。

有缘相知无缘见，春雨如泪滴心田。

（二）

煌煌巨著有遗篇，薪火相传遍人寰。

松立青浦友天地，风韵永驻久远传。

笔者行文至此，不由得内心黯然，一声叹息！还是用松浦先生当年游采石矶时写的一首七言绝句（载《中日李白研究论文集》，中国展望出版社，1986年）作结吧：

采石江与东海连，青山风日几多年。

自怜客子乘斜月，能酌清樽吊谪仙。

感谢松浦先生家人为促进中日学术交流慷慨允诺授权此书再版。这里，还应特别说明，受松浦先生影响，松浦先生的两个女儿也热爱中国古代文学，也从事这一方面的研究和教学，可敬可佩。

感谢南京大学教授金程宇博士居中联络，牵线搭桥。

感谢上海古籍出版社彭华编辑的操劳。

刘维治

2021 年 4 月 5 日　于沈阳新开河畔心开居

《海外汉学丛书》已出书目

(以出版时间为序)

中国文学中所表现的自然与自然观

　　[日]小尾郊一著　邵毅平译

唐诗的魅力：诗语的结构主义批评

　　[美]高友工、梅祖麟著　李世跃译　武菲校

通向禅学之路

　　[日]铃木大拙著　葛兆光译

1368—1953 中国人口研究

　　[美]何炳棣著　葛剑雄译

道教(第一卷)

　　[日]福井康顺等监修　朱越利译

追忆：中国古典文学中的往事再现

　　[美]斯蒂芬·欧文(宇文所安)著　郑学勤译

中国和基督教：中国和欧洲文化之比较

　　[法]谢和耐著　耿昇译

中国小说世界

　　[日]内田道夫编　李庆译

中国的宗族与戏剧

　　[日]田仲一成著　钱杭、任余白译

南明史(1644—1662)

　　[美]司徒琳著　李荣庆等译　严寿澂校

道教(第二卷)

　　[日]福井康顺等监修　朱越利等译

道教(第三卷)

　　[日]福井康顺等监修　朱越利等译

中国民间宗教教派研究

　　〔美〕欧大年著　　刘心勇等译

早期中国"人"的观念

　　〔美〕唐纳德·J·蒙罗著　　庄国雄等译

美国学者论唐代文学

　　〔美〕倪豪士编选　　黄宝华等译

中华帝国的文明

　　〔英〕莱芒·道逊著　　金星男译　　朱宪伦校

中国文章论

　　〔日〕佐藤一郎著　　赵善嘉译

李白诗歌抒情艺术研究

　　〔日〕松浦友久著　　刘维治译

三国演义与民间文学传统

　　〔俄〕李福清著　　尹锡康、田大畏译　　田大畏校订

中国近代白话短篇小说研究

　　〔日〕小野四平著　　施小炜、邵毅平等译

柳永论稿：词的源流与创新

　　〔日〕宇野直人著　　张海鸥、羊昭红译

美的焦虑：北宋士大夫的审美思想与追求

　　〔美〕艾朗诺著　　杜斐然、刘鹏、潘玉涛译　　郭勉愈校

明季党社考

　　〔日〕小野和子著　　李庆、张荣湄译

清廷十三年：马国贤在华回忆录

　　〔意〕马国贤著　　李天纲译

终南山的变容：中唐文学论集

　　〔日〕川合康三著　　刘维治、张剑、蒋寅译

中国人的智慧

　　〔法〕谢和耐著　　何高济译

杜甫：中国最伟大的诗人

　　洪业著　曾祥波译

中国总论

　　［美］卫三畏著　陈俱译　陈绛校

宋至清代身分法研究

　　［日］高桥芳郎著　李冰逆译

才女之累：李清照及其接受史

　　［美］艾朗诺著　夏丽丽、赵惠俊译

中国史学史

　　［日］内藤湖南著　马彪译

词及其周边：宋代士大夫与其文学

　　［日］中原健二著　陈文辉译